『苦海浄土』論

同態復讐法の彼方

臼井隆一郎

藤原書店

はじめに

わたしが人間学研究会の季刊誌『道標』で本書の基になる連載を始めた時、意外だ、おタクに石牟礼道子は無理だよ、と言わんばかりの感想を、多くの方から頂いた。まったくその通り。わたしに石牟礼道子は無理。わたし自身そう思っていたのである。しかし、恐る恐る始めた連載を最後まで書き続けられたのは、ひとつにはドイツ文学者としてのわたしにはこれを書かねばならぬ必要があったからである。なぜドイツ文学者が、どういう脈絡で『苦海浄土』と同態復讐法を問題にすることになったのか。簡単に説明することが、本書を手に取った読者の便を図ることになるかもしれない。多少、私事にわたるのをお許し願いたい。

わたしは、ドイツ文学の研究者としてDAAD（ドイツ大学交換奉仕会）の奨学金を頂いて、一九七七年から二年間、ボン大学に留学し、いわゆる新即物主義と呼ばれる時代のワイマール共和国文学やナチズムの時代の海外亡命文学を研究するうちに、ミュンヒェン宇宙論派と呼ばれる文学思想集団に関心を引かれ、資料収集を始めた。一九八七年からの二年間は「ミュンヒェン宇宙論派の母権思想受容」を研究テーマとしてフンボルト奨学生としてテュービンゲン大学に留学した。その後、一九九九年に、ミュンヒェン大学で客員教授を務める機会を与えられた折りも、ミュンヒェン宇宙論派の時空に這入り込んだのはいうまでもない。実を言えば、バッハオーフェンやミュンヒェン宇宙論派に関してはこの間、かなりの数の論文も出している。本書の各章で注の形で挙げさせて頂いたが、なにぶんにも人目につかない場所である。人目を忍ぶオタクめいた作業を続けたと見えたとしても、わたしに特別、企業秘密の意識はない。

ヨーハン・ヤーコプ・バッハオーフェンによって開墾の鍬を入れられた先史の黒土にはじめて実を結んだ「母権」の概念には、現代の社会を根底的に検証に付すための立脚点が提示されていた。批判対象とされる社会の局面は多様である。労働者と女性の抑圧に立つ資本主義。父権制社会。あるいはユダヤ・キリスト教批判でもありうる。現代はすでに女性的にすぎると考えるナチズムもそれなりに重厚なバッハオーフェン受容を果たしたのである。母権論受容史は複雑多岐に広がるが、本書では言及しない。話題を同態復讐法に限る。

マルクスの残した古代ノートを基に書かれたエンゲルスの『家族、私有財産および国家の起源』がバッハオーフェンを「天才的神秘家」として喧伝して以来、母権は国家の起源とともに語られてきた。歴史の発端に目を凝らせば、あるいは血で血を洗う部族抗争であり、復讐が復讐を呼び、血で血を洗う血讐の連鎖が続く。アイスキュロスのオレステイア三部作にせよ、ソフォクレスのオイディプス三部作にせよ、文字通り血で血を洗う同態復讐法を唯一の法とする世界であった。「母権と父権の抗争」(ベーベル『婦人論』といったキャッチフレーズは有名ではあるが、わたしにとっての問題は「復讐・

報復」の観念であった。復讐・仕返し、報復、弁済、貨幣Geldや商業組織ギルドといったドイツ語はすべて犠牲や報復を語源にしている。

「目には目を。歯には歯を」は、やられたらやり返せというのでない。同態の害を加えることによって加えられた苦痛が癒される訳ではない。むしろ、ここには同一性ないし近似性の論理によって、人間同士の間の紛争を調停する国家や宗教といった上位審級の介入が感じられるだけである。共同体秩序は個人の復讐を許容しては成り立たないであろう。しかし喪われた子供の命に三〇万円支払われても、あるいは死んだ親の補償にかりに一億円、二億円支払われるにせよ代え難い物は代え難いのである。

　同態復讐とは何なのであろう。血で血を洗う報復の連鎖とは一種の報復行為、ないしは代償行為なのであろうか。ニーチェは『道徳の系譜学』で、復讐を人類最古の人格関係、つまり売り手と買い手の、債権者と債務者の関係と見立てた。ニーチェの考え方はアドルノとホルクハイマーには「唯物論的」と感じられ、『啓蒙の弁証法』のオデュッセウス論に引き継がれるのだが、アルフレート・ゾーン＝レーテルの商品交換論に依拠したその立論は、結局、人類史をその発端から徹頭徹尾、資本主義化（Durchkapitalisieung）の道にあると見なすことにならないかというユルゲン・ハーバマスの危惧につながる。わたしはこの疑問を独仏大学共催のシンポジウムで発表したことがある（一九八九年。本書二七六頁、注（27））。フランクフルター学派全盛の時代である。わたしの発表は、参加者の不審を買っただけの結果に終わった。しかし、母権思想を研究する人間からして見ると、歴史の原初に等価交換を置く議論は、現今の父権的世界史の人類史に根底的に「逆立ちした世界」（バッハオーフェン）として対置された先史母権制の魅力を喪失させることを意味しよう。以来、同態復讐法に釈然としない思いを抱き続けてきた。

バッハオーフェンの母権理論はゲルマン・アーリア民族に直接の歴史的確証を見出せないために、空間的にはアフリカやアジアへと、時間的にはゲルマン民族がヨーロッパに入る以前の「古ヨーロッパ」(マリア・ギンブタス)へと視野を拡散させて行く。わたしなりの古代先史母権制研究に確かな手応えを与え続けてくれた学術分野は、フェミニズム神学である。ユダヤ・キリスト教の思想圏に陣を敷き始めたフェミニズム神学の豊穣な成果は、先史母権制の遺制に関して、その特有の視点で優れた業績を挙げているのは言うまでもない。しかしフェミニズム神学はユダヤ・キリスト教の専有物ではない。イスラーム・スーフィズムにおけるフェミニズム的観点を貫徹するドイツの代表者の名を挙げれば、アネマリー・シンメル(米国プリンストン大学教授)であったが、大学新入生のアネマリー・シンメルにイスラーム・スーフィズム学の手解きを授けたのは、ハンス・ハインリヒ・シェーダーという国際的に名を知られたイスラーム学者(ゲッティンゲン大学教授)である。このシェーダーの甥が、わたしにはドイツ・キリスト教神学界の際だった異端児と思われるギュンター・リューリング(エアランゲン大学講師)である。予言者ムハンマドに対する欧米の侮蔑的評価を根底から覆す勢いで進むそのスリリングな論考はわたしなどには目の覚めるような刺激であったが、本書を書き進める上で大いに参照したのは、リューリングが明らかにするアルカイックな諸々の語、とりわけ同態復讐法(ius talionis)の考察であった。詳細は本文に委ねる。

藤原書店が『石牟礼道子全集　不知火』第一回配本として、『苦海浄土』三部作を完結させる『神々の村』を出版したのが二〇〇四年であった。そこで思いがけなく同態復讐法という日本語がわたしの目に飛び込んできた。わたしは改めて『苦海浄土』を読み耽ることになったのである。

たまたまその頃（二〇〇六年）、テュービンゲン大学から国際シンポジウムへの参加を誘われた。テーマは『生の限界、理解の限界』であるという。シンポのテーマを聞いたとき、すぐに連想したのは学生時代、われわれの世代に流通した「わたしの生きている世界は極限的に狭い」という『わが死民』の石牟礼道子の文章であった。わたしは参加を即答した。シンポジウムまではまだ多少の時間はある。それまでには、長年逡巡していた同態復讐法に一応の答えを見つけたい思いであった。

テュービンゲン大学の国際シンポジウムは、ドイツやアジア（中国、韓国、日本）の大学の他にもカナダ・トロント大学、イスラエル・テルアビブ大学から参加を募るもので、テュービンゲン大学も文学部、法学部、医学部、神学部の教授が参加するという学際性のあるものだったが、この催しへの参加がわたしに魅力だったのは、テュービンゲン大学カトリック神学部のヨーゼフ・クーシェル教授がシンポジウム発起人の一人として名を連ねていたことであった。教授の『アブラハムをめぐる闘争』は、ユダヤ教、キリスト教とイスラーム教のいわゆる三大一神教の父祖としてのアブラハムの宗教を論じて、当時、国際的に議論を呼んでいたのである。石牟礼道子の名前は、島原の乱を描く『春の城』の作者としてカトリック神学部の教授ならば知らねばならないだろう。

石牟礼道子の『苦海浄土』を扱いたいというわたしの希望を伝えると、幸い『苦海浄土』（第一部）

はドイツ語訳もある。水俣病は参加者一同の共通概念として期待できるだろうとして快諾され、わたしはシンポジウム（二〇〇七年七月）に「石牟礼道子の『苦海浄土』――同態復讐法の彼方にアニマの言語を求めて」を報告した。シンポジウム記録はその後、論文集として刊行された（二七六頁、注（27））。しかし、わたしが石牟礼道子の『苦海浄土』を題材にバッハオーフェンやクラーゲスの母権思想を引き合いに出したことは、ドイツ人に怪訝の念を抱かせたようである。『苦海浄土』が環境文学の古典であることは疑いない。ドイツのエコロジー運動史の大御所というべき人はビーレフェルト大学のヨアヒム・ラートカウ教授であるが、教授は大著『エコロジーの時代』でわたしがバッハオーフェンやクラーゲスを持ち出したことへの怪訝の念を直截に述べている。新潟大学の「十九世紀研究会」のシンポジウムでお会いしたことがある教授はメールで、石牟礼道子の宗教性について問い合わせて来た。わたしに答える資格があるとも思えないが、得度名夢劫院石牟礼道子についてわたしの知ることを伝え、石牟礼道子を「日本のレイチェル・カーソン」と見る教授の見方（二六二頁、注（73））へのわたしなりの異議を伝えた。環境文学が大事ではないと言いたいのではない。わたしには石牟礼道子の本領はそれとは違うように思われたのである。むしろ宗教ないし「宗教以前の世界」が問題なのではないか。幸いラートカウ教授夫妻はアジアの仏教事情にも造詣が深く、『エコロジーの時代』第二版ではわたしの異論を汲んで書き直してくれたようである。

わたしが「同態復讐法の彼方」として石牟礼道子を論じるのは、石牟礼文学の提示する「宗教以前の世界」がわたしなりに考え続けた先史母権制に明瞭なイメージを与えてくれるからである。同態復讐法の彼方とはわたしにとって長い間、先史母権の奥に広がる漆黒の闇であった。しかし、石牟礼道子の言う「宗教以前の世界」が先史母権制の姿を取り始めたのである。賛否は人に任せたいが、わたしには水俣病闘争が、それまで観念として理解していた母権や血権の闘争のリアリティーと思えた。

本書では、日頃不信心極まりないわたしとしては柄にもなく宗教を云々することになった。瀆神のつもりはない。しかし先史母権研究という立場は、父権的世界史全体に距離を取る立場である。同態復讐法の彼方に出ることは、諸宗教を蔑することと感じられるかもしれない。それぞれの宗教文化が基底で禁ずる同態復讐法の彼方は、父権的世界史に生きる人間にとっては、人倫の彼方であるかもしれない。

水俣病は世界史的事件であった。ことさらに世界史的というのは単なる世界史年表に列挙される大惨事の一つであることを意味しない。水俣病闘争は、人類史の在り方を直裁に問うた。初期人類が定住生活を始めたのは川と海の交わる岸辺であったに違いないと考えれば、水俣という場所はそもそも人類定住の持続性を占う場所にも見えてくる。わたしには、水俣病闘争が人類史の発端ないし終局に位置する人類という部族の存亡を賭けた母権闘争（血権闘争）と見えてきた。石牟礼道子という女性はまさに水俣の「世界史的な意味」（『葭の渚』三六三頁）に悶え苦しむために生まれてきたように思える。わたしは、水俣病という世界史的な事件が産み落とした『苦海浄土』という世界史的名作を讃えるために、自分の知る先史母権制を語る語彙を集められるだけ集めた。自分の持つすべての材料を総動員して、石牟礼道子にオマージュを捧げたかったのである。

臼井隆一郎

『苦海浄土』論　目次

『苦海浄土』論

同態復讐法の彼方

装丁・作間順子

第一章　復讐の女神

1　母権制の同態復讐法とは何か

「銭は一銭もいらん。そのかわり、会社のえらか衆の、上から順々に、水銀母液ば飲んでもらおう。(昭和四十三年五月にいたり、チッソはアセトアルデヒド生産を中止、それに伴う有機水銀廃液百トンを韓国に輸出しようとして、ドラムカンにつめたところを第一組合にキャッチされ、ストップをかけられた。以後第一組合の監視のもとに、その罪業の象徴として存在しているドラムカンの有機水銀母液を指す)。上から順々に、四十二人死んでもらう。奥さんがたにも飲んでもらう。胎児性の生まれるように。そのあと順々に六十九人、水俣病になってもらう。あと百人ぐらい潜在患者になってもらう。それでよか。[1]」

もはやそれは、死霊あるいは生霊たちの言葉というべきである。

水俣病が神話的過去から呼び覚ましたのは、同態復讐法の観念であった。『苦海浄土』第二部の『神々の村』にこう記されている。

アラブあたりのどこかの地域には、「眼には眼を」というあのハムラビ法典の同態復讐法がまだ現存しているという。(中略)

近代法の中に刑法が生きているかぎり、死につつある患者たちの呪殺のイメージは、刑法学の心情を貫いて、バビロニアあたりの古典的同態復讐法へと先祖返りするのもいなめない。[2]

ハムラビ法典に遡って議論する用意は筆者にはない。筆者が、同態復讐法と言って、思い出すのはせいぜい、旧約聖書である。

いのちにはいのちを与えなければならない。目には目。歯には歯。手には手。足には足。やけどにはやけど。傷には傷。打ち傷には打ち傷。(『出エジプト記』二一章二三―二五節)

旧約聖書における同態復讐法の痕跡は、しかし、時代とともに消褪している。「各個人が自分勝手に判断を優先させて」(『申命記』一二章)勝手に復讐したりしていては共同体の安寧は危うい。個人の復讐本能を認めていては、共同体の治安は保ち得ないであろう。『申命記』にはすでに復讐や、羊や牛を殺して流血を招くことへの禁忌が張り巡らされている。過越祭《すぎこし》のような血塗られた祭典は国家の集中管理の下に置かれる。復讐権の国家独占とも言えそうである。復讐権は神ヤハウェの独占するところとなり、「復讐するは我にあり」と言えるのはヤハウェだけである。

わたしが報復し、報いをする。

彼らの足がよろめくまで。
彼らの災いの日は近い。
彼らの終わりは速やかに来る。

（『申命記』三二章三五節）

ユダヤ律法の確立はそもそも血を流すことの忌避を含めて、復讐権を神が独占することになる。[3] キリスト教も同様である。パウロの書簡は、復讐を禁止する。「愛する人たち、自分で復讐せず、神の怒りに任せなさい。『復讐はわたしのすること、わたしが報復する』と主は言われる」と書いてあります」（『ローマの信徒への手紙』第一二章第一九節）。特にキリスト信仰を持たないでも、イエスの山上の垂訓を知らぬ人はいまい。

あなたがたも聞いているとおり、「目には目を、歯には歯を」と命じられている。しかし、わたしは言っておく。悪人に手向かってはならない。だれかがあなたの右の頬を打つなら、左の頬をも向けなさい。

（『マタイによる福音書』五章三八—三九節）

イエスのいつもながらの律法無視の反権威主義には感心するものの、筆者にはこのイエスの倫理が問題の解決に有効だとは思えない。いかに野蛮に思われるにせよ、真の復讐は同態復讐としか思えない。いのちにはいのちを、目には目を。歯には歯を。流された血には血を。それだけが胸のすく復讐である。

原始の復讐を文明的に調整するいわゆる三大一神教の世界で、アラブ世界は事情が違うようである。同態復讐法は現代のアラブ世界に生きている。しかもこの土地では、同態復讐法は特殊な例外として存在しているわけではない。イスラム世界の政治と宗教を統べるコーランにはこうある。

我らはあの中で（ユダヤ人に与えた「律法」の中で）次のような規定を与えておいた。すなわち、「生命には生命を、目には目を、耳には耳を、そして受けた傷には同等の仕返しを」と（ユダヤ人の間で加害者に対して被害者が報復する正当な復讐量をきめた有名な竹篦返《しっぺいがえ》しの法規である）。だが（被害者が）この報復を棄権する場合は、それは一種の贖罪行為となる。アッラーが下し給うた聖典に拠って裁き事をなさぬ者、そういう者どもは全て不義の徒であるぞ。(4)

ムハンマドのユダヤ・キリスト教批判は、後者がこの太古の掟を放棄することにある。

されば福音の民（キリスト教徒）たるものは、アッラーがこの聖典に示し給うたところに拠って裁き事をなすべきであって、およそアッラーが啓示し給うたもので裁き事をなさぬ者は、すべて邪悪の徒であるぞ。(5)

セム民族の内部における同態復讐法の扱いの差異は、実際、イスラム教からするユダヤ・キリスト教の徹底した批判の根拠ともなることが予想される。しかし、筆者の関心は、いわゆる三大一神教における同態復讐法の克服にあるのでもなければ、キリスト教における「汝の敵を愛する」倫理でもない。『苦海浄土』の同態復讐法を考える上で参照したいのは、母権社会における同態復讐法である。

バッハオーフェンの『母権論』（一八六一年）は歴史の起源にまなざしに向けさせた。人類史の起源は、あらゆる生類の誕生がそうであるように、血にまみれているのではないだろうか。同態復讐法という血腥い観念を問題にするのは、この人類史的起源の血腥さを母権社会の芳香と理解するからである。

ところでなぜ同態復讐法が問題なのか。

2 『母権論』と『資本論』

『資本論』によって商品交換社会の価値分析の言説を打ち立てたマルクスと、ギリシア以降の父権社会とはまったく「異質な世界」、「逆立ちした世界」としての母権社会の言説を打ち立てたバッハオーフェンとは、ほとんど同年齢で、同じ時期にベルリン大学法学部で学んでいる。見た目にはまったく異質な言説を設立するこの二人は奇妙なほど同じ教育環境(歴史法学派)に育ち、同じ教師(法学者サビニー、古典学者ヴェルカー)に学び、同じような大きな影響を受けている。法学の基礎研究というべきローマ法研究を神話研究において追尋するバッハオーフェンと、詩人になることを夢見て神話学を熱心に学ぶマルクスが、共に神話学的古代研究に打ち込む学生時代を過ごしていることが、後の二人の言説に極めて類似した現象を生んでいる。一年違いの同窓生として、同じ教養環境に生きたバッハオーフェンとマルクスの間にはかなりの共通思考要素がある。マルクスの『資本論』はこの逆倒した商品交換社会を「魔法にかかって完全に逆立ちした世界」として描き出した。この近代資本主義社会を「逆立ちした世界」として見るマルクス主義者にとって、その父権的社会の「逆立ちした世界」に対して「逆立ちした世界」である母権社会が大きな魅力と映ったのも不思議ではない。バッハオーフェンが『母権論』を世に問うた十九世紀の中葉にあっては、太古には母と女神を中心と考える母権社会があったという信じ難い議論が関連諸学会の徹底した無視にあい、それが一応の公認を受けるまでは危機的な受容史を辿ることになったのも、当然であった。しかし「先史母権制」の理念には現在の文化社会のあり方を根本的に検証に付すための立脚点が提示されていた。この意味でいち早く「先史母権制」の理論を摂取したのが労働者と女性の抑圧に反対するマルクス主義であったことは特徴的である。と同時に、『母権論』が誤解された形で世界に流布される結果にもなったのである。『母権論』と『資本論』を並べて置くことで、本書が同態復讐法を問題として取り上げる一つの理由は明らかになろう。人類史の起源を考えるに際して、商品交換社会の価値交換を歴史に投影することの如何である。「目には目を、歯には歯を」の同態復讐法は一定程度、価値交換の原初形態なのか、それとも、価値交換とは別の原理を備えた原始社会を垣間見せるのか、もしそうだとすればそれが先史母権社会を想定する上で重要な側面を見せる筈である。

3　ミュンヒェン宇宙論派

母権思想は、アメリカの原住民の親族名称を研究したモルガンの『古代社会』を経由して主としてエンゲルス『家族、私有財産および国家の起源』とベーベルの『婦人論』を介して世に知られるようになった。そのために、最初から避けがたくある種の誤解が生じている。ここでは詳細に個々の分析を行う余地はないので、簡単に結論だけを強調しておきたい。

エンゲルスやベーベルによって喧伝された『母権論』の最良の部分は、アトレウス家の崩壊を巡るオレステイアを通じていわく「父権と母権の抗争」（エンゲルス）や「女性の世界史的敗北」（ベーベル）といったキャッチ・コピーにまとめられて人口に膾炙することになるからである。そうした母権論受容に対して、真っ向から反対の立場を唱えたのが、ミュンヒェン宇宙論派であった。

本書はミュンヒェン宇宙論派を主題にしているわけではないが、その様々に冒険的な議論のいくつかは、石牟礼道子を考える上で大いに参照せざるを得ないのである。

ミュンヒェン宇宙論派は世代として見れば、ニーチェを崇拝するニーチェ世代である。すべてを根本的に疑問に付す思考方法において他を抜きん出ていたニーチェは、正義と公平の根源を復讐に求めた。目には目、歯には歯、血には血という同態復讐法 ius talionis である。ある者が受けた苦痛が、もう一つの苦痛を先に苦痛を与えた者に生じさせることで埋め合わせられる、という信念は奇妙なものではないだろうか。与えられた損傷と与え返す損傷との間には苦痛の等価交換でも成り立つというのであろうか。この種の観念の由来する先はどこにあるのかとニーチェは問う。

> 負い目の感情や個人的債務の感情は、（…）その起源を、およそ存在するかぎりの最古の最原始的な個人関係のうちに、すなわち売手と買手、債権者と債務者という関係のうちにもっている。この関係のうちではじめて個人が個人と相対し、ここではじめて個人と個人が比量し合った。この関係が多少なりとも認められないような低度の文明というものは、まだ発見されていない。値段をつける、価値を見積もる、等価物を考えだす、交換する——これら一連のことは、ある意味では思考そのものであるといってよいほどにまで、人間の原初の思考を先占していた。（…）売買というものは、その心理的な付属物をも合わせて、いかなる社会的な組織形態や結合よりも一

層に古いものである。というよりも、むしろ、交換・契約・負債・権利・義務・決済などの感情の芽生えは、まず個人権というもっとも初歩的な形態からして、やがてもっとも粗大で原始的な社会複合体（類似の社会複合体と比較してのこと）へと移行したのである。(6)

この考え方は、現代の、資本主義商品交換社会の価値交換を前提にする社会に生きている人間にとっては受け入れやすい議論である。アルフレート・ゾーン゠レーテルに発するマルクス主義の商品交換論に依拠するアドルノ、ホルクハイマーの『啓蒙の弁証法』などに代表される現代思想の中でそれに疑いを入れる余地はないものと思われる。しかし、ニーチェの考え方は、現代社会から生じ、この社会の中ではごく自然に見える概念を過去に投影しているだけではないだろうか。異質な世界を解釈する際に生じるこの種の傾向は、いわば解釈学の本場と言うべきベルリン大学に席をおいて育ったマルクスの忌避する、ましてや西洋古典解釈学を古代研究の土台に据えるバッハオーフェンの忌避するやり方であった。

4　母権社会における復讐の根源

ニーチェは根本的に誤っている、と論じるのは、ルートヴィヒ・クラーゲス（一八七五―一九五六）である。

ルートヴィヒ・クラーゲスは本来、ニーチェに圧倒的な影響を受けたニーチェ崇拝者の世代を代表するミュンヒェン宇宙論派の筆頭哲学者である。十九世紀末のミュンヒェンでバッハオーフェンを耽読することによって自らの哲学の根幹を固め、いわゆるバッハオーフェン・ルネッサンスの嚆矢を放つ『宇宙生成のエロス』によってバッハオーフェン・ルネサンスを招き寄せ、その主著とされる『魂の抗争者としての精神』[7]の長大な最終章「ペラスガーの宇宙像」において同態復讐法を論じている。

ニーチェの主張は、復讐がある種の等価交換であることを見ている点では正しい。しかし、その場合、価値の実質が異なるはずである。古代には古代特有の「価値感情」が存在しているに違いないのであり、この価値感情を「時代遅れ」、「古風なもの」として捨象していくのが近代資本主義社会に醸成される価値感情であるとしても、クラーゲスにとって問題は、先史母権社会の価値感情の実質なのである。

復讐の起源に、買う人、売る人、債権者、債務者を見ることは誤りである。報復の起源は決して「個人的関係」に立脚してはおらず、いつの場合にも氏族、家共同体、部族その他、一定の共同体の案件である。

同態復讐法において、「債権者」が目指しているのは個々人の報復感情の充足でも、動物的な怒りの解消でもない。損傷を受けたのは、それ自体が個々人の命や四肢の一部というのではなく、共同体である。復讐に向かう根本衝動の所在は復讐者の個人的損傷感情の中にではなく、生の現象に介入することによって引き起こされた共同体の生の損傷それ自体に求められなければならない。アニミスティックな社会にあって、この生は人間、動物、植物、無生物の区別なく、魂の宿っている万物の生である。母権的社会は、いくらか先回りして高群逸枝から言葉を借りれば、「人間と自然が血縁関係に」

あり、もし他部族の誰かが自分たちの森に入り込み、一本の樹皮を傷つけ、樹液を奪ったとするならば、それは自分たちの樹木の樹液が流されたということであり、復讐はその他部族の誰かに向けられ、その者の内臓を傷つけられた樹木にあてがい、樹皮の回復が期されるのである。むろん、呪術的であり、神秘的ではある。しかし、一旦奪われたものをどうにか埋め合わせて、共同体の生の本来的な形象を更新することが問題なのである。そして、すでに触れたように、仲間の一人が殺された場合、流れたのは誰それという個人の血ではなく、「われわれの血」であり、その報復を叫ぶのが「われわれの血」であれ、あるいはその「死者の魂」であれ、あるいはまた「復讐の女神」であれ、それらは同じ出来事のとる異なる外観でしかない。問題はつねに、一旦生じてしまった損傷の撤回を共同体が成し遂げる過程なのである。復讐は復讐を呼び、不毛な悪循環を生むと考えがちである。しかし、母権論的古代研究が見てきたのは、復讐の根源にあるのは、損傷を受けた共同体秩序（人間と生類と風土の総体）の回復への希求である。同態復讐法は、母権社会において、自然のそなえた無限の円環的調和を保証する保守主義の最高法規だったと考えるのである。

5　オレステイア

母権論の基礎的理解として流通しているのは、アイスキュロスのオレステイア三部作、アトレウス家の崩壊と呼ばれる神話である。『母権論』の最もよくできた箇所としてエンゲルスのお墨付きをもらって世界に流通した部分であるが、煩を厭わず繰り返したい。バッハオーフェンが同態復讐法を論じるのは他でもない。オレステースの母親殺しを論じるところなのである。トロイア戦争のギリシア方総大将アガメムノーンの殺害に始まるアトレウス家の崩壊の物語。夫アガメムノーンが戦争に出掛けている間、妻のクリュタイメーストラは間男のアイギストスと謀って、帰国したアガメムノーンを殺害する。理由は十分ある。アガメムノーンはトロイア出陣に際してギリシア方の船の出航を可能にする風が吹かず、出航できずに困惑した。狡猾な英雄オデュッセウスが入れ知恵して、アガメムノーンが娘のイフィゲーニエを海神ポセイドーンに生け贄に献げると風が吹き、ギリシア方の軍勢は無事に出航できた。しかし、母権・母系社会を前提に考えると、ここには大犯罪が犯されている。クリュタイメーストラは自然の太母、正義の女神ネメシスの娘である。そのクリュタイメーストラにとってイフィゲーニエは直系の娘である。母権制社会においてはその家を継ぐべき正嫡を、本来おとなしく支配されていてしかるべき夫が、しかも夫と言うだけで、血のつながりもない赤の他人というべきアガメムノーンが殺したのである。アガメムノーンは血をもって償わなければならない。それが母権社会の正義の執行というものである。そのアガメムノーンをクリュタイメーストラが間男と組んで殺したと言っても、妻には夫を自由に選ぶ権利がある。直系の娘を生け贄に献げたアガメムノーンを去って、アイギストスに走ったといって、非難されるいわれはない。この非難は父権社会の夫婦関係を前提にしているだけである。

しかし、父アガメムノーンを殺されたオレステースは「父の仇」として、母クリュタイメーストラを殺す。しかし、母を殺すということは母権社会の大罪である。地中深くから復讐の女神エリーニュースが甦り、母殺しの大罪を犯したオレステースを追いつめる。オレステースはアテネのアポロンの許に身を寄せ、事の決着が争われ、結局、オリンピアの新しい神々はオレステースの母殺しを赦す。この顛末がいわゆる母権と父権の抗争であり、女性の世界史的敗北である。

復讐の女神エリーニュースの背後に控える至高の神格が正義の女神ネメシスである。デューラーの描いた「ネメシス」は、巨大な翼を有した女神である。むろん、古典的オリンピアのギリシアの父権的に脚色された神話においては、ネメシスの位置は男性神ゼウスに略取されているが、バッハオーフェンの確信によれば、万物の母の位置を占めるのは、この鳥の姿をした女神でなければならない。ヨーロッパ最古の教典宗教というべきオルフェウス教は、宇宙を卵から生み出している(「三つの神秘の卵」という著作がバッハオーフェンの母権神話研究の第一作であった)。ギリシア神話の白眉というべきアトレウス家の崩壊に繋がるクリュタイメーストラとトロイア戦役の原因となるヘレネの姉妹は、バッハオーフェンの理解によれば、ネメシスの生んだ卵から生まれた姉妹である。ネメシスはバッハオーフェンの母権神話最大の「自然の太母」である。

なぜ、ネメシスが復讐の女神の背後にいる究極の正義を司る女神とされるのか。復讐や応報的正義の背後にいるネメシスは、すべてを与え、すべて奪う神格である。ネメシスという語は、バッハオーフェンによれば、「分配する」という意味の「ネメイン」という動詞を語源にしている。一切を公平に分け与え、一切を公平に奪いさる女神、端的に言えば、一切の生類に公平に生命を与え、同様に一切の生類から公平に生命を奪い取る神格である。すべてを与え、すべてを回収するこの女神は、母権社会の生成・消滅の双極性が支配する母権的宇宙の「誰にも解くことのできない掟」を敷く運命と正義の女神である。『大地のノモス』の憲法学者カール・シュミットは、バッハオーフェン受容史の中でも、法の起源を探究したバッハオーフェンを「法学の存在根拠」に関わる法学者として称揚する数少ない学者であるが、カール・シュミットもまた、法（ノモス）という語もまた、ネメインという動詞から派生したものと考える。人間の「脱領土化」（ドゥルーズ）や「大地との訣別」が多く語られ、いかなる境界も楽々と「越境」することが褒め称えられ、大地も宇宙から見た一個の「球体（グロブス）としか見ずに、大地からは「土俗の神」も見えなくなった「現代の軽文明」は、法の源泉である大地に対して鈍感になるばかりである。グローバルな経済世界では、大地は便利なゴミ捨て場と理解され、生類の羊水ともいうべき海は無尽蔵の固形炭酸ガスの処理場と理解される。オレステースの母親殺しは人類の自然殺し《オレステイア》となって日々展開されている。大地の受けた罪科の復讐はポセイドーンに任される。ドーン（土地）のポセイ（夫）らしき名前をもつポセイドーンは本来、海洋の神というよりは陸地の淡水（沼沢）を棲み家とする地震と津波の神である。オレステイアの『慈しみの女神たち』でエリーニュースの受けた辱めにポセイドーン（大地の夫）が行う復讐と同様に、この復讐行為は古来、同一のパターンを繰り返している。巨大地震と巨大津波である。

オレステースを巡る神話群は、血で血を洗う復讐劇の連鎖である。バッハオーフェンの言う同態復讐法の世界は血腥さにおいて比類のない世界であり、そこで最終的な決定を下すのは「血」の審級である。エリーニュースは母を殺したオレステースにこう言う。

血ぬられた男よ。いったいあの女がお前をふところに抱き育てたのではなかったか。お前は母の尊い血を認めぬのか。（『慈しみの女神たち』第六〇七行）

エリーニュース・ネメシスたちは母親の血の権利だけを認める。オレステースは血と肉を分け与えた母を裏切ったのであり、無条件に血の償いに値する。「母権時代」が比類のない「歴史のポエジー」（バッハオーフェン）として現れるとしても、母権は、血や血族に最大の力点をおく社会の法である。

6　母権と血の権利

法学界で不遇をかこつバッハオーフェンに救いの手を差し伸べたのはヨーゼフ・コーラーという法学者であった。[8] このヴュルツブルク大学の法学教授は、バッハオーフェンに感動し、メルジーネ伝説を論じたりしているが、バッハオーフェンから受けた影響を自分の刑法理解に生かすために、当然、シェイクスピアを論じた。単にハムレットだけではなく、復讐のモチーフはシェイクスピア全体に広がる問題だからである。[9] 一八八一年の『シェイクスピア論』に続いて一八八五年に『血讐論』[10]を上梓している。コーラーによれば、血讐を止揚するのは啓蒙主義ではなく、アンブロシウス、トーマス・アクイナス、アウグスティヌスなどのキリスト教教父である。

太古の自然民の同態復讐法がキリスト教の教父たちの努力によって克服されていく歴史の研究は重厚な法制史的研究であるのは疑いないであろうが、本書の関心はそこにはない。コーラーの論じていることは同態復讐法の此岸であり、本書が問題にしたいのは、その彼岸である。同態復讐法を「血の報復 Blutrache」と考えるならば、そのために本書が問題として正面に据えたいのは、「血」の世界である。

現代は血のもつ温もりやたおやかさを忘失している。日本語で「母権論」や「血の権利」を語るためには、まず血を不浄視する感性を排除しなければならない。インド・ゲルマン語においても、あの生命を維持する赤い液体を表す語が各言語によってまちまちに不統一であることを訝しく思ってよいであろう。ギリシア語ハイマ、ラテン語サンギウス等などである。このことはおそらく本来インド・ゲルマン語で血を表す語がいつの時点かに徹底的に抑圧・排除され、各言語はそれぞれ新たに、多くの場合、その語源的解明が困難であるような語で代用したことを意味していよう。しかし、われわれの論旨にとって重要なのはドイツ語の血 Blut、英語 blood、古アイスランド語 blod、中低ドイツ語 bluot、オランダ語 bloed、古北欧語 blod、スエーデン語 blod、ゴート語 blop であり、この場合には語源は明白である。それはインド・ゲルマン語の語根 bhel であり、これは「花咲く blühen」「花 Blume」「満開 Blüte」「開花 Blust」「葉 Blatt」と語源を共有しているのである。語源学者ユーリウス・ポコルニーによれば、「溢れ出る血はメタファーとしてなにか植物が繁茂するように噴出するものとして想像されている」[(11)]のである。アングロサクソン語の blęd は「芽」「枝」「花」「果実」を意味する。古高ドイツ語の blat は「生命」「息吹」を意味する。ケルト語の bile は樹を意味しさえする。ゲルマン語の「血」はメタファーとして植物的な芽ばかりでなく、他方ではざわめく海や溢れる乳と関係する。

血の温もりが古代共同体にとって忌避されるいわれはまったくない。近代の神経病理学が神経の存在を重視し、それを司る脳に魂の所在を求める以前、魂の在処は血にあった。魂をドイツ語でゼーレSeeleと言うのは、それが海・湖（See）に帰属するものとする古代的観念が働いているからであるが、海・湖はゲルマン神話では、始原の巨人ミーミルから流れ出た血であった。ゲルマン神話は氷に閉ざされた冷たい世界を舞台にしているが、その世界にそもそも宇宙が生まれ出るのは、温かい血の海からである。そこに宇宙樹ユグドラシルが生い立つ。その足許に広がるのが、死者の魂Seeleが再生までの一時を過ごす湖Seeである。

同態復讐法の観念がいかに野蛮に見えるとしても、血Blutが花Blume、咲き誇るblühen、盛りの満開Blüte、英語Blossomなどと直結している言葉であることは念頭に入れておきたい。ほとばしる真っ赤な血で血を洗う復讐（血讐）が人倫の美であるような時代を想定しておく必要があるのである。「ギリシア的大地感情」とか「太古的血の温もり」などと言い出せばナチズムの「血と大地」を思わせるのは必定である。「血と大地Blut und Boden」や「夜と霧Nacht und Nebel」といった、本来古代ゲルマンの頭韻を踏んだ美しい雅語が、ナチス・ドイツの蛮行を思い出させる語になりおおせてしまったばかりか、神話を論じることが即ナチズムへの傾斜であるかのような神話タブーを生み出し、一方の近現代の宿痾と言うべき、血の気の失せた理性信仰を加速したことこそ、ナチズムのもたらしたユダヤ人虐殺に匹敵するほどの災厄であると筆者は感じている。ナチズムが、後期資本主義の高度産業社会的イデオロギーを「血と大地」という農本的イデオロギーにくるんで、選挙活動に合法的に勝ち抜いたしたたかさには留意しよう。にもかかわらず、母権思想を論じることができるための大前提はまずこうした血の匂いのする世界への嫌悪を取り去ることである。現代人は、血に社会の基礎を見る社会を野蛮とみなす習性を身に付け、ともすれば血を蔑視する習性を合わせ持って、血を穢らわしいものとさえ見るのである。アラビアには月経の血を魔除けに使う習俗が残ると言われるが、日本では経血はえてして穢れであろう。

石牟礼道子を読む上で、絶対不可欠の名著『石牟礼道子と地域語』の著者である藤本憲信先生よりお便りを頂いたので、そのまま引用させて頂く。

わたしは、ケガレは、「穢れ」などではなく、「褻」「離れ」が語源であったと考えています。つまり、日常から離れること。その時期は、最も女性を大切にすべきであったという見かたです。「褻枯れ」だとする見解もありますが、もし、それでしたら、その原義が整合性を持ちません。[12]

およそ母権という概念を考えるには「血」に対する嫌悪を括弧にいれる必要性があることを強調したい。母権社会ないし母系社会と呼ぶべき社会は再度高群逸枝に言葉を借りれば、「人間と自然に血の通う血縁関係」があるような社会である。不知火海はそのような意味で生命を養い育てる母なる海であり、羊水であった。その海が水銀に犯された。

ひとびとの魂にとって、海というものは、食生活の上からでなくて、なくてはならぬ絶対世界であった。つまり、空とか海とかは、そこに在るままで普遍そのものであった。

そのような絶対世界にもっとも深く通じていた、名もなき階層の民たちも共に殺されつつ、生命世界をつつんでいた根源の世界が死につつある。

無名であった水俣と不知火が現代や未来に対して、普遍的な命題を提出したのは、そのことにつきる。(13)

水俣を訪れ、水俣の青く澄み渡った海を見て、これが「苦海」なのかと感じ入ったことのある人間は、その後、ギリシアの海を見ようと、シチリアの海を見ようと、そしてさらに仮に東地中海の海を見ようと、その紫紺の色に「苦海」を見ることになる。東地中海で思い出すのだが、ヘブライ語で「苦い海」を意味するらしい女性固有名詞があった。ミリアム。ヨーロッパに入ってマリア、聖母マリアとなって有名になる名前である。いや、新約聖書に登場する幾多のマリアたちよりも先に旧約聖書のミリアムを思うべきなのかもしれない。(14) モーセに率いられて出エジプトを果たすイスラエルの民の葦の海の奇跡を歌いあげる旧約『出エジプト記』の狂騒的歌人ミリアムである。フェミニズム神学の隆盛時には、モーセ、アーロンと並ぶ『出エジプト記』の三大予言者として、あるいはそれ以上に男権的モーセを批判する女性予言者として称揚された。『出エジプト記』を思い出すのは筆者の恣意ではない。『苦海浄土』は、いずれ、『出エジプト記』を参照する必要を生じさせる。しかし、われわれはまだ、ようやくスタートラインについたばかりである。

7　不知火海と地中海

水俣の紺碧の海と空はギリシアの紺碧の海と空を思わせる。しかし無論、問題は色の類似ではない。

二つの地域を結びつける真の共通項は、一方に国家の発端に位置するアテネと、他方で「現代国家の滅亡の端緒の地」[15]に位置する水俣がともに、残り少ないと思われる世界史という一編の物語を両端から一つにまとめ上げる「悲劇」で知られていくことになることである。しかしアテネやクレタに歴史の起源を置くとすれば、もう少し奥に歴史や文化の起源を置きたくなる。東地中海のレヴァント地方にシドーンという港町がある。神話的大昔、この土地で花を摘んでいたフェニキアの王女エウローペー（ヨーロッパ）に懸想したゼウスがエウローペーを拉致してクレタ島に運び去り、そこでクレタの王ミーノースが誕生することにこそ、クレタのミノア文明を初めとするヨーロッパの歴史の始まりがあるのであり、そのエウローペーを探してギリシアに渡ったカドモスによってフェニキア文字がヨーロッパに伝わって、アルファベットというその後の諸文明に甚大な影響を及ぼす文字文明の発端があるのである。フェニキアという名称は紫を意味する語に由来すると言われるが、紅海、アラビア海、シリアなどの要衝を押さえた商業国家フェニキアの扱う主力商品が、地中海の沿岸で採れるムラサキ貝からとれる紫染料であった。もっとも高貴な色として古代の権力者や高位の聖職者の愛好した色で、女王や王女を乗せた船の帆も紫となるのが通例である。ヨーロッパの開始を告げるエウローペーの略奪は、同時に世界がアルファベット言語秩序を有し、商業活動を始める時代の幕開けを告げる事件でもあるのである。

ムラサキ貝と呼ばれる貝が水俣にもあり、海辺で豊富に採れるという。石牟礼道子はこの名前から東地中海レヴァント地方のムラサキ貝を連想している。[16]不知火海のムラサキ貝からも未知の色素が含んでいないとも限らないという想像は石牟礼道子にわずかな幸せを与えるのである。水俣のムラサキ貝は「蛤とも浅蜊ともまたちがう乳のような香ばしさ」にあふれ、梅雨時、「もっとも美味な時期になると、この貝は形もふくらみ、濃い紫紺色の光を滲ませて」その色艶がレヴァントのムラサキ貝を思わせるという。フェニキアの紫染料の採取は綿密な作業を強いたことで知られているが、水俣の漁民もムラサキ貝を集める仕事に精をだした。貝は新日窒水俣工場から排出された毒素を吸い込んでいる筈であり、ムラサキ貝を集めることを漁民に依頼したのが新日窒病院の細川一博士である。日本中を震撼させた「踊る猫」の実験であった。

8　復讐の女神としての石牟礼道子

母権社会は血の絆に立つ社会、血の掟の支配する社会であり、人間、魚、猫、鳥といった魂を持つ生類だけではなく、「科学的」に言えば無生物に分類される存在である石や墓などすべての存在に魂が宿っている世界である。

年に一度か二度、台風でもやって来ぬかぎり、波立つこともない小さな入り江を囲んで、湯堂《ゆどう》部落がある。

湯堂湾は、こそばゆいまぶたのようなさざ波の上に、小さな舟や鰯籠《いわしかご》などを浮かべていた。子どもたちは真っ裸で、舟から舟へ飛び移ったり、海の中にどぼんと落ち込んでみたりして、遊ぶのだった。

夏は、そんな子どもたちのあげる声が、蜜柑畑や、夾竹桃や、ぐるぐるの瘤をもった大きな櫨《はぜ》の木や、石垣の間をのぼって、家々にきこえてくるのである。

村のいちばん低いところ、舟からあがればとっつきの段丘の根に、古い、大きな共同井戸――洗場がある。四角い広々とした井戸の、石の壁面には苔の陰に小さなゾナ魚《め》や、赤く可憐なカニが遊んでいた。このようなカニの棲む井戸は、やわらかな味の岩清水が湧くにちがいなかった。

ここらあたりは、海の底にも、泉が湧くのである。(17)


『苦海浄土』は、海と空、自然と生類の間に太古的な血縁関係の持続する水俣の描写で始まる。「自然と生類との血縁血族によって、水俣の風土は緑濃い精気を放っている。海の潮を吸いながら、椿の花などが咲くところなのだ。そのような花々をうつすために、空の瑠璃《るり》というものが変化《へんげ》するところなのである」(18)。そのような世界を、それを奪い去る水銀中毒の毒気の中で浮かび上がらせるのである。

外洋にかこまれた列島がその内懐《うちふところ》に秘めつづけていた辺境の内海とは、いったいなんであったろう。

あらゆる生命の母なるところ、透明な香気を空に発してみじろぎもせぬ海とは、この列島の羊水を意味する処にちがいなかった。動かぬ海に魂を奪われる人たちが、相ついでこのごろ水俣にくる。死にいたる病いがはじまっているここに。この海はたしかに母性だった。(19)

『苦海浄土』をそのような作品と見なすとき、水俣病という現象が意味するのは、日本の一地方が病んでいることに尽きるのではない。生命世界全体が「死にいたる病」にかかってしまったこと、そしてそのことは当然、人間そのものが「死にいたる病」を病み始めていることの表現として、人類史的な、あるいは生類史的な終末を表現しているのである。

私には、水俣だけではなく、この生命を産み育てる母体というか母層が、全体的に危機的な状況になっているという思いが初めからありました。科学技術から出てくる毒も当然ですが、人間そのものが、この生命世界に対して毒素となって働きかけつつあると。(20)

水俣病事件は、水銀中毒の形を取った母親殺し《オレステイア》（オレステースの母親殺しに因む自然殺し）であった。石牟礼道子は水俣病闘争のジャンヌ・ダルクと言われた。しかし、本書は、石牟礼道子を海と大地を殺すチッソの「母親殺し《オレステイア》」に呼び出されて登場すべく登場する復讐の女神《エリーニュース》と呼びたいのである。

突然、戚《せき》夫人の姿を、あの、古代中国の呂太后《りよたいごう》の、戚夫人につくした所業の経緯を、私は想い出した。手足を斬りおとし、眼球をくりぬき、耳をそぎとり、オシになる薬を飲ませ、人間豚と名付けて便壺にとじこめ、ついに息の根をとめられた、という戚夫人の姿を。

水俣病の死者たちの大部分が、紀元前三世紀末の漢の、まるで戚夫人が受けたと同じ経緯をたどって、いわれなき非業《ひごう》の死を遂げ、生きのこっているではないか。呂太后をもひとつの人格として人間の歴史が記憶しているならば、僻村といえども、われわれの風土や、そこに生きる生命の根源に対して加えられた、そしてなお加えられつつある近代産業の所業はどのような人格としてとらえられねばならないか。独占資本のあくなき搾取のひとつの形態といえば、こと足りてしまうか知れぬが、私の故郷にいまだに立ち迷っている死霊や生霊の言葉を階級の原語と心得てい

る私は、私のアニミズムとプレアニミズムを調合して、近代への呪術師とならねばならぬ。(21)

自然を人類を育む母とする古代的観念からすれば、人類の母親殺しというべきオレステイア（大地殺し）が遍在している。「原初《はじめ》の神も土俗の信仰もうしなった軽文明(22)」に晒されて、「ほとんどのアニミズム神たちはまた呪術神でもあり、呪術神と災厄はつねに結びついてもいた(23)」。近代資本主義社会は日々、母親殺しの殺人現場である。ギリシア悲劇に倣えば、復讐の女神エリーニュースが登場してしかるべき時である。

石牟礼道子が、母を殺したオレステースを、文字通り、気が狂うまで追いつめる復讐の女神エリーニュースの形相で読者の前に姿を現す文章がある。

どうしてもいやされぬ痛覚によって、わたくしは、ひとりのにんげんを追い求め続けている。なぜあのとき、わたくしは、その場からただちにあの男を、どこまでもどこまでも、水も飲まずねむりもせず、あのキモチの悪い首都の迷路の中にふみいり、昼も夜も追いかけてゆかなかったのであろうか。(24)

東京丸の内と霞ヶ関を結ぶ路上で、石牟礼道子の撒く胎児性水俣病で死んだ男の子の遺影の載ったビラを、受け取るやくちゃくちゃに握りしめた男に対して、ほとんど半べそをかきながら、この男を、母を殺したオレステースを地の果て水の果てまで、ついにはオレステースが発狂するまで追い回す復讐の女神のように、「昼も夜も追いかけて」ゆけばよかったと思う。われわれはこの半べソをかいた水俣の主婦、いや、復讐の女神エリーニュースを記憶に焼き付けて、改めて最初から、石牟礼道子のあとを追うことにしよう。

第二章　妣《はは》たちの国

1　原母の方向へ

谷川雁は『原点が存在する』に書いた。

人々は遠くにいるのだ。そして私を動かしているのだ。彼等はそうする権利がある。なぜなら私も彼等を動かすのだから。

彼等――それはいったい何者なのか。口も聞かず手も触れないのに、私の死すら支配している彼等は。

メフィスト　その事を話すのは一体不可能なのだ。それは「母」達だ。

ファウスト　（驚く）母達か。

メフィスト　身の毛が弥《よ》立ちますか。

二十世紀の「母達」はどこにいるのか。寂しい所、歩いたものゝない、歩かれぬ道はどこにあるか。現代の基本的テエマが発酵し発芽する暗く暖かい深部はどこであろうか。そここそ詩人の座標の『原点』ではないか。(1)

水俣サークル村の主婦詩人石牟礼道子が応答する。

あ、それは雁さんわたしです、と思っていました。これはわたしだ、わたしたちのことだなあ、と。(2)

谷川雁。

では——彼等を知れるか。
知らぬ、と答えねばなるまい。知る、とはそのものを創造しうる、ということだから。
私は努めている。それだけだ。
ファウスト　そこで先づどうするのか。
メフィスト　下へ降りようとしなさい。
　　力石を踏んで段々降りてゆくのです。

※

「段々降りてゆく」よりほかないのだ。飛躍は主観的には生れない。下部へ、下部へ、根へ根へ、花咲かぬ処へ、暗黒のみちるところへ、そこに万有の母がある。存在の原点がある。初発のエネルギイがある。メフィストにとってさえそれは「異端の民」だ。それは「別の地獄」だ。一気に

はゆけぬ。(3)

石牟礼道子。

いよいよこれはわたし家《げ》の方角らしい。(4)

男性的闘争のエロスの化身というべき谷川雁と母性我の体現と言うべき石牟礼道子という二人の詩人の間で交わされた応答には、日本語の詩人にふさわしい言和《ことあ》えと思える。石牟礼道子はいう。

雁さんが無言で出して下さった宿題に答えようとして、『苦海浄土』を書き、『流民の都』を書き、『天の魚』を書き、『椿の海の記』を書いたのだなあ、と思うのです。(5)

しかし、それから三十五年。『あやとりの記』や『天湖』、『水はみどろの宮』といった石牟礼道子色の濃い傑作が世に問われた時点で谷川雁はいう。

結局のところ病の狂乱のただなかへ古い神話性をよびもどすことで終わった。(6)

そういうものであろうか。「雁さん」らしくもない言い分ではないか。しかしたとえ、そうであったとしても、筆者はなおさら石牟礼道子の「古い神話性」を考えたい。谷川雁の言う通り、「段々降りて」ゆこう。「飛躍は主観的には生まれない」。谷川雁はこうも言ったと、石牟礼道子は記憶している。

……君はダヴィンチの「巌の聖母」を考えてくれてもよい。……彼女はファウストのなかの「母たち」のひとりなのだ。だが、僕に愛の原型を示したのは形而上学的観念ではなく、……貧農であり、娼婦たちであり、村の法則だった。彼らは一様に指している。原詩（ウルポエジイ）を。

……下部へ、下部へ、根へ根へ、花咲かぬところへ、暗黒のみちるところへ、そこに万有の母がある。(「原点が存在する」から[7])

石牟礼道子は「自分という階層が、この詩人〔谷川雁〕から翻訳されていると感じた[8]」という。「根の原郷、そこは自分のいるところ、あるいは自分そのものであるとわたしには思えた」とも書いている。原詩(ウルポエジー)の方向、万有の母の方向へとわれわれも降りて行こうと思う。「下部へ、下部へ、根へ根へ、花咲かぬ処へ、暗黒のみちるところへ、そこに万有の母がある。存在の原点がある」。時はまだ、水俣病が事件となる以前、水俣川下流に住む貧しい主婦詩人が、谷川雁の導きで新日窒附属病院の院長細川一博士に引き合わせられる以前のことである。

2 ゲーテの『ファウスト』にみる妣たちの国

谷川雁が引用しているのは、いうまでもなく、ゲーテの『ファウスト 第二部』のあの謎めいた箇所である。ファウストは地下的冥界的闇の世界、「母たち」のもとへと降りていく。しかしそれはそもそも、何のためなのか。その直前にファウストとメフィストフェレスは、宮廷の経済的困窮を救うために大量の紙幣を印刷発行している。新たな大量の貨幣記号が流通すれば、それ以前の世界を統べていた主要な記号は失効する。まず第一に失効するのは、二十六文字からの言語記号から成り立つポエジーである。ついで失墜が予測されるのは、「このしるし(記号=十字架)において」流通を続けたキリスト教信仰の記号体系一般かもしれない。『ファウスト 第二部』という書物の持つ難解さは、ゲーテがきたるべき十九世紀の在り方にアレゴリー的な表現を与えた作品だからなのではないかと考えられる。十九世紀は紙幣記号が他の記号の一切を圧倒する世紀となろう。ファウストが「母たち」を訪れるのは、貨幣記号の圧倒的な作用のもとで、ポエジーの無効が確認された時点のことである。十字架（キリスト教）という記号も無効を宣言されたのだろうか。『ファウスト　第二部』は、最初の母たちを訪れる試みに呼応するかのように、作品の最後は、聖母マリアの登場で終わる。

永遠にして女性的なるもの
われらを彼方へと惹きつけていく。

Das Ewig-Weibliche
Zieht uns hinan.

周知のエンディングであるが、ゲーテは、来るべき十九世紀に貨幣の圧倒的優位の世紀を予測して、「母たち」を訪れることから始まる古典古代の探訪と聖母マリアと「永遠に女性的なるもの」の問題圏を展開している。こうした大枠の中で見た女性と母の問題領域は、十九世紀末にヨーロッパに広く膾炙したエレン・ケイの母性フェニミズムよりははるかに広大かつ多様な「テエマ」を含み込んでいる。ここには、「現代の基本的テエマが発酵し発芽する暗く暖かい深部」があることに疑いないばかりではない。現代から太古に向かって降りていくという構図そのものが、現代のテーマであると筆者は理解している。「母たち」とはだれのことなのか。貨幣による交換価値が蔓延するなかで、人を物理的な牽引力を有して「彼方へと惹きつけていく」「永遠にして女性的なるもの」とはどんなものでありうるのか。あまりプラトニックに考えない方が良さそうである。悪魔メフィストとの契約を破棄して、ファウストの魂を奪い取った天使たちに戦いを挑む悪魔の手下たちに差し向ける天使たちの最終兵器は「バラの花弁」である。天使の投げつけるバラの花弁に当たると、悪魔の軍勢はかつて味わったことのないエロスと官能に悶え苦しむ。

ああ、頭が燃える。胸が燃える。
悪魔の業火よりも強い火だ。
悪魔の業火より余程痛い。
失恋した人たち、お前たちが、捨て去られて
首をねじまげて恋人の方を見やりながら
恐ろしく苦しがるのは、こんな業火のせいなのだ。
（一一七五三—一一七五八行）

降臨する天使の姿は一言で言えば、猥《みだ》らである。メフィストに愛欲の念を引き起こすのは、「男をも女をも迷わす」少年の姿をした天使である。

おい、そこの背の高いガキ。
おれはお前が一番気に入った。そんな仏頂面はお前にちっとも似合わない。
もう少し色気のある目をせんかい。
それにもうすこし膚が見えるようにもできんものか。
その長い、襞のついた襦袢はお行儀を通り越している。

あや、今度はそっちを向いたか。ガキめ。
美味しそうなケツをしてやがる。

（一一七九四―一一八〇〇行）

「妣たちの国」は独特なエロスの領域である。ファウスト第二部のギリシア神話の世界は通常オリンピア十二神で代表される神話世界などよりも遙かに古い神話世界であるのだが、それに関するゲーテの知識は主としてフリードリヒ・クロイツァーなどのドイツ・ロマン主義の神話学に依拠している。

3　イシスの神秘

一八三〇年一月十日付けのエッカーマンとの対話でゲーテは、『ファウスト』の「母たちの国」について、プルタルコスでギリシアでは「母たち」が神々として崇拝されていることを読み知ったことだけを認め、他はまったく自分の創作であると述べている。[9] 鼎《かなえ》と鍵を携えて、地下の闇の世界に、道なき道を降りていくファウスト。そこは時間も空間もなく、地上の形ある現象の根源が姿を見せずに存在しているところであるらしい。谷川雁の言葉では原詩（ウルポエジー）の世界である。

ゲーテが典拠を認めるプルタルコスの名はエジプトの「法を敷く原母イシス」を連想させる。「吾はあらゆる国の王にして、ヘルメスによって育てられしイシス、わたしが制定した法はなんびとも廃止することあたわず」[10]とイシスの碑柱にある。大地母神イシスの敷く完璧な「母の法 Mutterrecht＝母権」の世界が、バッハオーフェンの『母権論』の世界である。

しかし、『母権論』の思想的骨格が疑いもなくエジプトのイシスを巡っていることが、『母権論』に

「神秘主義」のヴェールをかけてしまうのである。ドイツ文学・芸術思想の伝統において、イシスはモーツァルトの『魔笛』、シラーの『ヴェールをかけられたザイスの座像』、なかんずくノヴァーリスの『ザイスの弟子』等々、神秘主義の伝統のメインストリームをなしているからである。まず、ドイツ・ロマン主義の代名詞とも言うべきノヴァーリスの『ザイスの弟子たち』から触れよう。ザイスはエジプト、ナイル河の中州に位置する、エジプト第一王朝の時代から知られていた街である。ヨーロッパ文明の起源をギリシア・ローマに求めたがるドイツ近代思想ではあるが、ギリシアの前には遙かに悠久の時間を先行するエジプトが存在していることは、いわばギリシア崇拝の端緒を付けたヴィンケルマン時代からの常識であった。ギリシアなど、エジプトに比べれば、年若い少年にしか過ぎない。そもそもギリシアには、人類の過去を知り伝える老人がいないのだ、とザイスの神殿を訪ねてそこの神官に諭されるのはギリシア七賢人の一人ソロンであった、とプラトンの『ティマイオス』は記している。エジプトには、最古の人類が大洪水で絶滅しそうになった時、辛うじて逃れて、次の人類を用意したピュラーとデウカリオンの行った行為を見知っている老人がいるのだ。そして、これら過去の叡智を伝承しているのがザイスの神殿なのである。

もしも、そこにあるあの碑文にあるとおり、死すべき者はだれもヴェールをもたげないのなら、ぼくらは不死の身になろうと努めるべきだ。ヴェールをもたげようとしない者は、真のザイスの弟子ではない。(11)

遠くからこの最古の民族を訪ねてきた旅人が見るザイスの弟子たちは導師を敬いながら、「ひとみ

ずから不死にならねばならぬ」と日夜懸命に勉学に励んでいる。ザイスのイシス座像には、

「われはかつてありしもの、今あるもの、また向後あるならんすべてなり。わがまとう外衣の裾を、死すべき人間のただ一人も、翻すことなし[12]」。

と刻まれ、『ティマイオス』にあるように、ヴェールの奥には人の目に触れたことのない真理が隠されているからである。イシスのヴェールに隠された神秘的な真理のトポスはモーツァルトの『魔笛』(一七九一年)の「夜の女王」を介して広く人口に膾炙したのであるが、その謎を更に一層深めているのはフリードリヒ・シラーのバラード『ザイスのヴェールに隠された神像』である。

司祭の秘密の叡智を学ぼうと
知の熱き乾きに駆られ、エジプトのザイスへと
赴いた一人の若者は
敏《さと》き精神ですでに多くの階梯を早くも終えた。
彼の探求心は先へと絶えず促し、
焦り求めるこの若者を
導師もほとんど鎮めることがかなわなかった[13]。

大まかに荒筋を述べておく。ヴェールを上げることが許されれば若者の知識欲を満たすであろうものが見える筈である。「もしすべてを知り得ないならば、一片の知が何の役に立とう」。若者はこのヴェールの奥に隠されているのが何なのかと導師に訪ねて、答えを得る。「真理」がその答えである。

しかし真理をこそ求めて若者は日夜努力をしているのではないか。なぜ、ヴェールを取ろうとしないのか。導師はしかし冷静に「そんなことはしたいと思ったこともない」と答える。しかしこの答えが若者のはやる心を押さえることはできない。若者は夜、ついにヴェールを翻す。翌朝、座像の傍らに倒れた若者が発見される。何を見たのかとだれが尋ねても口にしないまま若者は、「深い心痛のあまり、年若くして墓場に引き渡される」。口うるさい質問攻めにあって彼が唯一答えたのは「罪を介して真理に近づく者に災いあれ。そのような者には、真理は決して悦ばしいものとはならない」であった。

イシスという女神はその発端から濃厚な神秘のヴェールに包まれている。そのことが、バッハオーフェンの『母権論』にとって不幸な巡り合わせとなるのである。『母権論』は、十九世紀にあって「一個の革命」(エンゲルス『家族、私有財産および国家の起源』)と呼ばれたこの著作は、その受容史発端から「天才的神秘主義者による神秘主義的著作」(エンゲルスやベーベル)と呼ばれてきた。ギリシア神話とローマ神話の分析を中心に据えた先史母権社会の「法的宗教的研究」がその理念的中心に置いているのは疑いなくエジプト神話であり、固有名としては「イシス」であることは疑いない。そしてこの神名は、『魔笛』であれ、ゲーテ・シラーのドイツ古典主義文学であれ、あるいは畢竟、魔術的ロマン主義者ノヴァーリスを介してであれ、ドイツ文学の最も神秘主義的な雰囲気を濃厚に醸し出す神名である。

イシス問題がとりわけ慎重な扱いを受けなければならないのは、その神学的な含意である。いわゆるモーセの「出エジプト」との関係から、通常、多神教からの一神教の離脱と言われるものが、一時期を風靡したフリーメイソン的自由主義の観念として一蹴できない問題として浮上させたのは、フロイトの『モーセと一神教』であったが、そして、ヤン・アスマンのエジプト学がその全貌を見せつつある現在、イシスとモーセの連続性と断絶は、神学上の焦眉の問題点を構成している。

4　クロイツァーの神秘的象徴論

ドイツ・ロマン主義の神話研究に色濃く影を投げかけている神秘主義は新プラトン主義である。新プラトン主義の世界流出論が、ドイツ・ロマン主義の大きな努力方向であった世界の神話の統一的記述を可能にする哲学ないしは神学を用意するのである。その代表がドイツ・ロマン主義を代表するフリードリヒ・クロイツァーであった。

フリードリヒ・クロイツァー Friedrich Creuzer の『古代人、特にギリシア人の象徴と神話 Symbolik und Mythologie der Alten, besonders der Griechen』（全四巻。初版一八一〇―一二年）は、「真にロマン主義的精神において書かれ[14]」た著作として、そもそも神話学の成立にとって画期的であったばかりでなく、シェリングやヘーゲルのいわゆるドイツ観念論にも多大な影響を与えた。クロイツァーの後世に及ぼした影響の源泉は、典型的にロマン主義的な「真正さに満ちた始源への憧憬」とその手掛かりとしての「起源的先史時代の象徴」の理念であった。われわれが見たいのはその膨大な著作の全体を支える理論篇と言うべき「象徴と神話の圏域の一般的記述」において展開された象徴・アレゴリー論である。

クロイツァーによれば「起源的先史時代の幸福な民族[15]」は「すべての生物のうちただ人間だけが夜

の夢を介して、昼間の鳥、犠牲獣の内臓、大地の奥底から立ち上る靄、あるいは聖なる樫の中で、あらゆる種類の「思いがけない験《しるし》 unverhoffte Zeichen ＝ σύμβολα」を介して、人間に現在と未来を明晰にし、かつ理解しうるものとする神々と交流する特権を有して[16]いた。クロイツァーの象徴とは「偶然的な、思いがけないもの、ある人間と偶然のゆゆしき遭遇」であったり、「天空の稲妻や彗星、とりわけ意味ありげな鳥の飛翔[17]」といった「目に入る視覚的な験」であったり、特殊な音、とくに鳥の声や洞窟の水音、樫の葉のそよぎといった聴覚的現象であるが、「あらゆる瞬間が由々しき未来をはらんでいて、魂を震撼させるような人生の重大な局面の瞬間、古代の人々もまた神々の前兆をいまやおそしと待ち受けていた。そして、彼らはその前兆を象徴と呼んだ」のである。

　思いがけず自然の隠れた深みから目を介して、予兆ないし警告として人間に語り掛け、何か途轍もないものとしての要求を掲げているもの、それが象徴 σύμβολον（シュンボロン）であった。それは人間に生成したある偶然の験であり、もし人間が生の重大な局面においてそうしたものを獲得しようとしたならば、諸々の準備のうちに生じたのであって、そのことによって人間は自然のより高い本質の暗い力を承認したのである[18]。

　クロイツァーの象徴論は例えばゲーテやカントの古典主義的象徴が彫塑的象徴と呼ばれるのに対し、「神秘的象徴論」と呼ばれる。「神秘的」とは、単に事情に通じていない人びとが口にする非難がましい言辞ではなく、神話学の一定の方法意識と結びついた用語なのである。「μύει（ミュエイ）口を閉ざす、目を閉ざす」に由来する沈黙と瞑目に連なる語として mystisch（神秘的）なのである。そこに天上的なものが地上的な媒体（メディア）を介して神秘的刹那に凝縮されて発現するために、その圧倒的な威力によって、それを表現しようとする彫刻であれ、言語であれ、あらゆる地上的媒体《メディア》を破砕してしまい、「無言の驚愕」だけを残すような体験だからである。これが、すべての言論活動の起点に置かれた「瞬間的刹那における象徴体験」である。

ここには言語を絶するものが厳として存在し、それは表現を見出そうとしてかえってその本質に潜む無限の力によって地上的形式をそれが器としてあまりに脆弱であるために破壊してしまう。このためしかし、直観の明晰さ自体もたちどころに破壊され、あとには無言の驚愕だけが残る。(19) 神的象徴体験は人間の言語的表現能力を超えている。この非言語的知覚現象はなんらかの言語活動としての言語態の対極として見ればいわば無言態である。しかし神秘的刹那において無言のうちに消え去る象徴体験に時間的持続を与える言語手段がひとつだけある。「別のことを語る ἀλληγορεῖν（アレゴレイン）」アレゴリーである。

ある瞬間、象徴のうちにまったき姿でイデアが立ち登り、われわれの魂の力のすべてを捉える。それは一直線に暗い存在と思考の基底からわれわれの目に落ち、われわれの全本質を貫く光線である。アレゴリーはわれわれの目を上げさせるようにと、形象に隠された思想が辿る道を追うようにと誘う。象徴には瞬間的な総体性があり、アレゴリーには一連の瞬時のなかの前進がある。(20)

象徴においては「瞬間的な総体」が無時間的に存在し、アレゴリーには「一連の契機の間に進化の系列」がある。線的な前進活動を有するに至ったこの言語の論理的推論的運動が文字通りのディスクルスである。この話線的推論的な言語の運動は象徴体験に開示された「言語を絶する存在」の謎と直接的に対峙し、ただ、「解釈、卜占 Deutung: μανθεία[21]（マンテイア）」として始動するような言語活動であるのだが、象徴とその「別言」としてのアレゴリーとの間には通常の意味での意味し・意味される記号作用が存在しない。クロイツァーの意味での「象徴」はそもそも徹頭徹尾、意味するものと意味されるものの非同一性に刻印された記号である。二十世紀においてクロイツァーの象徴論の「真に独創的な象徴概念」に注目したベンヤミンに言葉を借りれば、「アレゴリーが具象的存在と意味作用(Bedeuten) とのあいだの深淵に沈潜する際の思弁的な平静さは、記号の一見似かよった志向にみられる無関心な己惚れとは何の関係もない」（ベンヤミン『ドイツ悲劇の根源』）、アレゴリーの「この深淵の中では弁証法的運動が激しく渦巻いている」[22]。「思弁的」や「弁証法」という用語の新プラトン主義的含意は十分留意される必要がある。「思弁的」とは究極の一者への遡行を表す語彙であり、「弁証法」とは地上的存在に自己を開示する神的存在の反照形式に他ならないからである。このアレゴリーを了解する上で絶対の前提となるのは、無言の神秘的象徴とその言語態との間にある絶対的隔絶の意識でなければならない。語と語、文と文の間に深淵が顔を覗かせ、いつでもひとをコース Kurs から逸脱 dis- させ、一語一語の間で深淵に佇むのがアレゴリーとしてのディス・クルス Dis/kurs の常態でもある。と同時に、その危険の場は、人が支配的なディスクルスに身を預ける誘惑に駆られる場でもある。

いつの時代にでも支配的ディスクルスがある。無言態としての象徴体験を言語で語り始めるや、クロイツァーのディスクルスには彼のものでもあれば、時代のものでもあるドミナントなディスクルスが浸透を始める。クロイツァーは新プラトン主義のプロクロスの原典批判版を刊行した文献学者であり、ドイツの新プラトン主義の推進者であった[23]。クロイツァーは、量的にはギリシア・ローマの神話を主にするとは言え、エジプト、ペルシア、インド、さらにはアフリカまで、およそ入手しうる多彩な象徴と神話の統一的な描出に際して新プラトン主義の流出論《エマナツィオ》 Emanatio を採用し、根元的一者からの無限の流出と理論を武器にエジプト神話に流出を見出し、オシリスとディオニソスとイエス・キリストの間に同一性を見出したのである。クロイツァーは、彼が「起源的先史の象徴」として提起したものを、即座にプラトニズムの言葉に置き換える。

> 象徴のうちにある一般的理念が立ち昇ってくる。それは来ては去る。われわれがそれを捉えようとするとわれわれの眼差しから逃れ去る。それは一方では理念の世界から太陽の十全な輝きの中から、プラトンの表現を使えば、太陽にも似てということができるだろうが、出てくるとすれば、他方ではそれがそれをぬってわれわれの目に落ちてくるための媒体によって曇らされている[24]。

5　象徴とアレゴリーの連関

クロイツァーの象徴論はプラトニズムの二世界主義を前提にしており、従って象徴には理念界と現象界の間を行き交う「二重性 Doppelnatur」[25]の刻印が記されている。われわれが注目したいのは、クロイツァーの象徴・アレゴリー論において地上の器に自己を反照させる天上的本質と地上的現象の弁証法から立ち上がる言語の中心性である。

象徴においては一般的な概念が地上の衣装をまとって、意味ありげにわれわれの精神の眼前に現れる。神話においては満たされた魂はその予感ないし知を生き生きとした語で満たす[26]。地上の器に神意が現れ、人間を無言の驚愕に陥れる。しかしやがて人間はアレゴリーの言葉で語る。象徴から神話（アレゴリー）への転換は受動的な「見る」から能動的な「語る」への転換を伴っている。象徴体験においては人間の魂は受動的にとどまり、他方、アレゴリーの言語活動は人間の魂を「生き生きとした語で満た」し、人間は能動的存在と化す。しかもその人間の能動的な活動としてのアレゴリーにおいて、「形象に隠れた思想」が「真理内実を保持しつつ、前進する行程において展開する」。クロイツァーの象徴・アレゴリー連関の後々重大な結果を残すことになるのはまさに、象徴の時間的・因果的先行にもかかわらずアレゴリーがその保持する真理内実において象徴と同等性を保持している、と言うよりもむしろ同等以上のものを獲得しているという点にある。象徴体験によって起動するアレゴリーは象徴の知らない職能を有している。象徴はそこにおいてプラトンの表現を使えば「太陽にも似て、まったき輝きから輝き出たように」理念が発現する「地上的な衣装」であるのだが、その象徴は「それを介してわれわれの目に飛び込む媒体《メディア》によって濁っている」と言われていた。その汚濁を純化するのが象徴に対して時間的には遅れて起動するアレゴリーの言語活動である。しかし、アレゴリーにアレゴリー独自の権能を承認するとすれば、象徴体験の刹那において「存在と思考の深い奥底から立ち上る」「一般的概念」に対して「言葉を失って驚愕」していた人間が、象徴体験をアレゴリーの言語に翻訳して時間的持続性を与え、しかもその際に象徴体験の真理内実を損なうこともなく、アレゴリーにもたらすことのできる言語の権能はいったい何によって正当化されるのか。

この問いにクロイツァーは新プラトン主義的な形象と言語の関係によって答える。クロイツァーの象徴・神話論を統べる原理は、形象と言語という象徴と、アレゴリーの様態を決定する感覚要素とが、共に神的・理念的起源を有することにある(27)。形象と言語はその本質を異にする。しかしその両者は共にその起源を天上的英知界に有するという神秘的要請である。

> 起源においては形象と語とは互いに異なってはおらず、ある同じ一つの根に生い茂り、親密にまぐわい、相互に絡み合っていた(28)。

語と形象とは根を同じにする。この根のあるところは「起源においては」とある。意味されているのは象徴ではない。形象と語とが「まぐわう」、形象と言語がいわば同殿共床する共通の根は象徴の由来する場、理念の由来する場、すべてがそこから流出する究極的一者の場にある。クロイツァーの神秘的象徴論においては、象徴はなによりも「言葉なき驚愕」「言葉で言い表し得ないもの」「言い得ないもの」「暗いもの」「語り得ないもの」の経験であった。象徴においては形象と言語というふたつの様態はまだ分離を引き起こすに至っていない。アレゴリーにおいてようやくこの二つの要素は回顧《レトロスペクティーフ》的に、とはつまり象徴が指し示すあの形象と言語の根源に遡行することによって、顕在化し、「前進するアレゴリー」に運動を与える。アレゴリーが真理内実を有するとすれば、それはただただ、象徴がその「二世界の間の浮遊」によってあの根元的なるものへの瞬間的刹那的な、かつ直接的な連関を有するばかりでなく、アレゴリー自体もまた、その象徴に対する時間的遅れにもかかわらず、その漸次的前進を構成する二つの要素、つまり形象と言語の神的由来によって、真理内実を保有することが保証されていなければならないのである。象徴とアレゴリーとの間のこの平衡のとれた神的起源性が保証されてようやく、人間の言語活動に、つまり神話であれ、伝説であれ、叙事詩であれ、そしてやがては哲学的ディスクルスであれ、その神的正統性を保証される。クロイツァーの象徴・アレゴリー連関の独自性はまさに、象徴の時間的先行にもかかわらずアレゴリーがその保持する真理内実において象徴と同等性以上のものを獲得しているという点にある。クロイツァーの神秘的象徴論は、沈黙と驚愕を強いる象徴という視覚記号の突出にもかかわらず、その機構を統括しているのはロゴス中心主義である。(29)

バッハオーフェンの先史母権神話学は、クロイツァーの象徴・神話解釈に依拠して開始された。古代から語りかける言葉なき象徴を言語のように読めるようになること。それが目標であった。個々の言い回しに至るまで、クロイツァーの基本的方法に依拠しているのである。プラトニックな言葉使いも同様である。しかし問題はそこにある。両者の間にはおよそ半世紀の時間差があり、十九世紀の初頭には可能であった窮極の一者という新プラトン主義的想定が、バッハオーフェンの時代、つまりすでにフィールドワークを主眼とする民俗学が主流となり、スリッパを履いて書斎を歩き回るだけの民俗学は非難される時代ともなれば、機能しないのである。一切を統括する窮極の「一者」を欠いて、浮上するのはクロイツァーにおいては「象徴」と呼ばれていた個々の現世的事物たちである。

万物に魂の行き渡るアニミズムの世界は、別の宗教用語を使えば、呪物《フェティッシュ》の霊域である。ドイツ・

ロマン主義の詩人ノヴァーリスはこう言っている。「偶然的なもののどれもがわれわれの世界器官となりうる。一つの顔、一つの星、一つの地域、一つの老樹がわれわれの内面において新世紀を開きうる。これが、呪物崇拝の大いなるレアリスムスである」。

ヘーゲル、さらにマルクスといった弁証法家たちはフェティシズムを受け入れない。突如、世界の中心性を要求するフェティッシュ崇拝は、弁証法的思考方法を排除するからである。フェティシズムは弁証法に機能停止を強いる領域である。ヘーゲルがこの思考・感性領域を、精神以前の「アフリカ的段階」として、象徴世界に追放したのはそのためだと考えられよう。ティモシー・バーティーの言う絶対精神による食人行為である[30]。

母権思想は、いわばヘーゲルが歴史の外部へ放擲した「アフリカ的段階」の復帰である。そして事実、『母権論』が実質においてエジプトを主要フィールドとしている限りにおいて、エジプトの奥に広がる「アフリカ」は今後の課題として残されたと言えるであろう。

6　母権の原初段階「沼沢地生殖」の時代

『母権論』の世間的名声の確立に寄与したのは、ミュンヒェン宇宙論派と呼ばれる詩人・作家・批評家集団である。ミュンヒェン宇宙論派という「秘教的、神秘的、祭祀的詩人サークル」(ケレーニ)が結成され、そこに参ずる意欲のある者は、教義問答書としてバッハオーフェンを読むことが義務とされたのである。言論の狂宴、ミュンヒェン宇宙論派の言論上の狂躁の年月が始まった。この時代の政治風土においては彼らのあり方は右から見れば極左にしか見えず、左から見れば極右にしか見えないという位置取りであった。「われわれの位置取りは右でも左でもない。われわれは前にいる」と言うのはクラーゲスであるが、この「前」は前衛の意味での「前」ではない。彼らは「前世」にいるというのである。

すでに第一章で触れたクラーゲスは、この集団の神秘的思考に哲学的外衣を与えた筆頭哲学者であった。決してまともには読まれていなかったバッハオーフェンが、ワイマール共和国時代、一躍、五種類もの選集が出るといういわゆるバッハオーフェン・ルネッサンスの引き金になったのも、クラーゲスの『宇宙生成のエロス』(31)であった。ミュンヒェン宇宙論派は別名「エロス派」とも名乗った。エロス」という言葉から、彼らの活動拠点としていたミュンヒェンの歓楽街シュヴァービングという土地柄と結びついて、おおよそ決まり切った連想が生まれるのは避けがたかった。フリーセックスの類である。

バッハオーフェンがかなりノンシャランに「ヘテリスムス」と命名した母権の原初段階がある。ギリシアの高等遊妓《ヘテーレ》が婚外性交に尽くすために、乱婚を意味するらしいという不幸な命名であり、無用な混乱を招くことになった。

「乱婚制」とか「雑婚制」と訳されるこのヘテリスムス段階は、フリーセックスを想像してうずうずしている学者や市民があとを絶たなかったのは仕方ないとしても、バッハオーフェンの言う乱婚とは、男性的物質と女性的物質のどちらの優位性を示すこともなく、自由に混淆している世界、典型的には、沼沢で水と泥とが自由に混淆しているイメージなのである。

そしてこの時代をバッハオーフェンは、ヘテリスムスよりは誤解を与える余地が少ないかもしれないが、しかしそれでもなお真意の伝わることの難しい名称で、沼沢地生殖 Sumpfzeugung の時代と呼ぶのである。

沼沢地で旺盛な生命力を謳歌するのは水と土だけではない。水草が繁茂し、蓮の花が咲き誇り、水中の魚類や貝類、さらに蛇や亀や無数の鳥類、つまり一切の生類が人類未生の楽園で生を謳歌しているような楽園が「沼沢地 Sumpf」である。

沼沢地の旺盛な生命力の中で、鳥の卵から世界が生まれてくる。ギリシア神話で、あの宿命的な四つの卵を産みおとす白鳥レーダーがバッハオーフェンの理解ではネメシスであるのは見た通りである。バッハオーフェンの『母権論』は、本質において、自然マテリアの支配するマテリアが至上の権利を持つ世界である。原型的母権の世界は土水火風の四大的自然元素が自由で奔放な、そう言いたければ「乱婚」を重ねる沼や湖で土と水が自由に混淆する世界である。この世界は人間男女を繋ぎ合わせる「接続詞」[31]のようなエロスではなく、万物が萌え立って万物と交接する汎エロスの世界である。それゆえに、ミュンヒェン宇宙論派は「エロス派」を名乗ったのである。バッハオーフェンの『母権論』をいぶかしげに受容した法学者や社会学者を尻目に、ミュンヒェン宇宙論派はこの沼沢地生殖と呼ばれる「乱婚時代」を受容したのである。多少、ことを面倒にしているのは、ミュンヒェン宇宙論派のシンボル的存在であったフランチスカ・ツー・レーヴェントローという、名門貴族の出で、際立って美しい女性でありながら、ミュンヒェン・シュヴァービングの貧困生活を営みながら、自由かつ奔放なフリーセックスの実践者として人びとに「シュヴァービングの女王」として知られた人物が、一時、クラーゲスの恋人であったことである。この事情は、「娼婦制」の正しい理解のために、役に立つものではなかったであろう。それはともかくとして、沼沢地の湛えるエロスのあり方はバッハオーフェンの母権制を理解する上で重要である。ギリシアの神話的美女ヘレネーが体現する美は不規則恋愛のエロスではなく、ヘロイオス、つまりヘロス（ἕλος＝沼）に生きる人を意味する彼女の名が体現する「沼沢」のエロスである。水と土が自由にその自然権を発揮して交錯する「自由性交」の母権時代、それが沼沢生殖の「乱婚時代」であり、ヘレネーはこの沼沢地生殖時代の主神、娼婦的な沼沢地母神なのである。(32)

シュヴァービングに出入りする著名なアナーキストは、のちにナチスドイツの強制収容所で処刑第一号となるエーリヒ・ミューザーム以下、枚挙に暇がないが、われわれの関係で真っ先に挙げなくてはならないのは、オットー・グロースである。父親カール・グロースは大学教授で高名な刑法学者で、日本の刑法制度の作成にも参与したと言われる。科学を信奉し、警察の科学捜査の推進に大いに力を発揮し、指紋と、警察犬を採用した。裁判でも、月経中の女性の証言は採用しない。ジプシーは差別した。そんな、この時代の典型的なドイツ・オーストリア的父権主義者の具現のような人間だったらしい男の息子、オットーはウイーン大学のフロイトの精神分析の授業に傾倒し、挙げ句はみずからジプシー、つまりカフェ・ボヘミアンとなり、ミュンヒェンの「無法地帯」シュヴァービングに入り浸り、バッハオーフェンを読み、子ども時代からの父親への反抗をキリスト教ヨーロッパ文明の父権主義批判へと衣替えして世間を騒がせる論客となるのである。父親は息子を精神異常と決めつけ、病院に収容させた。必ずしも根拠がないわけではなく、オットーには異常な点が多くあった。衣服を替えることに異常な抵抗をしめし、シャワーを浴びるくらいなら、精神分析を受けた方が良いと言っていたという。まだフロイトを尊崇していた時代、その分析を受けたのだが、フロイトはあっさり彼をスイスのベルクヘルツリ精神病院に収容する。グスタフ・ユングの病院である。この仕打ちをオットーはフロイトの裏切り、「父権の側への寝返り」と受け取り、病院を脱出。ベルリンに出没、表現主義世代のメディアで「来るべき革命は母権のための革命」[33]をテーゼとして掲げるアナーキスト論客として注目を浴びる。しかしその生活も長くは続かず、一九二〇年に、ベルリンの路上で行き倒れて死んだ。

ところで、刑法学者の父カール・グロースがウイーン大学で行う刑法授業を聴講する学生に、一見おとなしく真面目そうだが、その実、何を考えているのかわからないといった、よくいそうなタイプの学生がいた。名をフランツ・カフカという。カフカと父親との関係も周知の通りである。フランツとオットーは意気投合した。カフカの『審判』や『城』には、奇妙な女性が登場する。これら得体の知れない女性について、そもそもクラーゲスへの関心からミュンヒェンに移り住み、シュヴァービング事情にも、バッハオーフェンにも詳しいベンヤミンはこう断定する。

彼女らは沼沢地の生き物であって、そのひとりレニは、「右手の中指と薬指を」大きく広げると、

「すばらしい時代だったわ」、とあの正体の知れないフリーダはかつての生活を回想する。この過去はほかでもない、深みに隠されたあの暗い子宮へと遡る。バッハオーフェンの言葉を借りるなら、そこは、「その無秩序な豊穣さが天の光の清純な諸力に忌み嫌われ、アルノビウス〈三世紀後半―四世紀前半。キリスト教の護教家〉の用いる〈不潔な官能的節楽 Inteae voluptates〉という名称を裏打ちする」、かの咬合が行われる場所なのだ。(34)キリスト教護教論に立つ神学者が〈不潔な官能的節楽〉を云々するのも無理からぬところであろう。しかし、ミュンヒェン宇宙論派にとっては事情が違う。沼沢地生殖の舞台であるアケローンの葦に覆われた暗い沼沢こそが万物の原郷であり、湖 See こそ魂 Seele の帰属する場であると考え、「魂の原郷」への帰還が同時に現存する世界秩序の内部からの解体を意味するという「心ときめかす思想」がミュンヒェン宇宙論派のアナーキズムの強固な信念と化し、アフリカやアジアを蚕食することを「ドイツの使命」と理解するプロイセン・ドイツ帝国主義を徹底的にこき下ろし、さらには父権的世界史の総否定の言説を生み出すことになるのである。

本章では『母権論』の神秘主義とミュンヒェン宇宙論派について最小限度、必要と思えることを書き記した。無関係ではないかと思われる危惧はないではないが、その回り道を辿ることが石牟礼道子を考える上で欠かせないと考えたからである。バッハオーフェンの名がマルクス主義の著作を介して人に知られた事情は日本でも同じである。しかし、バッハオーフェンの「全母性 Allmutterum」は、ドイツ語圏においてミュンヒェン宇宙論派というアナーキーな詩人・思想家集団によってしか発見されなかったのと同じように、日本ではアナーキーな詩人に格好の反響板を見出した。高群逸枝である。

高群逸枝の著作にはバッハオーフェンの名が散見する。時代はエンゲルスやベーベルを経由した女性史が流通していた時代である。しかし、幸いなことに日本では『母権論』やそれに劣らず重要な『古代墳墓象徴試論』の一部が戦前、富野敬照によって訳されて出版されていた。『死と霊魂』[35]である。この翻訳は、たとえ部分訳であったとしても、バッハオーフェンの特質があらわになる部分を突出させている翻訳である。つまり、『古代墳墓象徴試論』の抄訳であり、バッハオーフェンの母権理論が埋葬制度を基軸にする研究であり、（墓を端的に「ハカ＝墓所＝母所」[36]と見る）『母権論』全体の核心部がエジプトのイシスを巡るものであること、つまり大地に女神がすべてを整えて地上に送り届け、かつすべてを回収する「生と死の極性連関」から成り立つ世界であること、つまり沼沢地生殖の世界であることを簡潔に示しているのである。[37]

第三章　樹男のまなざし

1　石牟礼道子の幼年期

一九七四年、有斐閣の月刊『ジュリスト』の原稿を依頼された石牟礼道子は「ゆうひのジュリー」というユーモラスな表題をもつ文章でこう書いている。

ここ二十年来、水俣病事件を有形の種々相に顕在化せねばならぬつとめがあり、さまざまなひとびとの力に助けられながら、初発の志のごときものにも、ひとまずながいながいワンサイクルが来た。けれどもこの二十年の前にはさらに、自分自身の条件をととのえるための、自分ひとりのさびしいたたかいがあったので、それを考えると、今まで持ちこたえたのがふしぎという気さえする。(1)

水俣病事件に追われた「この二十年」の前に横たわる「自分自身の条件をととのえるための、自分ひとりのさびしいたたかい」とはどんなものであったのか。山田梨佐によるインタビュー「「初期詩篇」の世界」[2]でそのおおよその輪郭は掴めるのであるが、『苦海浄土』の作家がどのような環境で「自分自身の条件をととのえ」、かつ『苦海浄土』を経てどのような方向に向かうのかを考える上で特に示唆的なのは、石牟礼道子の幼年期である。

詩人石牟礼道子の際立った特徴に思い切り簡潔な標語を与えようとするならば、幼児性とか幼年期性とかが当たるのではないだろうか。幼いとか可愛いとか言うのとは少し違う。はいはい(這い這い)を始めたばかりの赤ちゃんが、まさに言葉を欠いているために、世界が目と耳と体と香りと味で赤子の中に這入ってくる時期がある。石牟礼道子自身が詩的な原体験を問われて、「いのちの意味をほとんど官能で、わかりかけた赤子体験のふしぎ」[3]を挙げている。手足も首も定まらず、いわばめんちょろ(水俣の幼児言葉でミミズのこと)のように、ちょこっと置かれた大地や床の上を這う存在でしかない赤子の魂に、光る空や夜空に明《あか》い月が花の香りや色彩の華やぎを伴って這入ってくるのが、世界と魂の交流の原体験であり、詩の誕生の原点なのである。「這う・這入る」という動詞は石牟礼文学の基礎動詞で、石牟礼文学の特質をよく表す語と思えるのだが、言葉を介さないで世界と魂の交換を果たすことのできる石牟礼道子であればこそ、単に幼年期の人間ばかりでなく、水俣病によって文字通り、手足の自由も言語も奪われて、病室のベッドや床を這い回る水俣病患者と言葉なく魂を寄り添わせることを可能にしているのである。

高群逸枝の詩や女性史観が文字として認知される以前から、道子は幼年期特有の強度で女性の現実を言葉抜きに這い回っていた。道子の周りには、十三歳で売られ買われ、「おなごの体は、売物じゃなかところはひとつもなか」とばかりに値段の高い安いを競う「インバイ」の世界が広がっていた。椿の赤が主調の筥の『椿の海の記』は突然、畳半畳分の鮮血に染まる。道子にいつも紙にひねったアメンチョをくれた器量よしの「インバイ」ぽん太が中学生に刺殺されたのである。道子の家には「インバイ」を忌み嫌う人間もいれば、ぽん太を「ぐらしか（かわいそう）」と思う人間もいる。ぽん太は「息の切れる間際にたったひと声、おっかあーんち」声を出して死んだ。父亀太郎は、みなのいやがるぽん太の解剖立ち会い人を引き受け、道子にはこんなたつきの道は歩ませないと宣言する。「ほら、みっちん、お父っつぁまにつげ。おまやけっして淫売のなんのにゃ売らんけん、しあわせぞ。いっぱいのめ、のむか、うん」(4)。石牟礼道子が「インバイ」にも「からゆきさん」にもならなかったのは、「しあわせぞ」と言わねばならない世界が石牟礼道子の幼年期の日本である。しかもその大家族も内部に難題を抱えている。祖父が権妻を囲い、祖母を狂わせている。日本的な「家父長的地獄」は、「千年を百年に、百年を十年にぐらぐらと煮つづめた家父長制への恨み」で満たされている。幼児の、つまり、言葉の世界に這入りかけたかかけないかの道子が、この祖母モカ、おもかさまと魂の交換を果たしたことは、その後の石牟礼文学に大きな影を投げかけ続けることになろう。家の外の往来や水俣川にかかる橋の上には、女籠を担いで行商に行き交う健康で元気な女たちがいた。しかし、彼女たちの二世、三世は水俣病に呻吟することになる。

石牟礼道子は幼年期以来、水俣の妣たちの現実世界を這い回っていた。石牟礼道子みずからが革命と呼ぶ大決心の末に書いた「愛情論初稿」(5)は、道子を囲繞する現実を開示しているのだが、「ケッコン」したらしたで、日本特有の結婚制度の苦労が押し寄せるのも日本の「ヨメ」の常態である。水俣病も事件化した。「水俣」と「女性」が問題としてせり上がってくるこのような時代と場所で、水俣の「ソボさん」、徳富蘇峰の寄贈した淇水《きすい》文庫で一冊の本の背表紙をみた石牟礼の「全身を痺れのようなものがつき抜けた」(6)。石牟礼道子を囲繞する不透明かつ不定形な現実を一気に収斂させる言語記号が「女性の歴史・高群逸枝・上巻」であった。

石牟礼道子はすぐに逸枝に手紙を書き、自分の計画する雑誌『現代の記録』に「世代論」という原稿を依頼した。しかし高群逸枝は、一九六四年四月八日に死去する。逸枝の死後、石牟礼道子を訊ねてきたのが橋本憲三である。

2　石牟礼道子と高群逸枝との出会い

石牟礼道子を訪問した橋本憲三は、そこに数冊の本を机において物書きに専念する女性を見たとき、本居宣長の『古事記伝』一冊を机において森の家に引きこもった高群逸枝を再認したに違いない。東京に誘われ、石牟礼道子は一九六六年から翌年にかけて、世田谷は桜の橋本憲三宅、通称、「森の家」に数回に亘って滞在している。橋本憲三は理論社の高群逸枝全集のために『恋愛論』と『日本婚姻史』をあわせた全集第六巻の刊行に努力していた。石牟礼が「森の家」で「高群逸枝の遺蹟」に沈潜したのち、橋本憲三は「森の家」を引き払って水俣に居を移し、『高群逸枝雑誌』の刊行を始めた。創刊は一九六八年。石牟礼道子は『最後の人』と題して高群逸枝論の連載を始めた。石牟礼道子の高群逸枝への関心は、婚姻制度や親族関係というよりはむしろ、母権制ないし母系制を支えるアニミズムの世界観にあるように思われる。石牟礼道子は『最後の人』に『招婿婚の研究』から次の箇所を引用している。

われわれ人類の全体としてみれば、その先祖はこれら(山、川、石、動植物、樹木、太陽等)天然現象や動植物にあったとするのが原始人の哲学即宗教であり、この哲学即宗教は、ダーウィン以後のアミーバ的先祖観の科学とどこかで類似性をもつものであり、人間と畜生とを二区分した父系時代の観念とは雲泥の差があり、それとは相容れない種類のものであった。ここには生命(万物を生命視したのである。原子力発見後の科学に通じよう)への崇拝と、その相互間の血縁視とがあり、それは父系時代の万物を上下の階級に分ち、主人と従者に差別する観念とはまるで似ていないものであった。自然神観を祖型とし、母祖神がやがて生まれてくる。[7]

石牟礼道子の高群逸枝への心酔振りはただならぬものがある。最近、「森の家日記」という、まだ未公開(石牟礼道子全集で初めて公開された)の原稿の一部を目にする機会があった。[8] そこには、こうある。

わたしは　彼女〔高群逸枝〕を
なんと　たたえてよいか

言葉を選りすぐっているが
気に入った言葉がみつからないのに　罪悪感さえ感じる
私がどれほど深い愛を彼女に捧げているか
そのためわたしはいま病気である(9)

一九七四年、高群逸枝の『恋愛論』が講談社で文庫化される際に石牟礼道子は「解説」として「高群逸枝のまなざし」を寄せている。この「解説」は『高群逸枝雑誌』の三〇号に転載され、さらに『草のことづて』に収録されている。注目したいのは石牟礼が「高群逸枝のまなざし」をヒエロニムス・ボッシュの名高い三連祭壇画『悦楽の園』、とくにその右翼パネルの『地獄』から始めていることである。

3　ボッシュの『悦楽の園』

ヒエロニムス・ボッシュ。世界絵画史上最大級の謎を投げかける画家のひとりといってよいであろう。十六世紀、スペイン支配下のオランダ、いわば魔女裁判で魔女を火刑に処した煙の立ち籠めることの時代、世界のキリスト教化の中心的推進国家と言うべきカトリック・スペインの敬虔なキリスト教王フェリペ二世の愛顧に恵まれ、その三〇点にも及ぶ大作が無事現代に伝えられるという奇跡に恵まれた画家である。しかしその経歴や絵画については多くの謎に包まれ、多くの美術史家を挑発してきた。石牟礼道子の言葉で綴ろう。

この世の成り立ちが見えてしまうまなざし、というものがあるとおもうのです。

マドリード、プラド美術館にヒエロニムス・ボッシュの、かの「悦楽の園」と呼ばれ、通常——天国、現世、地獄——と解釈されている絵があります。地獄を描いたとみられるパネルの中央あたりに、「樹男」と呼ばれている不思議な顔があります。彼こそ地獄の王かもしれぬとか、アダム教の最高の指導者があらわれているのではあるまいか、とか云われていて、この十五世紀の幻想画家についての謎解きは、二十世紀に入ってからにわかに研究者たちの心をひきつけてやみません。

私の関心はなかんずくその樹男のまなざしにあります。ロンドンの出版社から出たその画集の顔の目は、この世の成り立ちを凝視しているうちに、ついに彼の目そのものが、この世の虚無をあらわしてしまう、そんなまなざしなのです。

なにかを生み出したあと死んでいる巨大な「卵の樹」の空洞の中には酒樽があって、酒宴が張られ、卵のかたわらに頬を寄せている樹男の頭上には赤い大きな風笛が載っていて、そのまわりを悪魔気取りの鳥の子が、まだ処刑されることに気づかないらしい小心な男の手をひいてまわっている。樹男のまなざしから眺めた全景は大処刑場になっている。上方には、まるで現代の物質文明のゆく末を見るような毒ガス工場様の城砦があって、そこから上る噴煙が上空を包みこみ、その下の、濁った血のような池の中には、おびただしい人間たちの死骸が浮いている。樹男の下にはリュートとハープの合体した楽器や、手まわしのハーディ・ガーディ、管楽器のボンバルドンなどが、人間を捕えて人間楽器をつくり、これを演奏しながら処刑しているし、巨大な耳も切りさかれて罰されています。[10]

「地獄」の中心にいる「樹男」は、奇っ怪な怪物である。ぼろぼろに朽ち果てた樹木を手足にして、しかし樹の幹は土に接しているでもなく、水に浮かせている。といっても、水に根を入れているわけでもなく、かろうじて朽ち果てた木の幹を小舟に乗せているだけである。膝なのか肘なのか、胴体のところに、割れた大きな卵が脹らんでいる。

樹木、土、水、卵と揃えられれば、「地獄」の構図を決めている原理はおおよそ想像できる。神話が宇宙生成を語りうるためには、根源的第一物質が先行して存在していなければならない。世界各地の神話が語る宇宙生成の第一物質が集められている。ボッシュの「地獄」の示す畸形化の原理は、本来、世界各地の語る神話的世界の大本に存在していた根源物質がすべてその生命力を果たし終えたかのように、枯れ果て死滅する光景である。水を始原とする神話は枚挙にいとまない。「はじめに水があった。エホバは上と下にわけた」(創世記)。ウガリット神話はもちろん、日本の神話もそう読める。宇宙を海原と見る神話であれば、多くは小舟が登場する。サンスクリットの「マハーバーラタ」や「ラーマーヤナ」には舟に乗って天空を航行する天神が登場する。しかしここには生命を育む水の気配はなく、小舟も停滞する他ない。

樹男と呼ばれる「怪物」が中央を占める。樹は大方、大地の表象である。宇宙象徴としての樹木としてはまっさきにゲルマン神話の宇宙樹ユグドラシルが思いつこう。ユグドラシルの根元には、人間によって殺された原初の巨人ミーミルから流れ落ちた血から出来たミーミルの湖が広がっている。

ミーミルとは、語源的に、ミンネザング（ドイツ中世の宮廷騎士文学の恋愛叙情詩）のミンネ（中高ドイツ語で「愛」）と同じく、記憶に関係していると言われる。湖（See）は、ゲルマン神話圏では言うまでもなく、人の世の滞在を終えた人間の魂（Seele）が滞在する場所である。ミーミルの湖に蓄積された叡智を自分の片目と交換に手に入れるのが、ゲルマン神話の隻眼の主神オーディンである。しかし、樹男は根を大地に張っているのではない。水に浮かぶ小舟に乗っている。世界海を行く舟の彩りはない。土も水も涸れ果てている。ここに広がるのも、樹も枯れ、水も枯れた世界の終末の光景である。

ギリシア神話でおなじみのガイアの気配もない。オウィディウスの『転身譜』ならばそれで始まる「ガイア」という「粗雑な混沌とした土の塊」もすっかり乾き上がった。ボッシュの「地獄」は世界の開始を可能にした一切がすべてその生命力を果たし終えた世界である。

樹男は枯れてひび割れた卵を腹部にした鳥のような姿を取っている。石牟礼道子が「卵の樹」と呼ぶ対象を胴体にした鳥の名を探せば、似ているのは鵞鳥であろう。鵞鳥と卵の組み合わせが喚起するのは、ネメシスである。正義の女神、復讐の女神ネメシスについてはすでに触れた。オルフェウス教が世界生成神話の始原におく鳥と卵を思わせる。しかし、卵はひび割れて久しく、卵の樹は、いささか「居酒屋タクシー」めいた不法のくつろぎの場であるらしいのだが、正義の象徴としての鳥は「処刑される小心な男を引き連れている悪魔気取りの鳥の子」に畸形化しているようだ。

「地獄」の光景は、人間と大地から生命の気配が失せていくこの世界である。かつて豊穣な生命を予感させた樹冠の場所に描き出されるのは、「まるで現代の物質文明のゆく末を見るような毒ガス工場様の城塞」で、そこから上がる噴煙が上空を包みこみ、その下の、濁った血のような池の中には、おびただしい人間たちの死骸が浮いている。

ヨハネ福音書は「はじめに言葉があった」という。「耳をもつものはきけ」と聖書は随所に繰り返す。しかし、聖書の要求は無駄かもしれない。言葉を聞くにも耳は切り取られ、ピンで押さえられている。言葉だけではない。描かれているのは音楽地獄というべきものである。原初のピタゴラス的宇宙の音楽も存在しない。ピタゴラス派の「音楽」を奏でるあのセイレーンたち、プラトンの『国家篇』に描かれた宇宙の第九天に座して流麗な音楽を奏でるセイレーンたちの気配は消えて久しい。時代は、セイレーンという言葉自体ががけたたましい工場サイレンに変わる時代なのだ。人間は音を伝える媒体、楽器と化して、音楽地獄を現出している。

4　ボッシュとキリスト教異端の思想

地獄の中にいる樹男のまなざしはしかし、何か別のものをみているようだ。三連祭壇画の左パネルはアダムとイヴの誕生を描き、中央パネルは「悦楽の園」である。どうやら人類史の全体を眺めているようだ。しかし、どこか異端的である。

中央パネルの悦楽の園ではこの図とはうってかわり、裸体の男女たちが、玄妙な生命を得ている花たちや果実や鳥たちや魚たちや、鹿や山羊や貝などとともに、無心なほど生の中でたわむれています。

よくよく見れば、うつくしい黒人をまじえたこの男女たちの表情も姿態も、なまないのちを昇華させたような、どこかしらこの世のものではないように描かれており、白い鹿や白い象や白馬などの動物たちの、ひときわ繊細可憐な姿にくらべ、ひとびとの集散しているかなたこなたの塔は、なぜか彼らよりは肉質をもって生きていて、全図の中におかれている真紅のちいさなまんまるい木の実が、宝玉めいておいしそう。左のパネルのイブやアダムのいる図をも含めて、人びとの出入りするところには、必らず球体をした、卵殻形のひびわれを持った巨大な花だとか塔だとかが配されている。球体を刺しつらぬいている突起物を組合わせた塔は、官能的な生命をもったピンク色の岩でできています。

おもしろいことには、地上から浮揚しているようなアダムとイブのいる天国図の下方に、ねずみをくわえて、のんびりとしっぽをのばしながら立ち去ろうとしている野生の猫が一匹、描かれています。幻想的な「悦楽の園」の中では、それが唯一、生活者の相と永遠の日常とでもいうべき雰囲気を湛えているのは、じつにほほえましいのです(11)。

無心なほど生の中でたわむれる裸体の男女。異端の気配を漂わせている。二十世紀のボッシュ研究に画期をもたらしたのは、ヴィルヘルム・フレンガーであるが、その大型版、総頁五一六頁に及ぶ大著『ヒエロニムス・ボッシュ』によると、ボッシュは、十三世紀から数世紀にわたってヨーロッパ中に広まっていた宗教セクト「自由の霊の兄弟姉妹たち（自由心霊派兄弟団）」のメンバーであったという。「自由の霊」という名称はむろん、聖書に根拠をもつ。「主の霊のおられるところに自由があります」(『コリントの信徒への手紙』二、三、一七)。「この自由を得させるために、キリストはわたしたちを自由の身にしてくださったのです」(『ガラテアの信徒への手紙』五、一)。

「自由の霊の兄弟姉妹たち」は自分たちを「知性の人間 homines intelligentiae と呼ぶ。「知性」とはスコラ哲学の語法に従っている。ラチオの経験的働きによる弁論的ディスクールに対してインテリゲンチアは、いまだ創造されていないものを根拠付ける超感覚的な認識力(直観的観照)を「知性」とする。その際、人間(ホミネス)とは人間一般を指すが、きわめて高度な尊厳をそなえた人間である。神はアダムを自分に似せて創造したのだから、神の似姿としての人間は生まれや素性、身分、財産からくる区別を受けない人間の尊厳を享受する。人間の尊厳の概念が重要なのであって、男女の性差別などに重点があるのではない。その意味では男女は平等である。

「自由の霊の兄弟姉妹たち」は、古代キリスト教グノーシス派の流れの中でも一際、自由主義的教説と祭祀の実践を続けた異端ということができる。グノーシス派の多くがそうであるように、マニ教的善悪二元論の様相を備え、この世における悪の支配を全面に出す。悪は憎悪の背後に、すべての罪と罪深さの背後に、すべての不和と暴力の背後のいたるところに潜んでいる。この悪の桎梏からは、サタンの苦しみを免れて自由な霊の中に生きることによってのみ、解放されることができる。

石牟礼道子が名を挙げている「アダム派」とは、その一セクト集団ということになる。彼らは「完全なる者」ともいう。なぜなら彼らは、「あなたがたの天の父が完全であられるように、あなたがたも完全な者となりなさい」（『マタイによる福音書』五、四八）というキリストの命を受けており、すべての信者から完全であることを要求できると考える。その反面、俗世の宗教的制度と社会秩序の押しつける掟を拒否するために、彼らはアンチノミストとも呼ばれる。

アダム派は、失楽園のおこる以前のアダムとイヴの楽園生活を実践することに主眼をおく。アダムとイヴは裸だったのだから、説教師も信者も裸。真偽の定かでない、異端的脚色を帯びるのがこのあたりからである。彼等の集会は、しばしば祭りと狂騒で終わる。無制限の性交渉は霊的自由のあかしであり、性の神秘が人間を「楽園の至福」に導くという訳である。

以上が十五世紀末、オランダのボッシュの帰属していた「自由の霊の兄弟姉妹たち」のあらましである。しかし、こうした異端思想はもっと古い歴史に遡る。フレンガーは、キリスト教グノーシス派の中でも有名なカルポクラテース派の名を挙げている。[12]

カルポクラテース派は、アレクサンドリアのカルポクラテース（七八―一三八年）を始祖とするキリスト教異端である。イシス崇拝の影響を受け、イシス礼拝の儀礼を多く取り入れている。カルポクラテース派はエジプトの神々を崇拝しただけではない。ギリシア哲学も崇敬の念で受け入れ、中でもピタゴラス派や、プラトン、アリストテレスを崇敬し、その肖像を持ち歩いた。彼らはイエス・キリストを崇拝し、神的な性質を認めたが、その処女懐胎の教義は受け入れず、通常の出産とみていた。彼らはピラトの委託をうけてイエスを描いた絵に起源をもつ肖像を持っていたと言われる。これらの絵は特別な崇拝対象であり、示威行進の際に持ち運ばれたという。

カルポクラテースはイエスが使徒に伝えた秘密の教義を知っており、ただ聖別された者にのみ証すことが出来ると言っていた。マルコによって編まれたとされる福音書を有し、エロティックな儀式を有する。カルポクラテースは旧約の神とモーセの掟を拒み、盗むな姦淫するなという掟を笑うべきものとして非難した。人間の原初の自然状態においては、所有も一夫一妻制も存在しないからである。「わたしの」とか「あなたの」という概念は、万人のために考えられていたものを、個人所有にするための掟によって導き込まれたにすぎない。掟は大地の果実を共同で楽しむことや両性間の自由な交渉を人間から奪い、どんな動物にも許されている性的自由を奪うものである。カルポクラテースはすべてを共有していた。財も女性もすべての共有である。カルポクラテース派の教説全体の中核は「すべての財の共有とそれに基づく正義」であった。すべての財と女の共有は神聖な正義の泉であり、平和の完成である。

生殖は禁じられていた。しかしセックスと罪は奨励された。精液は神聖視された。カルポクラテースは、神が人間の胸に欲望という棘をさしたのは特別の目的があってのことなのだと考えた。つまり、ひとは罪を犯すことによって神の恩寵の神々しい光が一層、光を増すのである。これは、神をとりわけ喜ばせる事実であると説くのである。カルポクラテース派の秘儀は豊かな量の食事とワインの共餐で終わる。灯りが消され、人々は独特な神の恩寵をえるために相手を選ぶことなく交接する。いわゆる「聖婚」は人前で行われる。人前での性行為は犬のなすことである。犬のような交接、キュノガミア（犬の結婚）は古代世界の循環の初めとなり終わりとなるのである。

カルポクラテース派について、目につく特徴を抜き書きした。実は、カルポクラテース派を詳細に論じているのが、バッハオーフェンの『母権論』である。

5　母権受容

アダム派という異端セクトを考察することが高群逸枝やましてや石牟礼道子とどういう関係にあるのか怪訝の念を抱かれるかもしれない。しかし、およそこうした側面への配慮なしには母権という思想を考察することなど不可能だからである。非道な異端集団という印象が生じるのは避けがたい。異端とされた集団について知るには、異端を徹底的にいたぶることで自己を正当化する正統派の残した資料にしか頼ることができないからである。古代母権制の秘儀宗教がもし歴史時代以降の、あるいはキリスト教以降の世界に残存するとすれば、それは徹底的な思想的文化的弾圧対象としてしか生き残れない。ギリシア・ローマの父権社会、あるいはイエス・キリスト以降のヨーロッパ・キリスト教世界で太古の母権思想が生き残ったのは、百パーセント異端思想を介してである。それは過去においてそうであったというだけではない。バッハオーフェンが『母権論』を公表した一八六一年以来、『母権論』の評価は完全に二つの方向に分けられる。ひとつは完全な否定である。一例がハンス・ゲオルク・ガーダマーである。この、古典を読み、判断し、批判する学としての解釈学の二十世紀を代表し続けた碩学は、バッハオーフェンを「自己の直感を信ずるあまりモノマニアに陥った、ゴタゴタとしたわかりにくい研究者(13)」と呼んでいる。ガーダマーの言い方は特に悪意があるわけではなく、ドイツの名だたる大学教授の言いそうな平均値である。ついでに添えて置けば、アドルノにとってバッハオーフェンは「通常、学問的には忌避される直観と実証主義的資料収集の最大の野合の具現[14]」である。

むろん他方でバッハオーフェンという現象に驚喜する一群の論者がいる。ホーフマンスタール、クラーゲス、ベンヤミン、カール・シュミットなどである。

前章ではミュンヒェン宇宙論派というアナーキーな思想集団のバッハオーフェン受容について比較的詳しく紹介した。ミュンヒェン宇宙論派は二十世紀のドイツ文学・思想に多大な陰影を与えることになるのだが、それに応じて、いわゆる母権思想に複雑怪奇な輻輳を生みだして行く。

母権論受容史においてその初期の段階から第二次世界大戦後に至るまで、一貫してバッハオーフェンを称揚するのが、憲法学者カール・シュミットである[15]。しかしそのカール・シュミットにとってもミュンヒェン宇宙論派は許し難いアナーキズムの代名詞である。その主たる論敵はオットー・グロースであった[16]。カール・シュミットにとってバッハオーフェンはドイツ国法学の正統である。『大地のノモス』の冒頭にはこうある。

大地は、神話的な言語において、法の母となづけられる[17]。

カール・シュミットにとって、バッハオーフェンは法の源泉に立ち返った、法学の存在理由に関わる研究に従事したドイツ歴史法学の正嫡である[18]。

このカール・シュミットと文通を交わしながらバッハオーフェン理解を深めて行くのがフレンガー

である。

フレンガーはボッシュ解釈にバッハオーフェンの解釈骨子を多様に取り入れている。バッハオーフェンの方法は簡単に言えば、自然象徴解釈であるが、大きな反感を呼ぶことは覚悟しながら、バッハオーフェンの母権的宇宙の構成原理を一つの公式で言えば、母＝卵＝大地である。母、大地、卵はそれ自体において、一個の全的宇宙を象徴しており、母権的宇宙の四大的根本要素は樹木や沼沢地の水や土である。フレンガーは樹木や水や卵や鳥といった、ボッシュの絵画に満ちあふれる自然マテリアの解読にバッハオーフェンを活用したのである（バッハオーフェンの母権はマテリア（物質、母の意味がある）に中心を設定する徹底的物質主義である）。その意味では、フレンガーは、バッハオーフェンを「モノマニア」と一蹴することがアカデミックなエチケットとなっているドイツ学界で、バッハオーフェンを称揚し続ける希有な学者であった。フレンガーとカール・シュミットとの間では数通の往復書簡が交わされた。話題は母権的異端である。[19]

フレンガーは、ボッシュにおける古代セム民族の地母神崇拝の復活を論じた。通例「悦楽の園」と呼ばれているボッシュの三連祭壇画をフレンガーは『千年王国』と呼ぶのであるが、フレンガーの想定が正しいとすれば、ボッシュには、フレンガーがカール・シュミットに興奮して伝えているように、千六百年の年月を経て、太古のセム民族の女神崇拝が蘇っていたことになるのである。典型的父権宗教と見なされるユダヤ教における古代母権社会の痕跡の探求は、母権論受容史の生み出した二十世紀思想の最重要話題の一つである。

6　水俣のジャンヌ・ダルクへ

バッハオーフェンが読めるための第一条件は、西欧的意味合いでの「異端性」を恐れず、「孤立」を恐れない精神である。端的に言って、欧米の母権思想は、ヤハウェ中心主義との格闘である。しかし、ヤハウェという神格の歴史的由来の怪しさを真っ向から疑問視し、あるいはエホバ的父権主義を論難するのは、欧米のフェミニズム神学に委ねることにしよう。[20] 母権論の日本における受容が高群逸枝によって開始されたのは幸運であった。母権を論じることの最低条件は、異端の誹《そし》りに屈しないことである。

高群逸枝という天才詩人は、女性史の先駆者としていかに讃えられようと、その生涯は「この世にはうけいれられないような宿命をせおった孤独」なものであったことも事実であろう。

　巷をゆけばわがこころ
　千の矢もて刺さる
　その矢、心に痛ければ
　われはいつもあこがれたり
　去りゆかむ去りゆかむと
　いずこへか？
　ルソーが描く月明の原始林を

そが無人の平和な木の間を
遠く！遠く！
われとわが蔭を見失うまで[21]。

石牟礼道子が水俣のジャンヌ・ダルクとか言われれば、世間の好奇の目と行政の憎しみは一身に向けられ、「巷をゆけば千の矢が飛んでくる」[22]ことになる。世間あるいは行政の敵意を一身に集めれば、高群逸枝の孤独は得心の行くものであったに違いない。しかし、石牟礼道子を高群逸枝に惹きつけるのは、むしろ水俣病闘争以前から見受けられる両者の心性の本質的な類似であろう。両者ともに、人間嫌いや離人症の症状があると思えない。むしろ両者ともに人類愛に溢れていながら、その愛の大きさ故に、その愛が決定的に「片想い[23]」となる定めを帯びているような心性である。

水俣病事件に関わる以前の若い石牟礼道子が「自分ひとりのさびしいたたかい」において、何と戦い、いかなる準備を整えているのかを記録する貴重な文献は『潮の日録』に収められた初期散文群である。

そこに描かれる世界は、通常、読者のもつ石牟礼道子文学観とはいくらか異質な世界である。たとえば「おもかさま」である。「おもかさま」は、読者にとっては石牟礼文学に欠かすことのできない「聖なる狂女」である。「おもかさま」が狂った直接のきっかけは夫松太郎が権妻を囲ったことであったらしいことは『椿の海の記』でも知れる。しかし初期散文集に収録された「おもかさま幻想」や「愛情論初稿」でペッペッと唾を吐きながら「男と女は別々《べーつべつ》、男と女は別々《べーつべつ》[24]」と呟く「おもかさま」の姿は、この国の妣たち特有の陰影を刻んでいる。

自分を「オル家のカカア」とか「コノバカタレ」とか呼ぶ「十二年一緒に暮らしている男の人」との生活を記す「愛情論初稿」は、石牟礼文学の大きな特徴であるユーモラスな展開を受けることはなく、ただ、陰惨な日本的な「家父長的地獄」を展開していくだけである。日本ではよくある話だと言っても、「千年を百年に、百年を十年にぐらぐら煮つづめた家父長制への恨み[25]」にみちた日本の「実家」の光景であり、そこで作者は「私にとって男は全部敵も敵[26]」と呟き、「あてどなく累々とつづく妣《はは》の国[27]」に辟易している。

「おもかさま」の素因を受け継ぐ自分や自分の「不思議な分身[28]」である「おとうと」がいる。「蓮沼」という詩には突如、弟の轢断死体が浮かび上がる。弟の死に石牟礼道子は久しく自責の念を感じているようだ。病気を治してこの世と馴染むようにと医者通いを薦めたのは自分だからである。弟は自殺した。おそらく、精神の病いを治して馴染もうにも、馴染みようのない世もあるのだ。轢断された弟の足の小指を拾い上げて、小さなエプロンのポケットに大切そうにおさめる石牟礼道子の姪の姿がいたいたしい。そのような個人史をはらんだ作品群を上梓することに、石牟礼道子が抵抗したのは理解できないではない。

わたしはかのときの姪のごとく、片手に花を持ち、口には死者たちの唄を呟きながら、もう生ま身では、いよいよもうこの世にはなじみきれないものになってしまったような気がする。

とはいえ、かりそめの世であればなおひそかには恋しくて、久本三多氏と渡辺氏からの、本初期散文集を上梓するようにとの、度重なる御すすめに躊躇し続けたのは、そういうものになってしまった人間が、表現行為にかかわることでのみ、辛うじて世間さまとつながっているそのわけのしんそこの、つつしみをうしなって居据るようで、ほんとうは、ここでも隠れていたいからである。(29)

『潮の日録』の編者渡辺京二は、石牟礼道子の躊躇が「家族に関するなまなましい叙述がふくまれており、その公表が苦痛である」ことを書き添えて、至った結論をこう述べている。

> ただ第三点（家族に関するなまなましい表現）についていえば、どのように惨憺たる家族的葛藤を叙述していても、それらの文章はいずれもひとつの表現として書かれており、今日のわれわれは、すでに数十年の過去のものとなった具体的事件とは独立に、石牟礼氏の若き日の文章的表現としてそれを読むことができる。(30)

水俣病事件にかかわる以前の石牟礼道子の生活は確かに平凡な主婦の生活とは言えるかもしれない。

> 水俣川の下流のほとりに住みついているただの貧しい一主婦であり、安南、ジャワや唐《から》、天竺《てんじく》をおもう詩を天にむけてつぶやき、同じ天にむけて泡を吹いてあそぶちいさな蟹たちを相手に、不知火海の干潟を眺め暮らしていれば、いささか気が重いが、この国の女性年齢に従い七、八十年の生涯を終わることができるであろうと考えていた。(31)

しかし、不知火の干潟を眺め暮らす主婦詩人石牟礼道子は「感覚の過剰」に苦しむ、特異な詩人であった。谷川雁のサークル村で「原母」へと、出発しているのである。詩「川祭り」にはこうある。

ひぐれにあかいせゝらぎで
どしゃ蟹《がね》の鋏《はさみ》よりも怒《おこ》ったゆびのふしがいう
つもりにつもるばかりの親のかたきは
へっついの灰かき集めてなすくりなすくり
磨けどおしまいになるということのない鍋の煤

（中略）

宇宙世紀　はじまる
にっぽん　ひご　みなまた
ここはわたしの〈とんとん村[32]〉

この詩が書かれた一九五八（昭和三十三）年、新日本窒素水俣工場は有機水銀廃液を不知火海で希釈させるために排水口を水俣湾から水俣川河口に変更し、流水は水俣川に流され、チッソによる「組織的、計画的、継続的な人間社会の破壊の頂点[33]」に達した年である。「たったひとりのさびしいたたかい」をしている「オルゲのカカア」が「水俣のジャンヌ・ダルク」に変身する直前である。変身とは言え、しかし、石牟礼道子が日本の主婦固有の困難を脱ぎ捨てて、一挙に闘争のシンボル的ジャンヌ・ダルクに変身するわけではない。むしろ、その変身過程はゆっくりと、みずからの内発的エネルギーをため込んで、徐々に脱皮する蛹《さなぎ》のような過程であったと思われる。

7　水俣への愛憎共存

河野信子の要請によって書かれた「高群逸枝との対話のために——まだ覚え書の「最後の人・ノート」から」は、石牟礼道子が「高群逸枝との原初的な出遭い」を「全体で、原存在でもって」答え、石牟礼道子と高群逸枝の遭遇がいかなるものであったかを伝える貴重な文献である。

　私の擬制上の生涯はとっくに終り、三十七歳という年はその形骸化の表示であったことを思い出します。とはいえ、いちども生きたことなく拡散している生命に魂を入れねばならない、と私は考えていました。しんと寝返っていると、まだ意識化されない女たちの性の歴史がそこに横たわっており、男たちの歴史から剥離してくるその音もない深みでわたしたちのエロスはうごかぬ淵となってゆくのでした。私は女たちの深淵をかきいだいてねむりました。女たちの性はわたしのふところで多様化し、分化し、孤立し、その孤立の連帯でもって男たちをはじき出していました。女たちはあぶくのような声を立ちのぼらせています。女が全体をもっている、などということは男たちにとっては思いもよらないことなのです。

　いましがた革命について考えていた男といえども女たちの方にむきなおるときは体制そのものとなってむきなおります。男たちの言葉は権力語となって、発せられるとたんに死滅して、私の目の前にこぼれおちます。それはみるにたえない光景でした。[34]

男たちの権力語の上に立つ「論」や「主義」に示す石牟礼道子の不信ないし嫌悪はいたるところに

散見されるが、さりとて、それがわれわれの世界の既存の「知性」であるとすれば、その「啓モウ的」な既成の知性は「文明の後遺症的流産」を示しているとしかいいようがない。そうした「知性」や「啓モウ」から吐き出されて「すいすい流通する」言論が辿り着かない場所で、「おもかさま」が呟く。「どこさねいたても／地獄ばん／こっちも地獄／おきやも地獄[35]」。おきやとは祖父松太郎のお妾のことで、そこには母を異にした妹と弟がいる。あまりに日本的な畜妾制度とあまりに日本的な男権思想。そうしたものが、おおよそ、石牟礼道子の出発しなければならぬ、立ち去る他ない地点の風景である。時は、おおよそ安保条約締結に前後する時代。

　自分の中におさまりきれない〈全体〉を抱いているからには一路まいしん、脱出しよう！と考えているものですから。どこへ。つまり発祥へ。自分の中のはるかな原初へ！[36]

石牟礼道子と女性史とかフェミニズムとか言えば、いかにもおさまりの悪い組み合わせと思える。しかし、にもかかわらず、石牟礼道子は女性史の方向を辿るのである。女性の悲劇は「世界史最初の階級闘争」（ベーベル）に敗れたからではない。女性の寂寥はむしろ、女性が大地そのものであるという等号関係を終えたときに、つまり、ヒトが直立二足歩行という生物学的奇跡を達成し、大地と女性が分離した瞬間から女性を囲繞する寂寥なのかもしれない。石牟礼道子は女性史をその本源地に遡って、化石化した直立歩行を開始した女性「アウストラロピテクス（一九二四年発掘）の寂寥を高群逸枝に結びつける。

　なつかしさのあまりわたしははばで（誰にもみられず）、泪をこぼす。そして逸枝とアウストラロピテクスがひとりの女児になってしまう。ほほずりしたくなる。

彼女が具有し、主張し、彼女を女児と見わけさせたその性のはるけさとしたしさ。切実さ。彼女をおもえば、自分の中の細胞のひとつひとつが花ひらくような自浄運動をはじめるではないか。まだ発掘途上にある人類史の中をひとすじにのぼりつめてゆけば、みえなくなるエロスの谷のほとり。化石の中にねむっているかあいらしい愛。(37)

〈全体〉を司る原理がわたしで、歴史と体をあわせているんだなあとおもえば、自分の髪のようにぴったりとしてさびしい自己性愛がわいてくる。歴史の不毛というやつをこうして、いちまいいちまいはぎとってゆくんだなあと奥歯を噛む。(38)

ナルシシズムと感じられるかもしれない。しかし、それをナルシシズムというならば。むしろ同性愛であろう。全体としての女性に目覚めた一個の女性が大地・自然を愛する同性愛である。一女性が故郷を愛する同性愛も、愛である以上は愛憎共存である。初期の石牟礼道子が水俣に対して示す愛憎共存は、見逃し難い。

私に敵対する秩序の最たるものは水俣というこの故郷だ。(39)

石牟礼道子と水俣の切っても切れない関係が始まる。

ここからの脱出の時を、カタルシスの頂点と思っている私は、絶望のあまりこれを愛そうという気になってみる。つまり故郷と私との本意ない同性愛が始まるのだ。(40)

しかし、石牟礼道子が出てゆかないことを決意する水俣には、全く新たな妣たちの国へ降りる、誰も通ったことのない道なき道が拓かれようとしているのである。脱出と出発に決着を付けた石牟礼道子を囲繞する不知火の海と河川と山はそれぞれがすべて母性の体現である。生命世界は、各部分細胞がコンクリート建材のように部品を寄せ集められて《コンクリート》作り出されるのではない。しかも、この海は死の宣告を受けているのだ。石牟礼道子にも出発の時が迫る。

> 一九六三年冬、私は三十七歳でした。
> ようやくひとつの象徴化を遂げ終えようとしていました。
> 象徴化、というのは、――なんと、わたしこそはひとつの混沌体である――という認識に達したのでした。いまやわたしを産みおとした〝世界〟は痕跡そのものであり、かかる幽愁をみごもっている私のおなかこそは地球の深遠というべきでした。
> 私には帰ってゆくべきところがありませんでした。帰らねばならない。どこへ、発祥へ。はるかな私のなかへ。もういちどそこで産まねばならない、私自身を。それが私の出発でした。[41]

8　スーソーの詩

なぜ石牟礼道子は、高群逸枝の「解説」にボッシュの絵を持ってきたのか。そこに描かれた地獄絵が水俣の地獄絵を思わせるからなのかと考えるのは早計にすぎる。さらにもう一つの謎は、石牟礼道子がこの「解説」の最後に急に高群逸枝の『恋愛論』から、「まるで自分（高群逸枝）のようなまなざしの色のような、神秘派のスーソーの詩」を引用して、閉じていることである。

なんじみずからの眼をもて
この世のものともおもわれぬ草原をみよ[42]

念のために、石牟礼道子が高群逸枝から引用したスーソーの詩句を高群逸枝から引用しておく。


わが愛する兄弟よ。

わが眼は多くのうれしげなる光景をみたりという以上に、余はなにをか、なんじに告げん。

余は、花咲く野を横ぎりてあゆみ、小鳥の天来のたてごとが、やさしく愛すべき造物主をたたえ、
しかし森は、その歌をもって、これにこだましつつあるを聴きぬ。

なんじみずからの眼をもて、この世のものとも思われぬ草原をみよ。

見よ！　なんたる夏のよろこびぞ。

あまき五月の王国、あらゆる真の歓喜の谷をみよ。

悲しみを知らぬ愛は、永久にそこに君臨すべし。[43]

スーソー。ドイツ語読みにして、ハインリヒ・ゾイゼ。ドイツとスイスの間で自然国境をなすボーデン湖のほとりにユーバーリンゲンという町がある。ここにハインリヒ・ゾイゼ・ギムナージウム（中高一貫学校）がある。ドイツの生んだ二十世紀最大の哲学者マルティン・ハイデガーが学んだギムナージウムである。この名が因む著名なドイツ中世のキリスト教神秘主義者の聖人（福者）がこのスーソー

である。

スーソー、ハインリヒ・ゾイゼは十三世紀末、おそらく一二九五年にスイスとドイツを隔てるボーデン湖畔のユーバーリンゲンあるいはコンスタンツに生まれた。父方はスイス系の騎士に連なる家系といわれ、母方は富裕な商家としてユーバーリンゲンのゾイゼ小路にゾイゼの生家を今日に残している。—ゲンで終わるシュヴァーベン地方特有の土地柄は後々ヘルダーリンやハイデガーを育てたシュヴァーベン敬虔主義という篤実なキリスト教信仰で知られるが、ゾイゼの母親もその気質の強い女性であった。ゾイゼは母親からキリスト信仰を受け継ぎ、やがて父親の姓を捨て、母親の姓ゾイゼを名乗るようになる。十三歳でコンスタンツのドミニコ会修道院に入ったのち、さらにライン河を下ってキリスト教神学の一大中心地であったケルンのドミニコ会高等綜合学院に送られ、そこで高等神学の研究に従事する。当時、この学校にはヨーロッパの北部、中部の大多数の地方から送られてきた学生が学んでおり、彼等を魅了する教授がマイスター・エックハルトであった。同じ時期にここで学んでいたヨハネス・タウラーを加えたこの三人がドイツ中世神秘主義の三巨頭である。

再びコンスタンツに戻ったゾイゼは、マイスター・エックハルトが異端糾問に処され、実際に異端の判決が下された機会に、エックハルト擁護の著作『真理の書』を書いた。当時、ケルンは神学の中心地であった。学問の尊重のあるところ言論の尊重がある。言論の尊重のあるところ自由の尊重がある。自由を尊重する都市ケルンには、中部ライン地方で迫害されていたセクトの門徒が多く逃れて集まっていた。異端セクト、つまりあの、ボッシュの三連祭壇画にその存在を大きく残す「自由の霊の兄弟姉妹たち」である。ゾイゼの生涯の解説者神谷完はこう記している。

彼らの言説は、無視できない勢いで民衆の間に浸透し、その際、エックハルトによって説かれる神秘思想が利用され、またしばしば混同して受け取られたと考えられる。信仰に基づいた、真の叡知を正しく伝え、その深淵さの故に被った誤解を払拭することに、ゾイゼの心は注がれ、師に対する告発の真相として、宗教内部の反目、あるいは俗権とも絡み合った修道会相互の対立等々、生臭い背景が憶測される中で、終始、信仰と理性の立場に則して師を擁護しようとする、この『真理の書』は、ゾイゼの信仰生活の純粋性、またエックハルトの教えに対する深い洞察と、生涯変わることのなかった師への信頼を表明するものである。(44)

しかし、当時の事情においては無謀とも見えるエックハルト擁護論を公開することでゾイゼ自身、異端審問の法廷に立たされるのであるが、師エックハルトへの尊敬の念とキリスト信仰が揺らぐことはなかった。ゾイゼの『永遠の知の書』は十四、十五世紀にもっとも読まれた神秘主義の書物であるということは、オランダの「自由な霊の兄弟姉妹たち」にもよく読まれたのである。

ゾイゼの生涯は、主としてエルスベト・シュターゲルという修道女の聞き書きに拠っている。ドイツ中世神秘主義はマグデブルクのメヒティルドをはじめとするドイツ中世女流神秘家の「受苦の神秘主義」が有名であるが、シュターゲルもそのような女性であったのであろう。ゾイゼの語る神秘体験が女性特有の霊性を基礎とした鋭い感覚と文学的資質が彩った記録といえる。ゾイゼは「神の愛をうたうミンネ詩人」として後世に名を残す。その著作はやがてライン下流のオランダに広がり、ブリュッセルに広がり、件のアダム派など、十四、十五世紀のヨーロッパで広く読まれ、やがてキリスト教世界に「きたるべき千年王国」の理念を惹起することになる。ゾイゼは生前、異端審問に掛けられたりしたが、一八三一年、グレゴリウス十六世によって福者《ベアトゥス》（beatus）に認定された。

9　樹男と高群逸枝のまなざし

樹男は「悪魔」なのか、あるいは「アダム派の首領」であるのか。ボッシュ研究は確定的な答えを出さないままである。しかし、樹男で始まった文章がなぜゾイゼで終わるのか。石牟礼道子が意識しているかどうかは問わずに、いくらか強引に論を繋げば、その「まなざし」については、ある一定の読み方が可能であるように思われる。それは中世神秘主義・新プラトン主義的な「まなざし」に対する石牟礼道子のいわば生得的な反応とでも言えるのはないだろうか。

この中世神秘主義者たちが残した現代につながる思考素といったものが「観照 theoria」である。中世プラトニズムの用語テオリアは、現代の「セオリー（理論）」とは違って、文字通りには「神 theo を観る」ことである。観るといっても、単に目にはいるものを受動的に受け入れるのでもなく、また、ものを観ずに、書物を読んで言葉だけで思考するだけでもない。観る思考とでもいうべき言葉で「神への帰還」につとめる叡智的精神の試みである。こうした神秘的な意味合いでの「観照」は、近代以降では、ゲーテが「原型植物 Urpflanze」や、近いところではヴァルター・ベンヤミンがパリのパッサージュに資本主義の原型的な歴史、「十九世紀における原史 Urgeschichte」を観るといった言い方にその痕跡を残している。実は前章で詳しく触れたクロイツァーの象徴・神話論の背骨的位置を占めているのが、このテオリアである。[45] 窮極の一者に遡行する知の努力が言語の活動だとしても、それに先行するのは、観ること（ドイツ語で **Schauen** 観照《シャウエン》という語を当てる）である。

考えてみたいのは、このような「観照」にふける「まなざし」の具体的なあらわれである。それをわれわれは見続けていると思えるのである。「高群逸枝のまなざし」は、ボッシュの描いた「樹男」のまなざしから始まって一貫して「まなざし」を問題にしているのである。

私の関心はなかんずくその樹男のまなざしにあります。ロンドンの出版社から出たその画集の顔の目は、この世の成り立ちを凝視しているうちに、ついに彼の目そのものが、この世の虚無をあらわしてしまう、そんなまなざしなのです。[46]

事実、樹男を囲繞する世界は生命の枯れ果てた地獄の世界である。その世界が樹男の眼に飛び込んでいるに違いない。しかし「観照」は物理的受動的現象ではない。むしろ、感性的世界を根底に徹して観る行為は人間の自由な精神の能動的行為である。中世新プラトニズムの言い方を借りれば、霊の能動的な働きである。樹男のまなざしは、アダムとイヴの誕生以来の人類史を見つめている。そのまなざしを石牟礼道子は高群逸枝のまなざしと比べるのである。

私はしばしば、この樹男のまなざしを、高群逸枝のまなざしに置きかえてみるのです。するとそこに、ひといろちがう天地創造とその寂滅の図とが、東洋の陰影をもって入れ替りながら、浮上してくるのをみるのです。高群逸枝という存在は、やはりこの世の成り立ちを、生命系の秘奥から、のぞきこんでいるまなざしだったとおもうのです。そして、このまなざしに視《み》えているであろう世界と、一個体である彼女がそれを語ることとの間にある当然の差異は、かえって彼女の天地創造図絵に、深いふくらみを与え、あやなる影を揺曳させていると思うのです。

創造者として、彼女は、自分の作品を私たちに手渡すとき、受取り手もまた底しれぬ存在の深所にはいってゆきうるような秘鍵を、おのが作品の襞の中にしのばせてくれているようにおもわれます。彼女は、意欲的、前進的な言葉の数々をよく書き残しましたが、むしろそれは、彼女が終生蔵していた、生命世界への慎しみから発していたのではないかと思われるのです。[47]（傍点、引用者）

「存在の深所に入って行くような秘鍵」という比喩が、「母たち」の下へ降りてゆくファウストを描いたゲーテ、そしてそれを引用した谷川雁に由来することを見逃すことはできない。おそらくここで、水俣の主婦詩人石牟礼道子は、高群逸枝に寄り添うかたちで、谷川雁とは別の道を、水俣の妣たちに向かって歩み出たのである。

以後、石牟礼道子はボッシュに時折触れている。「陽いさまをはらむ海」にはこうある。

今のような時代の有り様を、わたくしどもの、そういういのちを眺めているならば、どのようなまなざしになっているであろうかと、ボッシュの絵を見ながらいつも思うのですね。[48]

「次に来たるべき文明」が「よりよき時代がくる」とはとても思えず、「世の崩壊する有り様」をながめる自分たちが、「どんなまなざしになって生きている」のかと問いながら、引き合いに出されるのは、ボッシュの樹男のまなざしである。

ボッシュの「木男」の目というのは、とてもすごい目ですけれども、ある意味ではこのような世のなかを、やっぱり肯定的に見ていると思うんです。人生に対する願望みたいなものは、その目のなかには感ぜられないんですけれども、ひょっとしたらこのモデルは悪魔の王さまではなかろうかといわれているんですが、この木男だけでなしに、いま私どもの目にも全く同じようにこの世は見えていると思うんです。わたくしなども、文章でそれを描こうとしている気がしてならないんですけれども[49]（後略）

「高群逸枝のまなざし」を書いてから三十有余年、『苦海浄土』の空白を埋めて完成させる第二部『神々の村』では一カ所、ボッシュが触れられている。

二十世紀の終焉がわたしに憑いていた。わたしだけでなく、地表の上のものたち、魚や鳥にも、果物や野菜たちにさえそれが憑いていた。あのヒエロニムス・ボッスが生きていたとしたら、憑いているものが悪霊であるか神であるかを描きわけることだったろう。

わたしといえばこの三十有余年の間に、左の目と、右の聴覚とを失ったことに気づいた年月だった。病人集団の中に居ればそれで等しなみといえなくもなく、遠い神話の時間が、意味を持ちなおしてここに流れ込んで来ているのを、失われた目と耳とが、教えてくれる。それゆえ二十世紀の神と悪霊とをこもごも眺めているのは、ながい歳月のあいだのひそかな愉悦といえなくもないのだった。

自分をこの地に縛りつけ、出郷してはならないと思いきめたときから、わたしは遊魂状態となっている。(50)

「遠い神話の時間が、意味を持ちなおしてここに流れ込んで来ているのを、失われた目と耳とが、教えてくれる」という言い回しが思い起こさせるのは、ここでもまたゾイゼである。ゾイゼの教えとして残る言い回しが、「感覚の消滅は真理の芽生え(51)」であるという。エックハルトがこう言っている。

私は青色や白色を見れば、その色を見ているのは私の視覚である。そこで見ているものは、そこで眼で見られているものと同じである。私が神を見る眼は、神が私を見る眼と同じである。私の眼と神の眼――それは一つの眼、一つの視覚、一つの認識、一つの愛なのである。(52)

石牟礼道子は高群逸枝に「この世の生命の寂滅を見ているまなざし、女性、すなわち母性の、役割としての宿命的な悲母のまなざし」をみていたが、これもいつしか石牟礼道子に乗り移っているようである。石牟礼道子は「宿命的な悲母」のまなざしで、水俣の妣たちと一緒に故郷水俣にいることを決意した。石牟礼道子は、水俣の無数の亡霊たちの言葉を「私の故郷にいまだに立ち迷っている死霊や生霊の言葉を階級の原語(53)」(傍点、引用者)と心得た憑依の詩人となるのである。

10　石牟礼道子と高群逸枝はともに幻視する詩人

しかし憑依の詩人と言ってよいものであろうか。石牟礼道子巫女説は頻繁に説かれる。巫女は霊に憑かれて声を発する受動的な存在である。あとがきにこう書いている。「たしかに、逆世の世の中である。二十世紀の終焉にとり憑かれた年月だった」[54]。石牟礼道子は受動に徹して取り憑かれる受け身の人、パッション（受苦的情熱）の人にみえる。しかし、石牟礼道子は本質的に違う。作中の文言を正確に引用しよう。

> 先人は幾人もいたのだ。都市と田舎は等質となり無化しつつある。わたしは出てゆかない。親をまだ抱えていて、たぶん出てゆく甲斐性がない。いや辺境と秘境はもうなくなってしまったから、人の心の中に残された秘境へとわたしは旅立たねばならない。なにしろ二十世紀の終焉にとりつかれたのだ。いやわたしがそれに憑いたのだ。[55]（傍点、引用者）

石牟礼道子はこの受難の世紀にわが身を賭けて、能動的に、創造者として、開始する人として、あの反逆的で孤立を恐れぬ出発哲学の高群逸枝に導かれながら、発祥の地に向かって、出発したひとである。

水俣病事件の全様相は、たんなる重金属中毒事件というのにとどまらない。公害問題あるいは環境問題という概念ではくくりきれない様相をもって、この国の近代の肉質がそこでは根底的に問われている。これにかかわるとすれば、思想と行動と、その人間の全生涯をかけたある結晶作業を強いられる。そのような集団をつくれるだろうか、つくらねばならぬ、とわたしはおもっていた。

「ゆくさきの定まった船にのる」

のだと、ゆくりなくも患者たちはいう。とはいえ、ゆく先など定まっているはずはない。逆にいえば、定めたい、という願望の帰着するところは、あまりにも平明平凡なことゆえに、その志のあまりにもちいさきものゆえに、かくも心を乱されるのである。しかも「いっ壊え船の難破船」だという。船長も舵とりも、乗り手全員が病人たちであるならば、支援者たちは、たたかいのイメージとその内質をつくってゆく過程では、船が破砕して、たとえば海中に落ちねばならぬときなどの、全乗り組員たちのスタンド・インをつとめ、ある場合には、船長なり舵とりなりに化身せねばならぬ瞬間も来るにちがいなかった。『苦海浄土』第一部の原題「海と空のあいだに」を連載してもらっていた『熊本風土記』の編集者とその同人たちに、いっさいを報告し、わたしはその心をたたいていた[56]。

石牟礼道子周辺の集まりを政治運動というのは、まったくなじまない。石牟礼道子と『熊本風土記』の編集者とその同人たち」の集いにある種のセクト性を感じるとすれば、それは文字通りの意味での宗教的セクト性であるように思われる。それはそのセクト設立者が、「まぼろしとうつつのあわいにめぐり来たった風のぐあいで、そこに閉じこめられていた永劫の風景をかいま見[57]」ているからであろう。ゾイゼら、ドイツ中世の神秘主義たちならば、自由な霊の観照という神への帰還の努力によって神の国を観たとでも言うのかもしれないが、ここは、簡潔明瞭な日本語で言えばよい。石牟礼道子のまなざしは、苦海に浄土を観たのである。

石牟礼道子が高群逸枝に共鳴するのは両者ともに幻視する詩人だからである。自分が、普通の人が見るものが見えず、別のものを見続けてしまい、普通の人が聞くものが聞こえずに別の声を聞き続けてしまう人間であることを観念した人間は、ひとさまから「シンケイドン」とか「高されき」とか「きちがい」とか言われる前に、「自分は調子がおかしい」とか「きちがいの家系で」などと言ってしまうのかもしれない。しかし、それも、石牟礼道子がのちに言い切るであろうように、「世間さまへの義理」を口にしているだけのことでしかない。ただ、夜な夜な身を削る思いをしながら、自分に見えるものを見、自分に聞こえるものを聞き続けることを宿命のように、引き受けるだけである。なんじみずからの眼をもて、この世のものともおもわれぬ草原をみよ」石牟礼道子は水俣の山河をこのようなまなざしで見る時、水俣は変容する。「人間が習慣的に見るものを見るのではなく、自分の眼が見るところのものを見る人」が「アナーキストである」（ポール・ヴァレリー[58]）とするならば、石牟礼道子も高群逸枝に劣らず、相当肝の座ったアナーキストなのである。

11　母系の森の産室で

サークル村で谷川雁と親しくしていた頃、石牟礼道子は、「自分の原語圏が、まだ表現されない領域に属しているのではないか[59]」と感じていた。「原語」と傍点を振るのは、あの『苦海浄土』の「私の故郷にいまだに立ち迷っている死霊や生霊の言葉を階級の原語と心得て」、「私のアニミズムとプレアニミズムを調合して、近代への呪術師とな[60]」る決意を固めた作家石牟礼道子を念頭に置くからである。石牟礼道子が森の家で高群逸枝の『日月の上に』を読み、『招婿婚の研究』を初めとする逸枝の女性史観に沈潜することによって、『苦海浄土』の原語環境を整えたと見てよいであろう。それが、「自分自身の条件をととのえ」たということなのである。

逸枝の本領を発揮している詩句は、石牟礼道子も好きだという次の詩句であると思われる。

汝洪水の上に座す
神エホバ
吾日月《じつげつ》の上に座す
詩人逸枝[61]

詩人逸枝は大正詩壇から悪評を買ったという。理由は多々様々にあろう。しかし、逸枝自身がこの悪評に気を病んだというのが筆者にはよく分からない。『日月の上に』の逸枝、若くて生意気で、どこか恋の上手な妖婦めいた風情を漂わせて自由奔放に跳ね回り「捨身と出発」の爽快な「出発哲学」を提唱するキャピキャピした逸枝にふさわしいとは思えないのである。『放浪者の詩』や『娘巡礼記』などに立ち現れる逸枝は、巡礼姿ででも乞食姿ででも明《あか》い月夜をルナティックに放浪するアブナい娘、「女の気狂いをご覧なさいと／大声をあげて罵[62]」しられても、「その罵る声でさえも／どうしてこんなに／私を傷つけてくれないのだろう／私は寂しくなった」（「女詩人の物語」）と世間に超然としている女詩人の姿勢が、同種の、とは具体的には、身内に狂人や自殺者を抱えた石牟礼道子のような後継者に、勇気と励ましを与えたのではなかっただろうか。蔭に隠れてコソコソ、悪口を言って回るしか能のない世間などには、嘲笑でも浴びせ掛けておけば良さそうなものである。しかしどうやら、橋本憲三を介して伝えられる実際の高群逸枝という女性は、内気で、著しくシャイな、世渡りの下手な、ついでに言えば家事も洗濯も苦手な人物であったらしい。その種の対人関係の不得手がかえって「面会謝絶」といった思い切った対人防御策を講じさせることになるタイプの女性である。それだけに、逸枝の女性としての本能とエロスは一層自由奔放に詩において現れていると石牟礼道子は考えるのである。念のために言い添えれば、本能やエロスという言葉で言いたいのは、男女間の性器接触に発現する「接続詞のようなエロス」のことではなく、赤ちゃんが「いのちの意味をほとんど官能で、わかりかける」ように世界と魂の通わせるあのやり方である。不知火海の石牟礼道子と火の国松崎の水田地帯に育った女逸枝という二人の南熊本県人は言葉の真の意味で、風土を共有している。二人は、大都会東京にいかにも馴染めそうもなく、すぐに「東京は熱病にかかっている」とか「トーキョーの猫は可哀想」とか言い始めるのである。田舎っぺ根性ではない。しっかりと風土に、土と風と太陽と月に、根付いたその生理が、逸枝をして、グローバル・スタンダードの「エホバ」にかしずくことを許さず、「われ詩人逸枝」を「日月の上に」坐らせて、エホバに対座させるのである。石牟礼道子はこれを「詩操の高い作品」(63)だという。筆者もまったく同感である。エホバという、どこの馬の骨かわからない神よりも日々の自分たちの生活を照らすお天道様やお月さまの方がよほど大事と考えるからである。日月の上に座す神と言えば、まず思い浮かぶのはエジプトのイシスである。イシスが日月の上位に位置付けられる女神であるのは、イシスが海の女神で、太陽も月も海から生まれるからである。石牟礼道子語で言えば「陽いさまをはらむ海」である。

高群逸枝をアナーキストと呼んだが、正確を期して言い直せば、バクーニンとクロポトキンの名を知っていようがいまいが、逸枝は天衣無縫の天然アナーキストであると言いたいのである。この天然アナーキスト詩人は、「捨身と出発」を旨として自由奔放、男権社会からも家族制度からも自由であるだけではない。大正リベラリズムや大正デモクラシーといったカタカナ部分のグローバル・スタンダードからも自由、父権的世界史の精神には詩人として「面会謝絶」の構えを取っている。理由はおよそ精神中心主義を厭い、情に就き、徹底唯物論の生命哲学を唱えるからである。徹底唯物論とは、ある種の価値形態論のように物質を捨象せずに、物質（**Material**）の根源の母（**Mater**）の情に就き、その声に耳を傾けることである。石牟礼道子は、「日本民族のまだ表現されない心を鬱勃と表していて」、「いまは衰えたこの国の地霊の声、余分な装いをもたぬ無縫な声が、彼女をして唄わしめているおもむきがある」(64)という。「地霊」とはゲーテの『ファウスト』に照らして言えば、地下冥界の最下辺に棲み、生命の満ち引きが、嵐となってすさぶうちに、誕生と死の横糸と縦糸からなる永遠の衣を編み上げる存在である。石牟礼道子は『娘巡礼記』で乞食遍路となって「シラミとおできの膿汁にまみれ、白痴とも片輪ともいわれる最下辺にうごめいている者たち」、つまり「泥土の中のアニミズム世界に生きる人びと」(65)と共に生きる逸枝について書いている。石牟礼道子は逸枝を語っているのか。それとも『苦海浄土』の己について語っているのか。二人は溶け合って判然としなくなる。この生命融合を促進する生命空間《ビオトープ》こそが森の家であった。先に引用した逸枝を讃える文言は続いてこうある。

　わたしは彼女〔高群逸枝〕をみごもり
彼女はわたしをみごもり

つまりわたしは　母系の森の中の　産室にいるようなものだ
わたしが生もうとして　まだ産みえないでいるのは　人間世界である[66]。

世田谷の森の家はしばしば巫女高群逸枝の祭祀所と言われる。しかし「森」とか「家」とかは、人類史的に見ても、ヒトを庇護し続けた母性的自然形象である。「森の家」はまさに二重の母性に庇護された産室であった。『苦海浄土』が「逸枝の霊に導かれている気持」で書き続けられただけではない。「チッソ東京本社座りこみの心の諸準備も、森の家でなされた[67]」と石牟礼道子は打ち明けている。チッソ東京本社坐りこみ。不知火海の津々浦々から「よろばいいでて（よろめき這い出て）」くる水俣病患者が「水俣病を告発する会」と一緒に「地《つち》の低きところを這う虫[68]」となって、つまりあの懐かしい土地の幼児語で言えば、めめんちょろとなって、丸の内界隈に地霊の声を轟かせるのである。

第四章　血権

——血債はかならず返済されねばならない。
（渡辺京二[1]）

1　水俣病闘争と『出エジプト記』のアナロジー

丸の内東京ビル、チッソ本社前。ビル街の谷間は、都市深夜轟音の巨大なミキサーと化していた。あまねく全身をうち晒《さら》してその底にねむるものたちが、こころの中の渚に打ち揚り、ひくひくと地の霊のごときものに化身しようとして、元旦の満月とまみえつつあった。

もはや物量そのものと化し、無差別殺戮用凶器そのものと化した汽車や電車や、自動車やトラックたちの暴走拠点である東京駅前に、チッソ東京ビルがあった。線路を轢《ひ》き、舗装道路を轢きくだき、土を轢き、土の中のあらゆる生命を轢きくだき、にんげんをくだく轟音が東京駅あたりから発生していた。東京につくやいなや、わたしたちは音の巨大なミキサーの中にのみこまれたのである。このような拷問機の中にいると、身のまわりをめぐる音という音が、極限に至ればしだいに光芒を放ち、光そのものに変化することに気づく。音はついに坩堝《るつぼ》をなして光輪になることに気づく。わたしたちを呑みこんでいるのは、黄金色の光輪を放っている音の遠心分離機である。かすかな咳《しわぶ》きのようなおもいが胸にきざす。煉獄の時期はもはや過ぎつつあるのかもしれぬ。汝、地《つち》の平《たいら》をゆき昏れて奈落へ下りゆくものの涯を語れるや、とわたくしはみずからに問う。凍て月の光が体を刺す。語れるや汝。

確実な死の方角にむいて起きあがるひとびとをわたしはみる。いまはねむっているひとびとの姿を。たぶんこれは、われわれの歴史の上にいくたびもめぐり来たった出エジプト記の幻影ではあるまいか。

——モーゼエホバにいいけるはわが主よ我はもと言辞《ことば》に敏《と》き人にあらず汝が僕《しもべ》に語りたまえるに及びてもなおしかり我は口重く舌重き者なり。エホバかれにいいたまいけるは人の口を造る者は誰なるや唖者《おおし》聾者《みみしい》目明者《めあき》盲者《めしい》などを造るものは誰なるや我エホバなるにあらずや(2)

水俣病闘争が決戦の暁を迎える一九七二年元旦の明け方、「肥薩境の故郷水俣を脱出、離脱、よろばいいでてここに辿り来たったものたちと、これに相寄り殉ずる無名者たちの集団(3)」を照らし出すとき、「われわれの歴史の上にいくたびもめぐり来たった出エジプト記の幻影」を招き寄せることに不思議と思う理由はない。「ヘブライ」が「隷属民」や「奴隷」を表す語であり、ファラオの桎梏を逃れ出る隷属の民イスラエルが隷属の軛を脱して、自由を目指す脱出《エクソドス》の原型的イメージとして『出エジプト記』は以来、世界史を貫通するからである。水俣病闘争と『出エジプト記』のアナロジーは幾重にも根拠付けられる。そもそも『出エジプト記』はイスラエルの民の果敢な脱出というよりは、感染性の疫病に侵された人びとを強制的に排除隔離する処置として行われた強制排除の事件である可能性も大きいという。エジプトの国王ファラオに叛逆して隷属のくびきを脱するヘブライ人と同じように、水俣病という「隔離・差別病」によって差別される水俣死民が水俣城主チッソに「叛逆・大逆」[4]を起こした水俣の患者と漁民の叛乱に引き写して見るのはごく自然に見えるからである。

出エジプトを果たすために、エホバは十の災厄を下す。その最後、初子殺しの災厄を避けるために、エホバはイスラエルの民に「無傷の羊」を屠らせ、その血を鴨居と門柱に塗らせる。エホバの怒りがイスラエルの民を過ぎ越すためにである。ユダヤ教に出エジプトを記念する過越祭が誕生し、やがて時を経て、ガリラヤのイエスが、過越祭を期してエルサレムに上京し、「神の子羊」としていけにえにされ、原始キリスト教が生まれる。そのように見れば、出エジプトはセム民族の一神教の根幹に位置する事件であり、石牟礼道子を論じる上でカンケイないと思われるかも知れないが、実際にはまったく逆で、深々と関係してこざるをえない。一神教の総論を前提にすることはできないので、個々の問題に応じてアドホックに言及することにする。浅慮から理解が誤っていたり、説明が舌足らずになったり、論運びが強引に思われることは必定と覚悟している。しかし、わたしとしてはそうしないと、水俣病闘争の意味、それも筆者が思うには、その深く宗教的な意味に接近できないと思え、そのために、「同態復讐法」を選んだのである。主題に入るための最短コースとして選びたいのは、あらゆる宗教がもつ「異教」の観念、というよりも「異教」ということばである。一神教内部の差異が問題なのではない。むしろ三大一神教がこぞって非難する宗教観念から見ていきたい。「異教および異教徒」という観念である。

2　異教としての地縁・血縁社会

たとえば、ドイツ語には「異教徒」を意味する言葉が二つある。一つはハイデ Heide であり、語源は人の住まぬ曠野であろう。未開人、無宗教のといった語感に連なる。もうひとつが pagan《パガン》 である。同様に、ラテン語の pagus《パグス》（田園地帯）より生まれた「大地に立てられた境界陸表」が原義であるという。異教徒という観念に潜むムラ（フランス語 pays《ペイイ》 ラテン語 pagus《パグス》）の平和な光景のどこに、異教徒としての標章があるのか。ヒースの生い茂る丘や田園風景が太古のキリスト教宣教師にとっていかに奇異で不気味であったとしても、邪教、邪宗門、偶像崇拝、官能礼賛、異教徒などがすべからく異教的 heidnisch《ハイドニッシュ》, pagan《パガン》 とされて忌み嫌われねばならないいわれはないように思われる。ムラが忌避される理由は、陸標で仕切られた境界内部には見知らぬ法が働いているからである。pagus というラテン語の語源は、部族である。境界標に仕切られた土地に一旦入り込めばそこは部族固有の法の支配する空間なのである。

「水俣の風土は自然と生類との血族血縁によって、緑濃い精気を放っている」。そうした異教の風土に生きる石牟礼道子は、この意味で典型的な「異教徒」であり、「最後の先住民のひとり」(5) である。

石牟礼道子がユダヤ・キリスト教と無関係であるというのではない。むしろ、筆者の経験では、石牟礼道子の宗教性は、キリスト教徒には典型的にキリスト教的と理解されるし、イスラム教徒には典型的にイスラム教的に思われることが多い。それも当然である。水俣病は、石牟礼道子をあらゆる既成宗教以前の世界に戻らせた。この「宗教以前の世界」、原郷とも聖域ともいいうるような世界の残照を照り返すことで、「既成宗教」の宗教性があるからである。

しかし、そもそも曠野めいた平和な世界のどこに唾棄すべき異教徒呼ばわりをされなければならない理由があるのか。ムラを囲む標識の彼方にはどのようなおぞましい領域があるというのか。人類が大国家秩序を知る以前、初期共同体のムラ社会を統べる法があったと考えたい。家族、親族、氏族、部族を貫く法、これを血権と呼びたい。

ムラ社会、家族、氏族、部族的結合からなる社会の基礎を地縁・血縁に置く社会が「異教」の「異教」たる所以であり、それは、高群逸枝の言葉で言えば「自然と人間」「自然と動物に血の通う世界」＝母系制社会であり、その根底に流れるのは血である。血縁、氏族、部族など、社会の根底的な法的審級を与えるのが血である。そしてこうした地縁・血縁社会こそが、普遍性を唱え始めた「進歩的」一神教にとって許し難い異教徒のしるしである。

母権社会や母系制社会と言うと、母のイメージに引かれてか、妙にやさしく響き、それがやはり法的制裁の威嚇装置を万全に備えていることを忘れがちである。「母権」には、「権」を論じる法的背景がないとはエンゲルス以来の批判であるが、そんなことはない。母権は、強力な暴力装置を備えた法体系を具えているのである。農業を基礎にした大国家秩序を知らない初期社会の家族や血族からなる血権社会の唯一の法というべき血族の同態復讐法である。母権・母系社会は血の絆に立つ社会、血の掟の支配する社会と見なすことができる。母権 Mutterrecht は血権 Blutrecht と言い換えることもできよう。

3　母権論的人類史

母権 Mutterrecht を血権 Blutrecht と言い換えるのは、そもそも『母権論』を著したバッハオーフェンである。一八六一年に『母権論』を上梓したバッハオーフェンはその一〇年後、その母権理論の普遍的妥当性を主張するために、いわゆる「母権再編集」と呼ばれる作業を開始した。母権の普遍性を主張するために、地上のあらゆる民族に見られる母権制の遺風を探し求める作業に入ったのである(6)。ローマ法学者として、そもそもローマ法を成立させるものは何なのかを求めて、西洋古典学を自己のフィールドと考え続けていたバッハオーフェンがそのフィールドを後にして、アフリカ、インド、中国、さらにメラネシアへと足を伸ばしたのである。それは、西欧古典学者たちを辟易させる性質《たち》のものである。その評価も定まっていない、というよりもむしろ読まれ始めてもいないバッハオーフェン晩年の研究が始まっているのである。ローマ中心主義の法学者として人類の埋葬に関する文献を集めることで開始された「埋葬解釈学 Sepulkralhermeneutik」が、中国ないし東アジアの古典のなかの古典というべき『論語』の八佾篇で文と獻に出会う感動的な光景に向かって歩み出たのである。

しかし、バッハオーフェンの母権論的人類史の構想は最初から大きな困難にぶつかっている。他ならぬインド・ヨーロッパ語族である。バッハオーフェンの母権論をいち早く、フランス語圏に紹介したジロー・トゥーロンは、フランス出身でスイスのジュネーヴ学園（後のジュネーヴ大学）で美術史の教鞭を執っていた。ジロー・トゥーロンはバッハオーフェンに古代母権の言語学的研究の可能性を示唆した。彼の勤めるジュネーヴ学園に、ある天才的な学生がいた。印欧比較言語学の若き俊才、後に記号論を打ち立てるフェルディナン・ド・ソシュールである。バッハオーフェンはジロー・トゥーロンを介してソシュールに古代サンスクリット語に母権の形跡が残ってはいないかの調査を依頼する。サンスクリットの、英語の son やドイツ語の Sohn になる語が、母親の出産を主眼にした語であることを論証した。闇から生まれた太陽、母体の闇から生まれ出る息子である。闇の先行を主張するバッハオーフェンの議論には沿う結論であるが、しかし、ソシュールは、古代アーリア民族に母権の存在を確認することはできなかった(7)。

アーリア民族における「母権段階」の不在は、のちに母権理論受容史において、ナチス・ドイツの理論家たちに格好の理論素を与え、共産主義的・民主主義的母権思想に対して、父権的アーリア民族のゲルマン主義を呼び起こし、ヒットラーを先史母権制を克服するオレステース＝アウグストウスに準《なぞら》え、皇帝ヒットラー Augustus Hitler を喧伝するという、それなりに明快なバッハオーフェン受容を展開し、戦後のナチズム・タブーもろともに神話タブーを引き起こすのであるが、インド・ヨーロッパ語族における母権の不在という問題は未解決に残された。

インド・ヨーロッパ語族に母権的段階の痕跡がないことはどのように解されるべきなのか。母権的歴史観にとって、注目すべき解を用意したのは、リトアニア生まれの考古学者で、ドイツ、ミュンヒェン大学で学位を取り、ヒットラー・ドイツを去ってアメリカに亡命し、アメリカで「古ヨーロッパ学」のディスクールを設立したマリヤ・ギンブタスであった。[8] 古ヨーロッパは母権的であった。紀元前六〇〇〇年から三千五百年の間、平和な繁栄を謳歌した「古ヨーロッパ」（ボルガ川、カスピ海、黒海とバルト海、エーゲ海に囲まれる土地）の母権的先住民族の文化を駆逐するべく馬を駆り、牛を持ち込み、[9] 後のヨーロッパ牛中心文明の礎を用意するクルガン民族である。ギンブタスは放射性炭素年代測定によって古ヨーロッパの歴史像を描いた。ゲルマン民族原郷問題再燃。ユーラシアステップの好戦的遊牧民族クルガン＝原インド・ヨーロッパ語族と古ヨーロッパの議論は現在進行中の話題である。

およそ母権を語るために必要なことは、歴史観の変更である。バッハオーフェンがあたかも突然変異を起こしたかのように『母権論』を完成させた時代は、まさにヨーロッパがヨーロッパ中心主義の歴史観を成立させようとしていた時代である。ギリシア・ローマの古典古代に始まり、ゲルマン中世を経て、近代ヨーロッパに至るという歴史観の中では母権を語る余地はまったくない。

4　アフリカに母権論の実証

ヘーゲルはギリシア・ローマに先行する象徴思考の支配する時代を「精神以前」、として切り捨てた。その理由は、この段階の思考形式とされるフェティシズムが弁証法を受け入れないからであろう。しかし、この思考形式を追放することは、ティモシー・バーティーに言葉を借りれば、「精神原理による食人」である。ヘーゲル的歴史観は、アニミズムとフェティシズムに具現される「象徴時代」としての「アフリカ的段階」を精神以前の出来事として歴史の外部に放逐してしまうが、吉本隆明によれば、この豊かな感性と生類と自然との間に血と魂の通い合う「アフリカ的段階」はおよそ世界的に遍在する人類文化の普遍的な母胎として、「文化の母型」として見られなければならないのである。この関連では、渡辺京二の「アフリカという基底」[10]も重要である。アフリカ的段階は人類史的考察に欠かせない。神話学の対象として浮かび上がった先史母権の概念が歴史の俎上に載せられることがあるとすれば、それは必然的にアフリカ的段階を含めて拡張された史観において、ヨーロッパ中心主義の歴史観から外れた世界においてでなければならなかった。そしてバッハオーフェンの母権理論が実際にその存在を照明されるのは、まさにこの二つの外部がヨーロッパの視野に入ることによって、ヨーロッパの植民地支配の形でヨーロッパの外部が視野に入り始めることによってであった。

バッハオーフェン自身にも直接の飛躍台を用意したのは、アフリカであった。バッハオーフェンの同時代人の民俗学者にヴェルナー・ムンツィンガーがいる。ムンツィンガーはアフリカ、エチオピア高原の北辺に住むバーレア族とバーゼン族という小さな民族を探求し、例えば、同じ共同体に属する人間の身体に損傷が与えられた場合、その返済（復讐）の義務を負うのが例えば七親等に及ぶことなどを調査し、それを『ボゴス族における風習と法』として上梓した。ムンツィンガーが紹介したエチオピアの「血権」は農業文化に基礎を置いた古代オリエントの大国家の成立する以前、風習と習俗の中で鞏固化された血の権利秩序であり、ノマド的部族連合や氏族の中にあって唯一の法秩序であった。

バーゼン族の女性は開放的で、貞節の観念など知らない。等親の数え方、相続関係は母系であり、特に母を敬愛し、年老いた母は情愛深い扶養を受け、バッハオーフェン晩年の母権論の制度的中核と言うべき「母方オジ権」も際立っている。血讐の観念は母権的である。それはまさにバッハオーフェンが思い描いていた母権社会の観念とまさにぴたりと一致し、部族を統べる法も、バッハオーフェンの描く母権宗教的観念の基礎の上に立っていたのである。

バッハオーフェンはジロー・トゥーロンに自分の研究計画をこう書き送っている。

　わたしはまた楽しみと愛着をもって仕事にかかっており、現在の戦争（普仏戦争）の悲惨の後に残した悲しい印象をこういうやり方で克服しようと努めています。わたしの課題は母権システムの残存を地球のあらゆる民族において探し集めて、そうして完成された資料を基礎に『母権論』の二度目の編集を行うことです。わたしは地理学の研究秩序に従うつもりで、アフリカから始めます。と言うのは、世界のこの地域はまだ古い大地の辺境にあって、停滞することで原始状態の境界に接しており、最古の諸理念を露わにしているからです。ムンツィンガーがスイス人であることをわたしは嬉しく思います。彼はわたしにエチオピアの山岳地帯の北辺に住む小さな民族を二つ知らせてくれました。ここでは母性原理に基づいた文化が、わたしがいわゆる古典世界の最古の状態のために実証した主要な特徴をもって現れてくるからです。(11)

エチオピアやブコダといった東アフリカの土地が後々、ヨーロッパの植民地主義に蚕食された際、東アフリカの「旧慣研究」の責任者としてブコダの法調査を指揮したのはベルリン大学の憲法学者ヨゼフ・コーラーである。この法学者はベルリンに移る前のビュルツブルク大学時代から、ドイツ民話の神話構造などの関係からバッハオーフェンの議論に惹かれて、文通を重ね、前に触れたようにシェイクスピアにおける復讐などを論じていたが、やがてベルリン大学に移り、ドイツの植民地獲得と同時に、保護領の法制度の研究を統括する立場に立っていた。そもそもバッハオーフェン自身が、ムンツィンガー経由によって東アフリカの原住民の法意識に母権論と等しいものを覚えていたのである。コーラーが母権理論の実証を見出した気分になったのも当然であろう。事実、十九世紀のドイツ法学、西洋古典学などおよそすべての既成学問分野において軽蔑無視されていたバッハオーフェンを擁護して、すでに学会に語りかけることに倦んで、この種の研究を放棄する寸前に追い込まれていたバッハオーフェンに、さらにこの分野での研究を続けさせる気力を与えたのはこのコーラーであった。

コーラー編集の『比較法学』に収録された、コーヒー豆を使った義兄弟の開始儀式にこんなものがある。兄弟となるべき定められた二人が、一つの鞘から取り出された二つのコーヒー豆をそれぞれひとつづつ掌に取り、自分の腹に掻き傷を作り、流れ出る血にそれぞれのコーヒー豆を浸し、掌にとって差し出し、相手はそれを唇でひろって食べる。コーヒー豆が一つの鞘に二つ入っているために、血の染まった腹から生まれた真の兄弟の誕生にふさわしい象徴的儀式となるのである。コーヒーの初穂を大地に垂らして世界の平和を祈る儀式や、「ブナ・カルー」(屠殺されたコーヒー豆)という名のコーヒーのいけにえとでもいうべき興味深い儀式も採集されている。

ヨーロッパの法学界においてはまったく不遇を託った『母権論』が、のちに実証的支持を獲得することになったのは、法のアフリカ的段階が視野に入ることによってであった。ギリシア神話の復讐の女神ネメシスや、血なまぐさい大地の法の女神エリーニュースなどを主役として展開された父権と母権の抗争劇はアフリカの血族社会の社会構成に比較対照されて『母権論』の正当性を打ち出す結果となるのである。十九世紀において、いわば法学界から総スカンを食った『母権論』の正当性を裏打ちしたのは、比較法学による、ドイツやヨーロッパに植民地保護領化された地域での現地の法状態の研究だったのである。

ギリシア悲劇のオレステイア三部作で繰り広げられる父権と母権の血で血を洗う世界史的抗争もこうした用語に収めてみれば、血権の闘い、文字通りの父親殺しと母親殺しの仇討ちとなる。血を滴らせながらオレステイアの母親殺しを弾劾するエリーニュースやその背後に控える復讐の女神ネメシスなども血権社会を統べる神格であることになろう。こうして見ると母権・母系社会はけっしてやさしく子供を庇護する母性的な月明かりに照らされた「歴史のポエジー」とだけ呼ぶわけにはいかず、血腥い血讐の血糊に満ちた世界でもある。恐るべき血腥さで復讐を司る女神ネメシスやエリーニュースの美質は文字通りに「血の滴る大地」の法を司る女神の美質と理解されなければならないのである。

バッハオーフェンが母権社会の典型と考えた小アジアのリュキア民族が、父権的大国家のひしめくヘレニズム世界において最後の母権民族の姿をホメロス叙事詩に刻み込んだように、母権民族は父権国家群の中にあって強靭な抵抗力を示し続けるのである。

東アフリカのマジマジ反乱や西南アフリカのヘレロー反乱、あるいは台湾の霧社事件などは、血権社会に侵入する近代への反乱であったと言えよう。そうしたヨーロッパの学問的視野の帝国主義的拡張を通じて初めて、母権社会の史的実在が市民権を得られたのである。決定的な発見はマリノフスキーによってメラネシアからもたらされた。そこで見出されたクラの交易方式は、近代ヨーロッパの常識を覆す、市場メカニズムに拠らない交易方式が社会に「埋められていた」(カール・ポランニー)からである。こうした発見を伴いながら、母権論は資本主義近代への呪詛を支える近代批判の言説となっていったのである。ミュンヒェン宇宙論派のクラーゲスらは、アフリカに進出して帝国主義拡張競争に参入するプロイセン的ドイツのあり方の根底にあるユダヤ・キリスト教的資本主義の精神(クラーゲスは「ヤハウェ主義」と呼ぶ)に徹底的な批判を加え続けた。ナチズムによるユダヤ人差別の悲惨を経たのち反ユダヤ主義的言辞がタブーとされる時代になっても、クラーゲスはその「反ヤハウェ主義」を撤回することはなかった。

5　水俣血権闘争

親を殺され、娘を、息子を、風土もろとも殺害された水俣の闘いは、総力を挙げた血権の闘いになるほかない。水俣病闘争を政治闘争と呼ぶのは、明らかに言語誤用であろう。「ポリティックス(政治)」はギリシアのポリスに由来する概念であり、日本ばかりかヨーロッパ中世の政治を語るにも、多少の躊躇《ためら》いの付きまとう語である。水俣病闘争は何よりもまずムラの案件である。

裁判組といわず自主交渉派といわず、水俣病闘争を形づくっている情念とは、都市市民社会からとり残された地域共同体の生活者たちの、まだ断ち切れていない最後の情愛のようなものであった。それは日本的血縁のありようの、最後のエゴイズムと呼んでもよかった。親が子に対して抱く情愛、兄が弟に対して抱き、姉が弟に対して抱く情愛、妻が夫に抱く情愛、人が、人に抱く情愛。都市市民社会では、個人の自我を縛るものとして、すでに脱却されつつある地縁血縁によってこの人たちは結ばれもし、ゆえに近親的な幾筋もの憎悪や打算でも結ばれていた。〈連帯〉や〈解放〉や〈組織〉や、〈自立〉や〈関係性〉などで解こうとすれば白々しくさえなる、一種のしぶといしたたかな血縁集団がここにわだかまっている。親を失うこと子を失うこと、兄弟を失うことに対して、これほどまでの愛怨をあらわすことは、血縁のきずななどを、解き放つ方向にのみ向かってきた近代都市市民であったならば、もしかして希薄であったのではあるまいか。(12)

水俣闘争は、近代国家の政治空間に出現した血権闘争である。自然と生類との血縁関係によって、色濃い精気を放つ村落に、故なく損傷が加えられた。それに怒りを抱き、反撃を加えようとする人が出てくるべくして出てくる。血権的ムラ社会には、ムラの義民というべき川本輝夫や田上義春のタイプの人びと、あるいはムラの地母神、杉本栄子のタイプの人々が多くいる。セム民族的な言い方をすれば、「家畜のために命を投げ出す羊飼い」であろうか。

石牟礼道子の聖者論はこうである。

　私が思うには、キリストはほんとうは無名の人だったと思うんです。(中略)それが記録される段階になると、どうしてあのように権威づけられるのかと、不思議でならないんです。そういうものを取ってしまったならば、そもそも元はどういう人間たちであったろうかといつも思うんです。権威づけられない聖者はどうしてあり得ないか。そうでない聖者は無数にいたと思うし、いまもいると思うんです。それはやはり、最下層の、汚濁にまみれて、一切の受難を背負った人間であったろうにと、あり続けたろうにと思うんです。権威づけられず、何の恩恵にも浴さない、いつも無名で生き続けてきた人間たち、それでもなお世の中にある力を持ち続けて、評価されることのない、そういう力こそが、人間をほんとうは生き変わらせてきた力だと思います[13]。

こうした義人というべき人びとの中に川本輝夫がいる。

――最も悲惨、苛烈、崩壊、差別の原点「水俣」から日本中を血だるまで駆けめぐりたい――むなしい言葉が無意識に頭に浮かぶ。それは彼自身が書いた言葉である。虫が知らせたか、チッソをほうり出される朝に書いた「手負いの猪」の宣言文である。若者たちが凄い言葉だなあという。けれども、悲惨とか、苛烈とか、崩壊とか、差別とか文字で書いても、彼の実感にはほど遠かろう。彼をつきうごかしている衝動の実質はおそらく誰にもわからない。たやすくわかってもらおうとも思わない。幼なじみの田上義春にならわかるかもしれぬ。そのようなおもいは、言葉にすればいかにも軽かった。

隣村津奈木村の諫山孝子ちゃんの手足やうめき声や、きげんのよいときの端麗で愛くるしい顔や、それにもまして、息を呑むようにかげりを帯びて臈《ろう》たけた母親の表情にまでも、症状を見た。小さな部落々々でゆきあう女たちの、伏し目になって地面に吸い寄せられてゆくような、永い年月の中の妖気を放っている水俣病の眸つきを彼は見ていた。いやそのようなもので、すっかり川本輝夫という人間はできあがってしまったのだ(14)。

闘争の血権的性格を最初からその根本において捉えているのは、渡辺京二である。川本輝夫の自主交渉闘争を支援し、「告発する会」の結成を呼びかける手書きのビラにこうある。

> 血債はかならず返済されねばならない。これは政府・司法機関が口を出す領域ではない。被害者である水俣病漁民自身が、チッソ資本とあいたいで堂々とりたてるべき貸し金である。水俣病患者・家族がその方針としてきた自主交渉とは、まさにこの理念をあらわすものである。民主的と称するあらゆる組織はこの自主交渉を完全にバックして、チッソの口から債務を吐きださせねばならないのである(15)。

政治（ポリティックス）が西欧のポリス（都市）にかかわる案件の訳語である限りにおいて、水俣病闘争はムラの案件であり、「政府・司法機関が口を出す領域ではない」。これは、万人の見るところ明白な「敵討ち」である。水俣病闘争を支援するとはなにをすることなのか。「告発する会」の会長本田啓吉の「設立宣言」は明快・軽快に仇討ちの場に赴いて、発すべき言葉を言い当てる。

> 義によって助太刀いたす(16)。

ユーモラスでもあり、時代錯誤とも思われよう。しかし、水俣病闘争は、必然的に全身全霊の投入を要求する文字通りの血権闘争である。日本人の血には、「仇討ち」に血湧き肉躍る感性が流れている。渡辺京二は書く。「フランス革命の三色旗の意味するものが自由・平等・友愛であったとすれば、仮想の日本革命旗には義理と人情の五文字が大書されるであろう」[17]。「血債はかならず返済されねばならない」。かならず？　全存在を賭けてか。熊大全共闘の一学生が「全存在を賭けるなんてことはできるはずがない」と言ったのに対して渡辺京二は一喝したという。「小賢しいことを言うな。これは浪花節だ[18]」。

水俣闘争は市民社会に血を通わす闘争である。

水俣からいっきょに伸び切った戦線のルート。そこに至る歳月をおもえば、ひとりの人間の半生にも当り、強いられた死からの転生をひとびとは試みていた。その死の淵の底を通底して、水俣現地の「生き魂」たちを、更に呼び寄せることが出来るのかも知れぬとわたくしたちは判断した。それは世論に血脈を通わせる機会でもあった[19]。

血権闘争は、東京にあって、僻村の血権ムラ社会の牧歌を醸し出しさえする。水俣の患者と東京の支援者は共同の宿舎を作る。

ちなみにこの宿舎に拾われて居ついた小動物は、ハト、ちいさなサンショウウオ、都会の猫にしては、洗練された野生を持っていた、じつに姿のよい三毛のダメコと、そのダメコがご近所からくわえて来たヒヨコ、後脚を骨折してまだ乳離れもしておらぬ子猫のメソメソ、馬鹿丁寧な名前をもらったカバトット正篤である。ヒヨコは羽を傷つけていて、宿舎係たちはもとの姿にして飼主の小学生に返すべく、メソメソと共に買物籠に入れ、犬猫病院に連れて行った。お医者さまの方がヒヨコを見て目をパチクリしていたと若者たちはいうのだった。(中略)メソメソはもともとの骨折のせいで育ちきれずに死亡し、宿舎の裏の川土手の、タンポポの根元に手厚く埋葬された。おおきな男の掌ならば片手に包まれてしまうメソメソが助かりそうもないこと、そして「死んじゃった」こと、埋葬したことが、宿舎のたれかれから、ポツリ、ポツリと言葉少なくこの日電話でかかってきた。若者たちは電話を切るでもなく、いつまでも電話の向こうでだまっている。今日は寒いですねえ、などといって、また黙ってしまうのだった。この稚なすぎる片輪の子猫の死は、患者たちや支援者たちの気分が下降している最中であり、ひとつのかなしみを具象化していた。「一寸先は闇」という合言葉のように、手応えなく広がってゆくばかりの非日常世界の中で、小動物たちと患者たちと、宿舎係が持っていたこの小さな世界は、失われてゆく日々への追慕を意味していた。猫のダメコと、しんからあそびたわむれている朝食時や夕食後の川本輝夫を、宿舎係たちはころころと笑いながら見守っていた。なんとその景色は、やるせない眺めだったことだろう。(20)

「血煙り」を上げる血戦の最中、川本輝夫が不当逮捕された。というのに、あたかもしっぽを振って権力にすり寄る臆病な人間のように、押しかけた官憲の「小父さん」たちにじゃれついてしっぽを振るイヌのガラは人びとのお叱りを受けるのだ。この水俣漁民と東京の若い男女たちからなる小さな世界は、源基的な共同体を作り出している。犬のいない人類史は考えられない。東京の一角に誕生した血権村は、道行く市民や「バーのとんこちゃん」たちを引きつける魅惑を発し始めているのである。

「おじいさん

得にならぬことをする人があって、世の中の救いがあります。お大事にがんばって下さい。
一月三日　　ひとりの市民[21]」

と東京都民がカンパに添えて手紙を置いて行くのである。

6　死民と市民権

アーノルト・ゲーレンやハーゼンフラッツなど、ドイツの文化人類学者たちは、血権の闘争は死民の助けを借りる闘争であると結論している。古代ギリシアでも死者を多者と呼んでいる。死んだ祖先たちの共同体を助けとして探し出し、役立てる血権の儀式は、墓に詣でることである。まさか議会制民主主義の多数派工作が目的なのではない。血権闘争＝聖戦を闘い抜くには、死の恐怖に打ち勝つことが必須であり、そのためにはみずから死者になることが一番である。

アルカイックな世界とは、「死者と生者の区分けが定かでない[22]」世界である。「血煙りが立」ち「血祭り」に挙げられ、人々の目は「血走ってくる」。血権闘争とは、死霊と生霊を、そして地霊をも、いくさに「動員」する闘争である。土地の霊も死霊も叛乱ののろしを上げるのだ。アフリカの部族社会の血権闘争が死んだ先祖の霊を呼び寄せ、体中に色を塗りたくって闘いに赴くように、水俣死民はゼッケンを身にまとい、「怨」と染め上げた死旗を立ててにじり寄るのだ。そのような水俣病闘争の支援者とは、死者の名において行動し、死者とともに、みなりとしぐさを一致させる「心中志願者」である。事実、ここには、死者と生者の区別はない。「アルカイックな理解においては、闘いに参加する男性同盟員は、実際に死者の世界に帰属する者であり、実際に、一個の死者である」[23]。彼が見る世界はふつうに言う「死後の世界」などではない。彼の此岸の経験に属することなのだ。ひとは、「内側から夢見る」（アーノルト・ゲーレン）[24]。古代的な心情にとっては、「形象＝Bilder＝面影こそが現実」（クラーゲス）なのである。

水俣病闘争は、ありていに言えば、不気味である。水俣病闘争は、「この国の近代と前近代のはざまに出現した、さまざまな幽霊奇譚でもあるのです」[25]。では、市民はどうか。「市民といえば景色のいろが急にうらぶれる」[26]。水俣病は差別を引きおこしていた。患者を差別・侮蔑して、水俣の経済的繁栄を守れ、水俣市民の権利を守れと叫ぶ市民のシュプレッヒコールがわき起こる。そうした市民的権利の主張が水俣病という差別病に罹病した患者の差別といかに結びついていたかは次章で見る。

7　現代アラブ世界に生きる同態復讐法

すでに何度か触れたように、同態復讐法は現代のアラブ世界に生きている。イスラム世界の政治と宗教を統べるコーランのその箇所をもう一度、引く。

我らはあの中で（ユダヤ人に与えた「律法」の中で）次のような規定を与えておいた。すなわち、「生命には生命を、目には目を、耳には耳を、そして受けた傷には同等の仕返しを」と（ユダヤ人の間で加害者に対して被害者が報復する正当な復讐量をきめた有名な竹篦返《しっぺいがえ》しの法規である）。だが（被害者が）この（報復）を棄権する場合は、それは一種の贖罪行為となる。アッラーが下し給うた（聖典）に拠って裁き事をなさぬ者、そういう者どもは全て不義の徒であるぞ。[27]ムハンマドのユダヤ・キリスト教批判は、後者がこの太古の掟を放棄することにある。

されば福音の民（キリスト教徒）たるものは、アッラーがこの（聖典）に示し給うたところに拠って裁き事をなすべきであって、およそアッラーが啓示し給うたもので裁き事をなさぬ者は、すべて邪悪の徒であるぞ。[28]

セム民族の内部における同態復讐法の扱いの差異は、実際、イスラム教からするユダヤ・キリスト教の徹底した批判の根拠ともなりうることが予想される。この関連でわたしにとって最も重要な神学者はギュンター・リューリングという驚くべきドイツ人神学者を措いていない。この、実に驚くべき議論を展開する神学者の主著は『預言者ムハンマドの再発見――キリスト教ヨーロッパの批判』であり、わたしなどのうかつに立ち入るのは憚られる分野の研究者である。しかし、にもかかわらず、同態復讐法を成立させるアルカイックな血権社会に関する議論については、回避することは許されそうもない。それを不可避とするのは、渡辺京二の存在である。

水俣病を考えることは、近代ヨーロッパを批判する視座を確保することを要求する。水俣病闘争の中心的当事者であることが疑いのない渡辺京二も「水俣病にかかわることのおそろしさ[29]」をしばしば漏らしていたという。「これは浪花節だ」はいかにも氏らしい名台詞であるが、この啖呵を吐かせた渡辺京二の真意を多少なりとも、線状性を具えた言説へと回収することはきわめて困難な作業である。幸い、水俣病闘争の時代の刻印を深く受けた氏の長大な言説を読むことができる。『ドストエフスキーの政治思想』である。ドストエフスキーの『作家の日記』という難物を介して氏の抽出する世界は、その後の評論家渡辺京二のスタート・ボードの位置にあると考えられる。水俣病闘争の全域に露呈した市民と死民の間の齟齬は、渡辺京二に即して言えば、ドストエフスキーの政治思想の底に流れる近代ヨーロッパ批判と同質のものだからである。「一言で言えば、彼（ドストエフスキー）の政治思想とわが国のアジア主義思想との間にはパラレルな関係があり、それを究明することによって西欧民主主義の衝撃に対する反応について、かなり興味深いいくつかの知見が得られるのではないか」[30]、と渡辺京二は言う。ここで、『神風連』、『宮崎滔天』から『北一輝』に至る、一見、アジア主義と見えながら、その根底に通奏低音として響き続けるヨーロッパ近代批判をここで通観することはむろんできないのであるが、『ドストエフスキーの政治思想』で言及されるある小さな「復讐」と「贖い」の光景から紡ぎ出される世界には触れざるをえない。

池田駅（現上熊本駅）でラフカディオ・ハーンの目撃した光景である。ある殺人犯が上熊本駅で自分が殺した男の子供が母親に背負われて、犯人と出会う光景である。男は自分の非を悟り、懸命にわびたときのことである。これを見守っていた人びとが、ハーンにはまったく意外なことに、泪をながしたというのである[31]。

ドストエフスキーに関する論評の中で持ち出された熊本の殺人とその償いである。ソーニャの要求に応じて大地に接吻するラスコーリニコフを思わない訳にはいかない。しかし、ソーニャ、ラスコーリニコフ風の贖罪を要求するギリシア正教的な宗教性は、ヨーロッパ的リベラリズムの刑法思想とどう関係するのであろう。ここでは、リューリングの論難するローマ法体系に取り入れられることを拒んだギリシア正教の独特な位相が問題とされるに違いないのである。

古代キリスト教教会の理想はローマ帝国がキリスト教を受け入れ、教会がローマ法を受け入れたとき、曠野に追放された。西方教会は国家に完全に同化し、教会としての本質は消滅した。法王権力は新しい形式のローマ帝国の継承者である。「しかるに、東方においては、国家がマホメットの剣に破壊されて、すでに国家から分離したキリストだけが残ることになった」。これがギリシア正教であって、その真髄はロシアの民衆のうちにのみ保存されておるのだ、というのである。(32)

ローマ化するキリスト教という渡辺・ドストエフスキーの提起する問題は、ドイツ神学界に無縁な問題であったというわけではない。まっさきに思いつくのは、アルベルト・シュヴァイツァーである。アフリカに行って医療活動に従事した聖人としてのシュヴァイツァーについては良く知られているが、その真の動機については、そもそもの前提としてシュヴァイツァーが非常に重厚な神学者であったことはあまり知られていない。シュヴァイツァーの見立てでは、ヨーロッパのキリスト教はキリスト教ではない。ローマを征服したキリスト教とは、ローマに征服されたキリスト教に他ならないのであり、初期のキリスト教会の理念も精神も忘れ去った存在でしかないのである。こうしたシュヴァイツァーの主張がドイツ神学界で受け入れられるはずもなく、シュヴァイツァーは神学の世界を去り、改めて医学を学び、アフリカに渡ったのである。

8　リューリングの西欧キリスト教批判

シュヴァイツァーの意をくむキリスト教神学者たちがいなかったわけではない。しかし、ドイツ語圏の大学の神学部の正教授ポストがこの種の異色分子にそうやすやすと開かれていないことは容易に察することができる。シュヴァイツァーの弟子とも友人ともいうべきマルティン・ヴェルナーがベルン大学のキリスト教教義論の正教授の座に着いたのは、ほとんど偶然の所産であった。

ベルン大学が招聘を予定していた世にも著名な、二十世紀におけるヨーロッパ・キリスト教神学界の寵児というべき教授が、着任直前になって、ベルン大学にとっては腹立たしいほど高額の給料を要求し、大学は採用を断念したのである。この神学者は、危機神学と弁証法神学の名で知られるカール・バルトであるが、バルトがドタキャンしたポストをピンチヒッターとして埋めたのがマルティン・ヴェルナーである。

リューリングはこうしたシュヴァイツァーの流れを汲む神学者と考えて良い。神学者とは言っても、キリスト教神学界の飛びきり際立つ文字通りの「異色分子」（Schwarzer Schaf＝黒い羊）であり、それゆえ当然、死後わずかな時間の経つうちに歴史から完全に抹殺されていったと言わざるをえない。リューリングの主著は『預言者ムハンマドの再発見——〝キリスト教〟ヨーロッパの批判』である。世間の耳目を集めたというよりは、耳も目も背けさせたその主要テーゼは、原始ユダヤ教、原始キリスト教の精神をもっとも厳正に受け継いでいるのは、アラビア半島の砂漠の曠野に生き延びたキリスト教徒と頻繁な接触を経て、イスラム教を設立する預言者ムハンマドであるという主張である。眉に唾して耳を澄ませなくてはならないこのテーゼを擁立するためには、数限りない傍証が集められる必要があろう。リューリングの重要著作は『アルカイックな言語と思考』[33]で、アルカイックな世界の血権共同体や聖地巡礼の思想的感性的根底の闡明に主点が置かれている。リューリングのもう一つの重要業績は、『原コーラン』[34]の修復である。イスラム世界もまた、右手に剱を帯び、左手にコーランを収めるためには、コーランを国家秩序向けに改竄する歴史を経ていることは言うまでもないからである。しかし、ラテン語ギリシア語という西洋古典学やヘレニズム的新約聖書学の基本ツールは無論のこと、ヘブライ語アラビア語の完全習熟を前提とするドイツ特有というべき、そして実際誇るに足るドイツ・オリエンタリスティク(オリエント学)の成果を読みこなすことは、わたしなどがどうあがいても消化不良を起こす分野であることは御了解頂きたい。わたしにとっては、リューリングがみずからのテーゼを論証するために歩測する大きな領域が血権と同態復讐法であり、わたしの必要とする議論を極めて広範囲にわたって繰り広げており、そこに記された多くのことが得心のゆくことであったと言わざるをえないのである。

要するに、ムハンマドは、コーランが随所に示すように、「目には目を、歯には歯を」のアルカイックな血権を明確に保持した預言者なのである。[35] ユダヤ教やキリスト教が、「進歩的」な、とはつまりアレクサンダー大王の大帝国やなかんずくローマ帝国の国家秩序に歩調を合わせる形で、同態復讐法を駆逐したのと同様に「この血権はしかしながら預言者以後のイスラムの変形の結果、非常になおざりにされ、歪曲された」[36]のである。しかし、ドストエフスキーのキリスト教観はある種の普遍性がある。ローマ法の世界に入らないことでギリシア正教がその真の宗教性を「曠野」において保持できたというのであれば、そうした言い方はユダヤ教にも言えそうである。いわく、ユダヤ教がついには徹底的な批判者としてイエスの出現を必然とするほど「国家秩序」を補佐する律法宗教となったというならば、真の宗教的ユダヤ教は、出エジプトを果たして、「蜂蜜と乳の流れる約束の地」を目指して、モーセと共に砂漠の曠野を彷徨《さまよ》った四〇年だけが存在したということなのであろうか。その当否はともかく、「曠野」が正統的な宗教のサンクチュアリーと想定されるならば、イスラム世界こそ、大原富枝の小説の題名を借りるまでもなく、アブラハムの妾ハガルの産んだイシュマエルを父祖とするアラブ民族の差配する「ハガルの曠野」であり、なかでもベドウィンの世界こそ原イスラム教の精神を継ぐものであろう。そして、同態復讐法はアラブ世界に今日なお生きている。野蛮とは言うまい。

環境破壊と人口過密に関して、この間はっきりしてきた、われわれの地球の上での人間の未来の道徳的問題を前にして、イスラエルと原始キリスト教の伝統がブロークンなかたちでではあっても、イスラム、とりわけベドウィンの生活様式の中に保持しているアルカイックな血権に対して下す、自称「進歩的な」西欧の判定は、自己の、西洋の道徳的荒廃（道を踏み誤ったという意味で）を真剣に考察しようとしないスノビズム、無思想な思い上がりに見えてくる。[37]

イスラム教と同態復讐法・血権を論拠に、西欧の宗教的自由思想を「現在と未来の堆積する諸問題の本質的原因」として糾弾するリューリングの論法は、それ自体として他の場所で、それにふさわしく、またしかるべき人によって、正確に紹介されることを望むべきであろう。ここでは、『苦海浄土』に話を戻したいのだが、一つだけは触れずに済ますことができない問題が残っている。

イエスの「山上の垂訓」はどうするのだという疑問である。それを論じるためには、幾多の議論が前提とされる。とりわけ問題は、アブラハムの宗教以来、いわゆる一神教を貫く高地崇拝である。なぜ、イエスは「ガリラヤの山上」で演説するのか。処刑の前の夜、イエスはなぜ、ゲツセマネ（油の山）に過ごすのか。川中子義勝『詩人イエス』によれば、新約聖書中、イエスが賛美歌を口ずさむのは、ただ一度、この夜、山に登りながらであるという[38]。

高地崇拝とは、リューリングによれば、墓地崇拝である。とは、すなわち死者崇拝、先祖崇拝であり、石器時代以来、人類の有する死者崇拝と復活信仰の典型的な舞台装置である。部族的秩序の掟としての血権を排除した中央集権化した国家宗教の護教論的代弁者は、それと同等のエネルギーを費やして、高地崇拝を、多神教的であるとか、「異教的」な豊穣神崇拝の名残であるなどといった誹謗中傷を重ねて排除した。血権を論じることができるためには、高地崇拝と血権思想の間には、どのような内的関連があるかを詳細に示す必要があるかもしれない。汝の敵を赦し愛することのできる聖域は血権と高地崇拝の交錯する地点に広がっていると考えられるからである。しかしここでは、『苦海浄土』三部作の実質的な最終場面となる『神々の村』の巡礼団の高野山詣の光景が本書の求めてきた同態復讐法の彼方を望む血権思想と高地崇拝の交わる場所であると言っておくに留めたい。たとえこの聖域が高野山詣と巡礼姿をした一団の御詠歌によって著しい仏教性を強調されていたとしても、その聖域は古代ユダヤ教にも原始キリスト教にもさらにはいっそう色濃くムハンマドの宗教にも等しく見出されるのである。石牟礼道子の到達した宗教以前の原宗教の祈りと赦しの聖域である。ところで、「汝の敵を愛せ」という新約聖書の信仰箇条についてリューリングはこう断定する。

都市国家と大国家に対して、つまりユダヤ教やヘレニズムのキリスト教の宗教的世界帝国ドクトリンに対して、架橋不可能な対立をなしているために、血権制度はまったく特別な仕方で「進歩的」な国家制度と国家神学による制圧・誹謗中傷に晒されることになった。この中傷がいかに成功を収めたかは次のようなショッキングなテーゼによって強調されるかもしれない。つまり、山上の垂訓（高地崇拝！）のモラル、新約聖書の汝の敵を愛せは元来、血権秩序のモラルであり、今日では数千年にわたって行われてきた血権秩序の誹謗中傷の結果、まったく信じがたいものとなってしまった思考である。アルカイックな古代社会の体系的な世界理解（死と生、罪、運命、罰、報復と補償、養子縁組、アジール、その他諸々の制度の研究）を介して、敵を愛することが、かりに血権秩序の中心的なカテゴリーではないにしても、やはり一つの血権秩序であるという証明を引き出すことは今日、もっとも緊急の課題である、なぜならこれは成功疑いなしの課題だからである。(39)

リューリングはその『預言者ムハンマドの再発見――〝キリスト教〟ヨーロッパの批判』の最後近くに、国連の職員でアラビアのベドウィンにおける血権を長年研究しているM・J・Lハーディーの達した結論を引用している。

人間の社会化の過程の再検証の必要性が認識はされたにもかかわらず、解決はまったく手つかずのままであるという現代にとって、このベドウィンの血権は熟考に値する案件である。なぜなら、これらの血権の審判過程においては、対立する諸党派の真の和解、利益関心の現実的調停が生じる。しかもその際、西欧の大国家的司法プロセスに従えば、罪と罰をめぐる大量の論証がトラックに乗せられて後を追いかけるのとは違う形でである。「中東の社会では、」とハーディは見なすのであるが、「むかしと変わらぬまま、国家によって与えられた罰をなにかなじめない異質なもの、外部から押しつけられたものとみなす傾向にある。真の信頼に値する判決は、民衆の見解に従えば、相変わらず古い昔からの習慣に従って下されるのである」[40]。

贖いは一定の刑量や金銭賠償と対応するものなのであろうか。真の贖いの審級は、検事と弁護団のやりとりとは違う水準に位置しているのではないだろうか。渡辺京二はこう述べる。

あの裁判で患者がいちばん判らなかったのは、チッソの社長が患者に対しては申し訳ないことをしましたと詫びていながら、どうして法廷で争うことができるのか、何を争うというのか、それがどうしたって判らないのです。ところがチッソの言っているのは簡単なことで、「わたしどもは確かに水銀をたれ流してあなたがたの親御さんを殺しました。それは道徳的には悪いことでございました。しかし日本の法律によりますと、予見可能でないことについては罪にならないんでございます。ですから法律の上から見ると、私どもはひとつも間違ったことはいたしておりません。したがって、道徳的は申し訳ないのでありますが、法律上は争わせていただきます」とまあ、こういうふうに言っているわけですね[41]。

等価交換と正義の間に間隙が広がる。そもそも贖いとは等価交換なのであろうか。セム民族の「贖い」という観念はギリシア語やラテン語で正しく伝えられたのであろうか。「贖う」という言葉は、こころに積もる苦しみや「怨念」をはらすことではないのだろうか。水俣病闘争の患者たちは、大きな国家的審判に不満を抱いている。

患者は「四年間の裁判では思いは晴れなかった」といっているのだ。患者が判決当日に勝利という言葉を使ってくれるな、と執拗に弁護団に要求しているのも、そのためなのだ。裁判がついに自分たちの自身の闘いでなかったことを、患者はしんそこから感じている。四年間、ごうまんな態度で患者にのぞみ、患者の闘う意志を抑圧して来た弁護団へのいかりはついに爆発し、患者総会の席上で鋭い弁護団糾弾の声があがっている。

患者は何を望んでいるのか。「思いをはらす」という言葉は何を意味しているのか。これをたんなる感情的な言葉と理解するものは、患者の闘いの本質とついに無縁に終わるしかない[42]。

上熊本駅頭でハーンの目撃した罪と贖いのあり方に民衆が涙するような聖域、救済の場はどこに見出されるのか。その和解のサンクチュアリーは、「ローマ・カトリック」やイスラム教やギリシア正教など、既成の宗教の成立する以前、「あらゆる宗教以前の世界」の聖域にあると考えるのが筋であろう。このような聖なる世界なしには、ドストエフスキーは、（おそらく渡辺京二も）生きられないのである。なぜなら、上熊本駅頭でハーンが見た、親を殺した殺人犯に人びとが涙する異常な光景に

「秘された観念」が位置すべき「彼岸的な」場所はそのような場所だからである。ラスコーリニコフが大地に接吻することで表現されているような贖罪の審級である。

それにしても、「汝の敵を愛せ」は分かりにくい。日本語に置き換えてみても分かりにくさは少しも変わらないのだが、われわれの親しい事例を取ると多少は理解の方向が定まるかもしれない。緒方正人である。

9　親の仇討ちと緒方正人

長い間、石牟礼さんが文学上表現されてきたことは私にはなかなか理解できなかった。はっきり言えば分からなかった。なぜなら私の中には、オヤジの仇を討つこと、闘いの中でチッソや国を討つこと、行政や企業に責任を取らせること、といった目的が幼い頃からずっとあったものですから、石牟礼さんの説かれるところというのが、平たく言えばなんか呑気な世界に見えたのです。こちらは怒り心頭で、恨み骨髄なものですからなかなかそれを分かろうとしなかったわけです。

ところがその後、私自身の中の逆転が今から二十年ほど前に起きました。これは大きな逆転で、その頃を一言で言えば、運動的な行き詰まりを感じていたのです。水俣病の補償や認定を求める運動に対して、どうも疑問を感じてきたというか、いわばお金で解決されていく、終わらされていくというような運動の現実というものに不満を抱くようになりました。もっと原点に立ち返って考えてみようと思いまして、認定申請そのものを自ら取り下げて放棄しました。捨て去ってゼロから考え直そうと、そのとき大きな狂いが自分の中にありました。(43)

「汝の敵を愛せ」のモラルを、たとえ中心的ではないとしてもやはり一つの秩序としてみずからの内に包含する血権の論理は、親の仇を討つつもりの緒方正人が苦しみ抜き、突き詰めていった狂気の縁で、補償や会社に責任を取らせる運動に疑問を抱き、ついには「チッソはわたしであった」と悟るに至る経緯の中に体現されているに違いない。それは、当面、「大きな狂い」としてしか表現されない。この「大きな狂い」の中で考え苦しむ苦悶の果てに本源的な「命の連なる世界」が見えてくる。

母親のお腹の中で水俣病になった子どもを抱えて生きてきた人たちは、「なして自分の家族にはこげん苦労がかかっとやろうか」「なして元気な子どもが授からんとやろうか」と、どれほど悔い、あるいは苦しんだか知れません。私の兄弟もそうなのでそう思うわけですが、逆に、考えて考えて苦しんで、その苦悶の中にものすごい振幅があったから、命への向かい方がより本源的といいますか、人間的だっただろうと思うわけです。ですから、今だから確信を持っていうわけですけど、裁判闘争だ水俣病闘争だと力まなくたって、人間としての格からいえばこっちの方が勝っとったんだと、私は確信をもってそう思います。では、なぜ闘いが必要だったのかということですが、おそらく、そのような水俣の漁民や被害者たちの精神世界からの呼びかけこそ、闘いの最も肝心なところではなかったのか。つまり、命の尊さ、命の連なる世界に一緒に生きていこうという呼びかけが、水俣病事件の核心ではないのかと思っています。(44)

「贖《あがな》い」は報復ではない。そのような断定を下すためには、そもそも同態復讐法とは本来、何であったのか根本的に考え直す必要がありそうである。それは次章に譲る。ここは、緒方正人に語らせるのが一番である。緒方正人の言う「一緒に生きていきたい」「命の尊さ、命の連なる世界」は、究極的に宗教的な世界ではないだろうか。ドストエフスキーの『罪と罰』が思い出される。ラスコーリニコフの殺人はいかに贖われるのか。贖いの聖域を考える上で、忘れてはならない世界史的事情がある。ヘレニズム世界は、供犠《くぎ》宗教の世界である。神々と人間が動物供犠を介して行われる神と人間の「貿易」にいそしむ世界であり、為替利益もろともに交換行為から利得をもくろむ現代的グローバル・プレーヤーめいたオデュッセウスのような「近代市民のプロトタイプ」（アドルノ、ホルクハイマー『啓蒙の弁証法』）もいる。セム民族にはセム民族の贖い方があり、アイヌ民族にはアイヌ民族の贖い方があって多種多様であるとしても、ヘレニズムの動物供犠は、価値交換の起源的原型なのである。供犠に供される犠牲獣が「貨幣」の起源かつ語源であり、家畜化して所有する牛が利子であり利息でもあり、私有財産として有する牛の頭数《カプート》が物を言うキャピタリズムの原型そのものであるような世界である。ヘレニズム世界に統合されたセム系諸民族の道徳的頽廃はアーノルト・ゲーレンなどの文化人類学者の揃って強く主張することであったが、このような世界でキリスト教がローマを制圧した、つまりローマがキリスト教を覆ったことに対してシュヴァアイツァー以下の人びとが批判的であったのだが、それは原始キリスト教がヘレニズムの密儀宗教に化していくことに対する批判でもあった。『神聖貨幣』[45]以降、貨幣の起源に関する研究はギリシアの動物供犠と貨幣の関係を十分に解明している。ヘレニズム世界。それは贖いを対価に、人の命と自然の損傷を金銭賠償に置き換えるキリスト教ヨーロッパ文明の揺籃の地なのである。ヘレニズム世界を悪し様に言うのは、気が引ける。が、世界宗教としてのキリスト教を生んだこの土地は、さらにもう二つ、以後の世界文明にとって最重要となる基盤を整備した。精神と貨幣である。キリスト信仰と精神信仰と貨幣信仰。「信仰は世界史を推進する」とはよく聞く箴言であるが、この宗教批判的な内実を含んだ箴言は正確に全文、ワン・センテンスで記憶される必要がある。「信仰は世界史を推進する、とくにその信仰が誤っている場合には」(ジェイムズ・デュラント)である。ギュンター・リューリングが特にモハンマドを介して一神教の根源に横たわる血権の観念にこだわるのは、ヘレニズムの土地に生まれた宗教や国家理念が、絶えず前進する科学技術のたえざる自然への干渉と全体的な放射能汚染の危険に晒されて、もはや、これまで意味ありげに説かれていた世俗的、宗教的諸原理ではやっていけない地点に行き着いたという確信からなのである。(46)

緒方正人に戻ろう。

自分はやっぱりとくに運動をやっている頃は、自分の力で生きていると、どこかで思いこんでいたと思います。しかし、そのことが崩れ果てたあとに、実は生かされている、しかもさまざまな命と繋がって生きていることに気づきました。ここに生まれ、ここに生き、ここに死にきりたいと思っています。本心、死にきりたいです。生を貫くという意味で死にきりたいと思っていきます。急いでいるわけじゃないですけど、そう思っています。そしてそこに狂いに狂ったときに、それまでの自分を打ちすえられて見せつけられたその世界にこそ、無量の世界があると感じました。冥加とはこのことだと感じましたね。[47]

10　魂の救済

問題は「狂いに狂った」その先に開ける「無量の世界」である。石牟礼道子、得度名・浄土真宗夢劫院が、緒方正人と同じような仏教思想を持っていることも言うまでもないかもしれない。水俣病は、石牟礼道子に「まぼろしとうつつのあわいにめぐり来たった風のぐあいで、そこに閉じこめられていた永劫の景色をかいま見[48]」させた。石牟礼道子にとっては、それが「未来永劫の世界であれば、〈村〉のなかの〈群〉のまぼろしが生き死にしているところであらねばならぬ。木の間隠れに、まぼろし世界と通じあっていなければ、ここでは延命できないのだ[49]」。そのような世界はこう言い換えられもする。

ほとんど無文字の意識世界、と云っても無知という意味ではさらさらなく、智恵や人格のおさまり方が、知識人とはちがう深みを持った世界ですが、そういう人々にとって世界というのは、ご先祖さまや「人さま方」の魂が呼びかけ合っているところではないでしょうか。昔このあたりにいた魂が、生きている者たちに、形影相伴うかたちでふっと出てくる。そういう時に、あたりの景色も意味を持ってくる。そんなコスモスが生活の場でありました。まだ生まれない世界も死んでいく先も、そこにつながっていて、別の云い方をすればそうした世界からの形見が、自分というものではないか。そういうふうな人間がここに生きていたという存在証明を水俣の被害民らは欲しているのだと思います。

そのなんとも云えない、根源からの世界のなり立ちを、丸ごと失うことだったんですね、水俣病は。じつに凝縮した差別とか迫害とかもさまざまございますけれど、全部含めまして、自分が生きていたという意味が失われる。肉体の苦しみ、精神の苦しみがそれに加わりますけれども、それだけでなくて、前の世から連続していた、仏教の言葉で云います八千万億那由多劫《はっせんまんのくなゆたこう》というような、未来への永劫と、前世からつながっているその道筋ですね、受け継がれてきた人間の思い、それはモラルといってもよいのですが、その道をも全部失う出来事だったんです、水俣病というのは。

被害民らが願っているのは経済上のことはもちろんありますが、魂の救済というか存在の復活なんです。それなしには救済は考えられませんのです。[50]

11　水俣病と錬金術

仏教やキリスト教の救済を論ずることは筆者の任に堪えない。しかし、この論考を続ける上で避けられない救済論がある。「物質的救済論」、つまり錬金術である。

ミルチャ・エリアーデやグスタフ・ユングの指摘した錬金術[51]の人類史的意味合いを考える必要がある。現代世界はいわば金属・非金属で地表を覆われた世界と言えるであろうが、それはまさに本章の冒頭で引用したように、鉄道と自動車の轟音とともに「にんげんをくだく」世界を現出している。金属獲得は近代国家の欠かすことのできない存在条件である。「第二の自然」が深く傷ついた「第一の自然」をつややかに総メッキするのだが、ここで敢えて想像したいのは、大地がもとのままにある第一の自然状態にある世界である。たまたま宇宙の天空から隕石が「母なる大地」に落ちて獲得された鉄や、地中深く、大地に包まれた闇の中で、まるで母胎の闇に子どもが成長するように、金属が生長すると考えられていた世界である。ドイツ・ロマン主義の詩人ノヴァーリスの夢想した「青い花」としか言いようのない世界だとでも言えるかも知れない。このような金属の成長を促す学として錬金術や冶金学が成立した時代は、それをおよそ歴史的文献資料研究などの可能性を一切拒絶する世界、つまり先史である。この世界の金属の生と死、死と復活が、のちのちの各種の神学における「主の救済論」と深い関係を有していると考えられるのである。

錬金術の眼目は、貴金属を誕生させる液体の用意にあろう。錬金術は海や河川や湖沼に貴金属が精製されるのを見ることで始まったと言える。それに似た妙なる水溶液を作るために、酸っぱくなったミルクやバター、糞や尿、あらゆる不可思議な添加物を溶け込ませて加熱する。錬金術はこの水溶液を母の溶液＝マトリックス＝羊水と呼ぶ。貴金属の精製のために使われる物質は、なかんずく水銀であったのが不吉である。

水俣病が人類史的な驚愕の事件であるのは、まさにこうした太古の人類の獲得した錬金術的救済神学を一気に打ち壊したことにある。人類の羊水と思われていた海の底に溜まった水銀が魚（キリスト教徒にとって、魚はキリストを象徴していたのだが）を介して、人間に蓄積され、しかも、子孫を保持する絶対の安全を保障していた筈の胎盤を食い破り、胎児性の水俣病をうんだ。これは、人類史の有する神学の根本的否定であった。しかも、それは、錬金術から自然に発達したというより、錬金術の精神を完全に放逐した現代化学の最先端の事件としてである。水俣病という事件は、海という人類の羊水からメチル水銀が人間の脳に、人間の母胎に浸透することによって生じた悪しき錬金術の成果なのである。「アニミズムやプレアニミズムを調合して」「近代への呪術師」となろうとする決意を疑う根拠はなにもない。しかし、現代は、

存在や魂の世界に通暁し、アニミズムやプレアニミズムの世界を司祭していた詩祖たちがほろび去ってから、はるかな時間がすぎた。

詩人とは、民族の魂がうたう時には天弦の妙音をもって彼らの魂にくぐり入り、その魂が呻吟するときには、もっとも病いあつき部分の惨苦をも担い、天界や地の神にまじわりうる同等にして自在なる資質を有し、邪神の申し子である科学文明に対しては、まことの錬金術をもってこれにいどむ術と力を具え、この世の成り立ちが視えてくる目を持つにいたるものであったろう。詩人とは、詩神でもあらねばならなかったのである。[52]

口をついて出る言語がそのまま歌であり、同時に法であるような時代は文字通り、神話としてしか伝わっていない。詩経の世界、万葉集、旧約聖書の垣間見せる至福の世界（たとえば『雅歌』）である。現代の詩人は邪神のデミウルゴスに「まことの錬金術をもってこれにいどむ術と力を具え」て、対峙する詩神でなければならない。しかしどうやってなのか。「この世の成り立ちが視えてくる目」とは、「樹男のまなざし」と考えた。では、石牟礼道子はどのような言語芸術空間を編み、織り上げるのか。

第五章　神秘のヴェール

1　八つ裂きにされる神々

『苦海浄土』には読者に痛烈な印象を残すシーンがいくつもある。本書の筆者に強烈な印象を与えたのは次のシーンである。その箇所の長さにもかかわらず引用するのは、事件の耐えがたい酸鼻の極みと、それによって子供を奪われた母の極まりない哀切とがないまぜになって、『苦海浄土』という作品の特徴をこの上なく明瞭に示していると考えるからだけではない。本書が『苦海浄土』を読む一つの観点として選んだ同態復讐法という宗教的理念を根底から考える上でも格好の箇所と思えるからである。江郷下マス、三十四号患者、は「外見上なんともない」と片付けられたまま、昭和二十五年に娘和子を出生するも、昭和三十一年、和子は水俣病によって死亡する。息子の一美は三十三号患者、美一は四十二号患者である。続いて夫も発病するが、みずからは、娘の看病中に発病した。家族と自身の発病以来、手足の麻痺や難聴や視野狭窄によって心身の自由を奪われ、家の前庭とでも言うべき近さにある石垣の防波堤につかまってつたい歩きすることもままならずに、海中にころげおちたりする。この落下感は、夜、寝ている時にも、彼女を襲い、安眠を妨げるが、この落下感は彼女に、娘の和子の解剖された屍体を背負って帰宅したときの感じと背中合わせになって彼女を襲う。

「あのですなあ、白か繃帯で、頭の先から足の先まで、ぐるぐる巻きにしてありましたですもん。解剖してあるけん、千切れんごつ、巻いてあったわけでしょなあ。車の運転手さんの、えらい気持の悪しゃしとらしたです。どげんしゅうかち思うて、ハイヤー代もかかりますし、水俣駅の先の、踏切りの、あんまり人の通らんところで、下してもらいまして、和子ばそろっと線路の脇に寝せてな、帯ばほどきまして、背負いましたです。

和子、きつかったね、解剖のなんのに逢わせて。母ちゃんが何も知らんで、魚《いお》食わせて。魚、小《こ》切《ぎ》る如《ごつ》、お前や小切られて。ここから先は母ちゃんが、背負うて家に戻るぞ、ち言いましたです。あんまりな、涙も出らんごたったです。解剖ちゅうは、どこば切るとでしょうかなあ、足のちゃあえて、線路の上に落ちゃあせんじゃろか、腹ば横切りしてあっとじゃなかろか、手えも、ひっちゃえはせんじゃろかちなあ、心配で。首の落ちればどげんしゅうちおもって。

繃帯でぐるぐる巻きして、目ぇと、唇しか出とりませんとですもん。血ぃちゅうか、汁ちゅうか、滲んどるとですもん、我が子の汁のですな。まあ、わたしが生んだ子ぉじゃが、わたしの汁じゃがち思うて、涙も出たやら覚えませんと。

線路の上じゃけん、ただもう、ばらばらにならんごつ用心するのが一心で。なんさま、この上、汽車にでも轢かれたなら、あんまりじゃ、そげん思うとりました。くたくた音のしますとば、そろーっと背負うて。

生きとる時より、そりゃ重かちゅうか、魂の無か躰の、背負いにくかですもん。生きて寝とる時は、背中で手足のぶらぶらしとっても、気になりませんばってん、解剖して、ずてずてしとっとですけん、縫い合わせてはあるとでしょうが、いつ、ひっ切れ落ちるか心配で。

仏さまの前に、ちゃんと連れて帰らんば。

その一心でなあ、本《ほん》な道、あの表の本な道は人の恐ろししゃしなはります。繃帯巻きの死んだ子ぉですけん。線路道ばゆきましたです。お月さまの在《あ》んなはりましたっでしょうかなあ、枕木の、ちっと見えとりましたっでしょうか。坪谷の手前まで、水俣駅から、小半里ぐらい。今夜が和子、別れじゃねえち、母ちゃんが背中におるのも、今夜までぞう。苦しみ死にするため、生まれて来たかいち、死んどる子ぉに語り語り、歩きました。なあ、ふだんなら、線路の夜道のなんの、歩き得ませんとぉ。

百間の踏切りば通って、ずうっとゆけば、あのほら、三年が浦ちゅうところのありますなあ。あすこの松の木のさし出とるあたりにゃ、昔から、何か、ぶら下がっとるち、恐《おと》ろしか、魔のごたるもんの、人の通ればぶら下がってくるちゅうて、男衆たちも、夜道はあそこは通ろごたなかちゅうところですもん。そげん恐ろしかところも、考えませんでした。なんの、わが身が、人の恐ろししゃしなはるもんに、なっとるわけですもんなあ。親子ながら。

白かもんになっとる背中の子ぉが、連れてゆきましたっじゃろ。ふだんならゆきもきらん、夜中の線路道ば、歩いてゆきましたですもん。

わが家の庭先でああた、歩きよって、海の中に、ひっちゃえますとですけん。和子ば今もまだ背中に背負うとる気のしますとばい。背中から呼ぶとじゃろかいち、思うときのありますと。淋しゃして海の中に呼ぶとじゃろかち。

そんたび、助け上げてもろて。病み病み、まだ生きとりますばってん、和子がな、わが身は死んで、ずたずたなっとって、押しあげて、母ちゃん生きとれなあち、押しあげてくるっとかも、知れませんとなあ(1)」


引用文は、江郷下マスの長い独白の形を取って、引用符によって囲まれている。この独白が、実際、作者石牟礼道子が取材した「きき書」であるのか、それとも、患者の心に入る石牟礼には、そうとしか聞こえてこない患者の声であるのかを問うことは、『苦海浄土』の石牟礼道子に一貫する重要な側面が浮かび上がってくるであろうが、結論を急げば、こうした、水俣方言を駆使した言語空間によって『苦海浄土』の作家の決意した「あたりに漂う死霊と生霊の言語」を「階級の原語」と心得て、近代への呪術師となる決意を固めた石牟礼道子の言語態(言語の表情)が織り上げ、染め上げられていくのである。

「血いちゅうか、汁ちゅうか」、罪なく「千切れ」んとばかりにばらばらに解剖された「我が子の汁」

を滲ませる繃帯から目と唇だけをのぞかせる娘の解剖屍体を背負って、しかも水俣市民の差別意識を避けて線路伝いに家の「仏さまの前、ちゃんと連れて帰らんば」の一心で家路につく江郷下マス・和子親子の姿は、事件の酸鼻さを示してやりきれない。にもかかわらず、小論は、ほとんど不謹慎の誹りを免れないのを恐れながらも、別のことに留意したい。神話においては、それが神であれ、人間であれ、罪なく生きる神や人間や動物が八つ裂きにされる事例が数限りなくある。エジプト神話のオシリスについては後に回そう。ギリシア神話のディオニソスやオルフェウスだけではなく、八つ裂きにされる原初の神ないし神的存在は枚挙にいとまがない。ゲルマン神話は原初の巨人ミーミルが人間によって打ち倒され、そこから流れ出た血が湖となり、そこに宇宙樹ユグドラシルが屹立する。ミトラ教でも原初の牡牛が八つ裂きにされる。人間文化のはじまりには、起源の神的存在が八つ裂きにされて迎える死が普遍的に存在しており、「八つ裂き」にされた江郷下和子の酸鼻な光景にもかかわらず、あるいはまさにそれゆえに、八つ裂きにされる神々を思い出すのである。

2　オルフェウスの八つ裂き死

太古の神々はオシリスもディオニソスも八つ裂きに遭う。ギリシアのディオニソスから見ていこう。多種多様なディオニソス神話のうち、ここではオルフェウス教のディオニソスに代表させれば、ゼウスがペルセポネーに産ませたディオニソスは、嫉妬深いヘーラーにそそのかされたティーターンたちに追われて、雄牛に姿を変えた。雄牛に姿を変えたとき、ティーターンたちに捕らえられ、八つ裂きにされ、食われる。アテーネーによって心臓だけは救い出され、ゼウスがそれを飲み下し、ディオニソスが再び生まれる。

ディオニソスはオルフェウス教の主神であるが、そもそもこの宗教の創設者とされるオルフェウスの神話自体が典型的な八つ裂きの神話である。ムーサの一人を母として生まれたオルフェウスは、幼少期からアポロンより竪琴の手ほどきを受ける。彼はニンフのエウリュディケーを熱愛していたが、彼女は蛇に噛まれて死ぬ。しかしオルフェウスは彼女を追って冥界に降り、彼の音楽が冥界のあらゆるものを魅了したために、永遠の乾きの業罰を受けたタンタロスも乾きを忘れ、永劫の罰と定められたシジフォスの岩も静止し、ダナイオスの乙女たちも水汲みを中断する。オルフェウスの冥界降りには一つの条件がついていた。絶対に後ろを振り向いてはならないというハーデースとの約束である。オルフェウスがなんらかの理由で後方のエウリュディケーの方を振り向いたとき、彼女は再び冥界に戻された。以来、オルフェウスも人類もエウリュディケーにまみえたことはない。冥界深く沈んだままのこの女性の名は意味ありげに、エウリュ・ディケー、広大な正義である。

エウリュディケーは本来、小アジアの地母神であろうと想定されるが、問題はむしろ残されたオルフェウスである。オルフェウスの迎える八つ裂き死の原因にはいくつもの説があるが、もっとも知られているのは、地上に戻ったオルフェウスは同性愛に耽り、トラキアの女たちの恨みを買い、八つ裂きにされたというものである。しかし八つ裂きにされた首と竪琴は、死してなお歌を歌いながら、レスボスに流れ着き、島の尊崇を集め、サッフォーとレスビアンヌたちの島を詩と音楽の中心地にすることになるという。

カール・マルクスはドイツ・ロマン主義神話学の牙城の一つボン大学で、ドイツ・ロマン主義の文芸理論家ヴィルヘルム・シュレーゲルから直々に「ヘメロス問題」を学んだ他に、ゴットロープ・ヴェルカーという古代学者の「ギリシア・ローマ神話」を熱心に聴講している。ヴェルカーという著名な古代学者は、その死後、大学はその後任に文献学と考古学の二つのポストを作らざるをえなかった稀代の古代学者であるが、この古典学者の講義を、ボン時代の大学生カール・マルクスは「熱心に」聴講した。ヴェルカーは独特な読み方をホメロスに当てはめたのであるが、それはホメロス叙事詩にオルフェウス教の教義を読み込むというヴェルカー主義とも揶揄される方法であった。若いマルクスのギリシア神話マニアは科学的社会主義のマルクスと関係がない、と考える人は『資本論』を読んだことのない人だろう。オルフェウス教の中心教義の一つは魂の輪廻転生であるが、『資本論』は、資本主義という暗い冥界で繰り広げられる資本という怪物の「魂の輪廻転生 Seelenwandlung der Kapitalseele」を語る神話譚の装いを施されているのである。(2)

若い詩人志望のマルクスは詩の習作に励み、ドイツ・ロマン主義の愛好した「八つ裂き」をモチーフに「Die Zerrissene（八つ裂きにされた女）」（日本の大月書店全集版では「悲嘆の女」と訳されている）という詩を書いている。『資本論』においてマルクスはこのモチーフを取り上げ、オルフェウスの「八つ裂き」神話を資本主義世界の労働者に当てはめている。資本主義の大工場における分業の進行は、商品——Ware ＝ wahre ＝真の——、つまり人間が細心の注意力を込めて人の快適な生活に役立つ品々を作り出す商品製造者としての人間を過度に細分化した部分労働者に追い込み、かつ、みずからの生命過程を労働時間として商品化して労働市場というグロテスクな市場《いちば》の屋台に並べて売りに出すのであるが、そうした部分労働者の遍在する都市光景を、近代の大都市の街路に散在する「詩人（＝オルフェウス）のバラバラの四肢」(disjecta membra poetae)(3) のイメージで表現していた。このオルフェウス（労働者）に再生があるかどうかは、マルクス主義の根幹にかかわる宗教的信仰箇条である。同態復讐法の起源的本質が見え隠れしている。同態復讐法を八つ裂き死と復活という神話素には、言語の面から探ることにしよう。

3　金属の死と再生

同態復讐法をラテン語でレクス・タリオニス (lex talionis) という。talis（似た、同じ）というラテン語があり、同態復讐法はこれに由来するのだろうと考えられている。しかし前章で引いたリューリングによれば、タリオというラテン語は復讐や報復を意味していないどころか語源や類語さえつまびらかにしない語義不明の語なのである。ギリシア語からの借用語でもない。ギリシア・ラテンの世界で起源の定かでない語に出くわした時の呪文は「エックス・オリエンテ・ルックス」である。光は東方から。直近の影響力豊かな東方言語圏は言うまでもなくヘブライ語、アラビア語のセム語族である。オシリスやディオニソスなどの神が支配し、オルフェウス教が歴史に登場する時代は青銅器文明である。青銅器、とりわけ現代に至る時代区分にその名を与えている鉄の誕生を考えるために、前章で冶金学の人類史的意義を持ち出した。青銅器文明の鍛冶師たちは、ギリシアのヘーパイストスやゲルマン神話のヴィーラントに代表されるように、魔術師の色合いが強い。日本の刀鍛冶師も神官の出で立ちに見えるが、鍛冶師はある神性に臨む存在なのであろう。青銅器文明の神々、つまりオシリス、ディオニソス、オルフェウスなどの神々は見たとおり、八つ裂き死を経て復活する神々である。前章で触れたように、貴金属の精製は「物質の救済論」(ミルチャ・エリアーデ)と呼ばれる人類史最古の神学が誕生する場である。

金属精製と太古の神々とは関係があると考えなければならない。金属も神々も、粉々にされて復元される過程——死と復活——の過程を踏む。上述の「八つ裂き」、犠牲儀礼はアラビア語でマタラ(mattala)という。アラビア語の特徴として m-t-l の三語根が問題である。m-t-l の語根を持つ別の重要な文化単語と言えば、他ならぬ Metal が思い浮かぶ。リューリングに従えば、初期ギリシア語に始まりラテン語を介して今日、世界中で広まって使われるメタルという語の起源はアラビア語に求められるのである。メタルという語がアラビア語に由来すると考えれば、メ me は一般に名詞を作る接頭辞である。メ me を抜けば、一気にわれわれの探し求めているタリオ talio に近い語形が現れる。タル tal である。母音を抜いて考えれば、残るのは t-l である。t-l とは単純明快に「分ける」「細切れにする」の意味である。ギリシア語に μιστύλλω (mistullo) という語があり、小さな部分に分ける、粉々にするの意であるが、これはおそらくセム語の t-l に由来すると考えられる。メタルは「死と再生」に関係していると考えられるが、メタルとタリオは、細切れに分解、解剖・解体したのち、再び集めて、元の形態へと復元することが共通しているのである。

タリオ talio に似た字母で構成される talea というラテン語があるが、手元にあるドイツのラテン語辞書によると、Stäbchen（小さな棒）や Setzling（苗木）や Setzreis（挿し枝）の他に、切り取られた棒状の断片や尖った棘や鉄の破片などを意味している。タリオが、「粉々にする」「分ける」を意味し、タレアが「粉々に小さく分けられたもの」を意味していると考えれば、タリオとタレアの相関関係は明らかである。

本書がタリオの語義をこの方向で取りたいのは、「粉々にし」「分ける」行為に「八つ裂き」にされる神々の死と再生を見たいからである。(4) タリオをその語義から探ると、本来的に報復や復讐を意味しているのではなく、粉々にされ、製錬される貴金属《メタル》の「死と再生」を言葉として記憶しているように思えるからである。

人類が金属を獲得するには、いろいろと風変わりな方策を取っていたようであるが、牛乳やバターに金属を浸して精錬する方法の他に、特別な注意を引くのは鳥の特殊な活用である。鳥の神性は、現代人には不思議に思えるほど高い。オルフェウス教の鳥と卵の説話、吉兆を預言する鳥占いなど、鳥の存在の持つ意味は大きく、鳥の姿を取る女神やオデュッセイアのキルケーやセイレーンなどを代表に、普遍的に存在するが、注意を引くのは、金属精製と鳥の関係である。金属を細かく砕き、すりつぶして鳥の餌に交えて食べさせる。すると数日して、糞となって排出されるのだが、そこには、餌に交えて食べさせた金属がより純化された形で見出される。一旦、鳥の体内に吸収された貴金属が、現代人ならば胃酸に洗われてとでも言うのであろうが、量を減らして——とはより純化された貴金属として——糞と一緒に排出されるのである。鍛冶師は再び鳥の糞からそれを拾い集めて、より純度の高い貴金属を精製することになる。この過程も死と再生の過程と理解される。肛門から糞として出される貴金属と、子宮から新たな生命の誕生することに見た目にそれほど大きな違いがあるわけではない。おそらくこれが、古代の女神の多くが鳥の姿を取ることの理由の一端であろう。

mtl 語根が共同体の「八つ裂き」儀式の死と再生に、金属の死と再生に共通するのはそのせいであろう。青銅器文明の段階で主として女神が翼をつけて金属製の剣や楯をかざして登場するのもそのためであると考えられる。鳥の姿をした女神は、オデュッセウス一行を脅かすキルケーやセイレーンなど数限りないであろうが、本書の関連で忘れてはならないのは、鉄製の楯をかざしたアテネーの他に、鉄製の剱をかざし、天使の翼を有した女神の代表格と言えば、神話人類史の先端に位置する母権的女神の代表する正義の女神ネメシスである。復讐を司るネメシスは正義を象徴する鋭利な刃を携えて、不義を撃つ神格である。ところで、復讐する女神と言えば、イシスもまた典型的にそうである。

4 「万物の創造主」イシス

本書は最初、谷川雁と共に地底の妣たちの国を目指して一歩地底へと降り始めた途端、イシスという難題に遭遇してしまったのだが、われわれはまた、イシスに舞い戻ってしまった。この女神は、「母権」を論じるためには、避けて通ることのできない神格なのである。

われはかつてありしもの、今あるもの、また向後あるならんすべてなり。わがまとう外衣の裾を、死すべき人間のただ一人も、翻しことなし。(5)

イシスについて軽率な言い分を避けなければならない理由は、イシスの持つ神学的な意味合いの重大さである。イシスは万物を産み出す神であり、海の神であると共に太陽が我が子である。一言で言えば、「万物の創造主」である。この点に関して宗教史上の重要問題が浮上する。他でもない出エジプトを果たすモーセとイスラエルの民に顕現した神ヤハウェである。ヤハウェという固有名自体、口にするのを禁じられているという。『出エジプト記』の神は「『わたしはある』という方」と言われている（『出エジプト記』三章一四節）。

『わたしはある』という言葉は、「われはかつてありしもの、今あるもの、また向後あるならんすべてなり」であるイシスを思い出させる。このために、モーツァルトの『魔笛』の時代以来、言葉を換えれば、ドイツ啓蒙主義以来、ザイスのイシス座像の記銘とモーセとの関係が繁く論じ続けられたのである。つまるところ、問題はモーセ・エジプト人説である。忌避病に苦しむイスラエルの民を率いてエジプトを出たモーセはエジプト人であり、ヤハウェはあのザイスのイシス座像に刻まれた「われはかつてありしもの、今あるもの、また向後あるならんすべてなり」という碑銘を熟知していたエジプト人モーセによって、新たなイスラエルの神として告知されたのだという啓蒙主義的フリーメイソン的理解である。

「エジプト人モーセ」という仮説はしかし時を経るに従ってその重要な含意を明らかにする。モーセの出エジプトは一神教の確立を記す事件である。しかし見方を変えると、ここにいわゆる一神教と多神教の宗教的対立が根拠付けられ、この神学上の決定的な対立は相互の差別意識を決定的なものに高めたのである。ユダヤ教のエリート意識は逆にユダヤ人差別を根拠づけもしたのである。エジプト人モーセの仮説に、ナチズムによるユダヤ人差別が絶頂に達した時代に現代的装いを与えたのはウイーンのユダヤ人フロイト（『モーセと一神教』）であった。フロイト説を取り入れてモーセ小説『掟』を書いたのは、「もう一つのドイツ」のためにナチス・ドイツを去り、アメリカで執筆・反ドイツ活動を続けたトーマス・マンであった。「エジプト人モーセ」という仮説は現代のエジプト学の世界的牽引車と言うべきヤン・アスマンに引き継がれて、現在なお論争中であると言える。しかし、ここで筆者がイシスにこだわるのは、イシスが八つ裂きにされたオシリスを手厚く葬る行為にヒトという生物の営む文化の一つの基底を見るためである。

バッハオーフェン全集の刊行を果たしたバーゼルの古典学者カール・モイリは、『ギリシアの犠牲儀礼』(7)で、西洋古典に見られるギリシアの犠牲儀式の起源を論じ、その人類史的起源を北方狩猟民族の埋葬儀式に求めたが、その中には日本人にも親しいアイヌの「熊送り」の儀式も含まれている。死者の骨の収集と完全保存は死者の埋葬とその復活にとって不可欠の条件を提供するからである。それを石器時代の復活信仰と言うならば、この名残は新時代の一神教にも散見する。一例が旧約聖書エゼキエル書に記されている。

主の手がわたしの上に臨んだ。わたしは主の霊によって連れ出され、ある谷の真ん中に降ろされた。そこは骨でいっぱいであった。主はわたしに、その周囲を行き廻らせた。見ると、谷の上には非常に多くの骨があり、また見ると、それらは甚だしく枯れていた。主はわたしに言われた。「人の子よ、これらの骨は生き返ることができるか」。わたしは答えた。「主なる神よ、あなたのみがご存じです」。そこで主はわたしに言われた。「これらの骨に向かって預言し、彼らに言いなさい。枯れた骨よ、主の言葉を聞け。これらの骨に向かって、主なる神はこう言われる。見よ、わたしはお前たちの中に霊を吹き込む。すると、お前たちは生き返る。わたしは、お前たちの上に筋をおき、肉を付け、皮膚で覆い、霊を吹き込む。するとお前たちは生き返る。そして、お前たちはわたしが主であることを知るようになる。

わたしは命じられたように預言した。わたしが預言していると、音がした。見よ、カタカタと音を立てて、骨と骨とが近づいた。わたしが見ていると、見よ、それらの骨の上に筋と肉が生じ、皮膚がその上をすっかり覆った。しかし、その中に霊はなかった。主はわたしに言われた。霊よ、これらの殺されたものの上に吹きつけよ。そうすれば彼らは生き返る。」

わたしは命じられたように預言した。すると霊が彼らの中に入り、彼らは生き返って自分の足で立った。彼らは非常に大きな集団となった。

（『エゼキエル書』三七章一―一〇節）

神の息吹（霊）が死者の骨に霊を吹き込み、死者を復活させるのが、ユダヤ的一神教世界の特徴と言えるかもしれない。クリスタ・ムラックなどのフェミニズム神学者たちはこの霊の女性性を強調しもするであろう(8)。

もう一つの著名な例を挙げればイエスの死である。「神の子羊」として十字架死を迎えるイエスの死に際して、その骨の完璧性が強調される。兵士の一人がイエスのところ来てみると、既に死んでおられたので、その足は折らなかったとある。これらのことが起こったのは、「その骨は一つも砕かれない」という聖書の言葉が実現するためであった(『ヨハネ』一九章三三―三六節)。十字架のイエスの骨に拘る理由は、一つには、それが『出エジプト記』の過越祭の起源に関わるからである。イエスはまさに過越祭の鴨居と柱に血塗られた子羊のような死に方をしたが故に「神の子羊」たりえたのである。イエスの死が「その骨は一つも砕かれない」という預言された死を実現するためである。過越祭の「神の子羊」の起源を求めることは、人類史の深い暗い過去に測鉛を降ろすことを意味していよう。イエスの死を「石器時代の復活儀式」と呼んだとしても神聖冒瀆を意図しているわけではない。死者を丁重に葬ることに「人間=葬るヒト」(ヴィーコ)の本質は石器時代以来、連綿と現代につながっているのである。

5　イシスの神秘のヴェール

八つ裂きにされた夫オシリスの四肢を集め、埋葬するイシスもまたこの伝統にあると言えよう。イシスの「神秘のヴェール」は何を隠しているのか。それを見るためには「不死の者にならねばならぬ」と「ザイスの弟子たち」(ノヴァーリス)は考え日々研鑽を重ねているのであり、シラーのバラードの「不法に」とは、いと敏き精神の働きに任せて、知識の階梯を登り詰めて、真理を見た若者からはたちどころに「いのちの明るさは消え去り」、「深い痛恨の思いが若者を年若くして墓場に拉っし去った」というのである。この「神秘のヴェール」はどのように理解したら良いのか。シラーのバラードの若者はその下に隠されたものを見た筈である。しかし、人びとが若者に何を見たのかと質問すると、若者は戒めるようにこう答えただけである。「あわれ、掟を破りて真理に赴こうとする者は禍かな！その者に真理が喜びとなることは永劫にない」。なぜ、イシスのヴェールを剥いではならないのか。実は、この問題に一つの解答を与えようとしているのがクラーゲスである。それも他ならぬバッハオーフェン・ルネサンスと呼ばれるバッハオーフェン流行現象を引きおこす『宇宙生成のエロス』に収録された「イシス像のヴェールを上げることはどうして破滅を招くか？」(9)という一文である。しかしわたしはクラーゲスの説明に納得できない。精神の能動的作用に依拠した人間の世界認識と魂の受動的世界受容をまったく異質なものと考え、「魂の敵対者としての精神」という敵対構図を根本に据えるクラーゲスとしては、精神の作用に依拠した真理の達成に批判的であることは理解されよう。ただ、筆者にとって不思議なのは、バッハオーフェン再発見者と呼ばれ、二十世紀の母権思想の設立者であったクラーゲスならば当然、触れるべき話題に触れていないことである。触れるべき話題と言うのは、人間の学び方の如何である。他ならぬオレステイア三部作の最初『アガメムノン』の冒頭で、この世の掟と定められた学び方が告知されていた筈なのである。トロヤ戦役に幾多の犠牲を払いながら意気揚々と帰還する総大将アガメムノーンの驕慢に対して、アルゴスの長老《おとな》からなるコロスに、後から復讐女神《エリーニュース》が遣わされるのを予言させながら、歌わせている。

悩みによって学ぶことこそ、
この世の掟と定め給うて、
人間を思い慮《はか》りに導いた御神なれば。
されば眠りに代えて心の前に、疼《うず》く痛みを
忘れもやらぬ　悩みこそ、血をしたたらせ、
望まぬとてもおのずから、慮《おもんぱか》りをもたらすもの。

（『アガメムノン』一七六―一八一行(10)）

悩みによって学ぶこと。悩み学ぶ、受苦して学ぶ＝パテイン・マテインはヨーロッパの俚諺的表現となっている。パテイン・マテイン＝悩みによって学ぶ。苦しみぬいて学ぶ。天神の定めたこの世の掟を学ぶ方法は、「俊敏な才知をもつ」、偏差値の高いとでも言うか、そんな生徒が、「知の熱き乾きに燃えて」学校や塾に通い詰めて、「探求心に駆られ」いくつもの階位を駆け上り、その昔、ギリシアの賢人ソロンが訪ねた折に、あなた方ギリシア人は子供だ、と言い放った司祭のいるような最高学府と言うべきザイスの神殿を訪ね、司祭長の諫めにも耳を傾けず、一気にいち早く真理を知ろうとする。そのようなやり方が結局、暗くて喜びのない生に通じ、しかも「年若くして」最期を迎えることになるのだ。天神ゼウスの定めた人の世の真理は、アルゴスの長老たちの合唱が言うように、「悩んで学ぶ」、苦しみ抜いた受苦の年月の果てに学び取られるということに尽きるのである。「考えて考えて苦しんだ」果てに、「自分がチッソであった」と悟り、「チッソの人の心も救われん限り、我々も救われん(11)」と言うのは、親の仇を討つ同態復讐法から「汝の敵を愛す」境地への移行を体現した緒方正

人である。「そこまで言うには、のたうち這いずり回る夜が幾万夜あったことか[12]」と、石牟礼道子は言う。人はみずから苦しむことによってしか学ばない。悩んで学ぶ、パテイン・マテインである。

東大あたまと水俣病あたまのどちらがこの世の叡智に近いのかは問うまでもないとして、ではそもそもこの「神秘のヴェール」とは何だったのかを改めて問うことにしたい。筆者の見るところ、この「神秘のヴェール」の最大の神秘は、この神秘のヴェールがどこにも存在していないことである。特に神秘めかしたことを言うのではなく、プルタルコスの原文に神秘のヴェールが存在しないのである。念のためにプルタルコスの『イシスとオシリス』にある第九節の文言を原語で引いておく。

τὸν ἐμὸν πέπλον οὐδεὶς πω θνητὸς ἀπεκάλυψεν.

「神秘のヴェール」と訳された語は、ギリシア語のペプロスで、英語では robe、ドイツ語では Gewandt、柳沼訳では「外衣」と訳されているのはこれであるに違いない。しかしペプロスはどこかゴワゴワした質感があり、ヴェールや紗《うすぎぬ》といった優美さに欠けている。神秘主義的思考を好んで追いかけるというよりは、むしろ徹底唯物論のスタンスを取る本書の筆者にとって、神秘のヴェールの謎はヴェールの不在なのである。

筆者の疑問に答えてくれるのは、ヤン・アスマンの『エジプトの死と彼岸』である。ペプロスはルネサンス以降、ヴェール（ラテン語 verum）と翻訳されるようになったというのである[13]。それならば、紗《うすぎぬ》を思わせるのも納得できる。verum を基にしたヨーロッパ諸言語の紗を巡って、いかに様々な、哲学的、アレゴリー解釈的、心理分析的、その他諸々のイメージ解釈が続けられてきたとしてもそれはそれで結構なのであるが、しかし、わたしの徹底唯物論的な問いには役に立たない。高群逸枝の用いた「徹底唯物論」という言葉で筆者が連想するのは、バッハオーフェンの徹底唯物論である。バッハオーフェンが徹底した古代解釈を打ち立てることができたのは、古代の諸々の事物を近現代の哲学あるいは文学、あるいは社会学用語で恣意的に解釈することを徹底して忌避し、「私は、もともとの折り目がついたままの衣服を見るのを好むものであり、私は、資料を現代の諸概念にとって理解しやすいように仕立て上げようとするいっさいの試みが、古代の理解を阻害し歪曲する以外の何ものでもない」[14]と考えたからである。バッハオーフェンの母権を考える際に、単に生物学的な母をイメージするのはむしろ有害だと言うのは、このようなバッハオーフェンの学問の設定が徹底した資料（Material＝母的存在）に依存する構えを取る学風に現れる。[15]それをマザーコンプレックスと呼ぶかどうかは、評者のセンスの問題である。

いずれにせよ、本書が知りたいのは、ザイスの弟子たちが見たイシス座像のヴェール（外衣）が元々どのような折り目をした衣服なのかである。残念ながらバッハオーフェンの手抜かりとわたしは思うのだが、バッハオーフェンはどこにも言及していないので、アスマンその他に頼って議論を進めるのである。

6　太母神イシスは運命を編む

エジプトと言えば、ピラミッドとミイラである。エジプトは死の国である。王の墓であるピラミッドと枢におさまるミイラが国の目印《ランドマーク》である国である。ヤン・アスマンによると、「八つ裂き」とは「死」である。日本では人が死ねばホトケになるように、エジプトでは人が死ねば、オシリスになるのだという。(16)われわれの見て来たタリオの法とは、死と純化、死と救済・再生を包含している。オシリスとはすべての死者である。オシリスの復活とは、すべての死者は、死んで死者の国に再生することを意味していよう。オシリスは、セトによって八つ裂きに遭い、イシスによって四肢を集められ、冥界の王に変わった王である。死んだオシリスは「冥界の王」となって再生する。外衣の下に隠れている真理とは、観念的に言えば、死の観念、徹底唯物論的に言えば、ミイラでなければならない。

エジプトで復活と再生の身支度は何であったかとは、問うまでもない。オシリスの遺骸を集めたイシスは、それを集め、ミイラにしなければならないのである。怪奇映画のせいで、ミイラは不気味なものと思われがちである。しかし、ミイラとは、エジプト語で「高貴」、「品位」を表すという。(17)完璧なミイラを作るためには、不足なく揃った四肢と部分の結合を保障する血液として香油が必要である。さて、四肢と香油が揃えばミイラは出来るか。ミイラを作成する上で不可欠な物品は外衣である。

バッハオーフェンの『母権論』の源基的イメージは、エジプトのナイル河に求められる。(18)娼婦制《ヘテリスムス》、あるいは沼沢地生殖の時代という原母権的社会の太母はイシスにおいて典型的に描き出されている。太母の職能は地中深いところですべてを完璧に編み上げて地上に送り出し、また回収することである。バッハオーフェンのいう母権的女神の職能は糸を紡ぐことにある。豊穣の水面の風景に地中で完璧な姿に育てられて地表に姿を現す豊穣な樹木、それはまさにバッハオーフェンが沼沢地生殖として描いた原母権制のイメージだったのである。地中深いところで植生を完璧に編み上げて地上に贈る。人や神々の運命すらもこの神々によって編み上げられる。母権社会の神性は、布を編み上げる女性の手に宿っている。[19]

イシスが日月の上に座す女神であるのは、イシスが海の女神だからである。イシスの太母性は疑いない。ザイスのイシス像に色濃く神秘主義の刻印を押したのはプルタルコスの三百年後、新プラトン主義のプロクロスがプラトンの『ティマイオス』のザイスを訪れたソロンに関する注釈として、ザイスの座像の碑銘を次のヴァージョンで引用していることによる。

わたしはあった者、ある者、これから有る者のすべてなり
わたしの外衣を持ち上げた者はいない
わたしの胎の果実は太陽となった

アスマンはここに明白に、男性神の関与なしに世界を創造する太母を読み取っている。このテクストは元来のエジプトの伝承に依拠しているという。つまり元来のイシス、つまりネイトについてはエスナの神殿にこうあるという。

わたしはネイト、太陽神の体を創造した神々の母
わたしは、ありとしあるすべてを創造した水の面[20]

とあり、プルタルコスのいうように「死すべき人間」に手出しできないだけではなく、誰にも、とはつまり、神々にも、手出しできない絶対至高の、世界開闢に先立って存在し、神々と世界の第一物質

としての根源の水の奔流を創造した太母というエジプト本来の伝承の余韻を残しているというのである。

7 イシス神殿の紡績工場

徹底唯物論の立場から論を進めるにあたって、マルクスの唯物論を参照するのも有意義である。マルクスは『資本論』の中で一度だけ「唯物論的」という言葉を使っているが、それは技術論に関してであった。しかも、技術と宗教との関係においてである。

技術学は、自然にたいする人間の能動的な態度をあらわに示しており、人間の生活の、したがってまた人間の社会的生活関係やそこから生じる精神的諸観念の直接的生産関係をあらわに示している。どんな宗教史も、この物質的基礎を無視するものは——批判性を欠いている。じっさい、分析によって宗教的な霧のかかった幻映の現世的な核心を見いだすことは、それとは反対にそのつどの生活関係からその天国化された諸形態を説明するよりも、ずっと容易なのである。あとのほうが、唯一の唯物論的な、したがって学問的な方法である。(21)

唯物論に関するマルクスの唯一の立言が技術に関する案件で、機械、粗紡機紡績、に関する問題として述べられていることは留意してよい。「その都度の現実の生活関係からその天上化された諸形態を説明する」ことこそ唯一の唯物論的方法であるとマルクスは言う。エジプトの宗教を地上の技術面から見る必要があろう。われわれが眼を向けたいのは、地上の編み上げる産業、すなわち紡績産業の所在である。というのは、人間が「死すべき存在」である、と言うことは生きている人間は全員一人残らず死ぬということであり、全員を死者の国に送り込む死体管理と魂の運搬を司る神ヘルメスとして神話的に表象される仕事は、エジプトの巨大産業を形成している筈である。しかも、そうであるとすれば、エジプトの巨大寺院はこの紡績産業に重大な関わりをもっている筈であり、例えばザイスのイシス神殿（正確にはネイト神殿）は巨大な紡績工房を従えているに違いないのである。自然を紡ぎ出し、人間の運命を紡ぎ出す母神を論じたバッハオーフェンは、スイス、バーゼルの基幹産業と言うべきリボン産業主の家に御曹司として育った。しかしバッハオーフェンは、ナイル河のパピルスからミイラの覆いを連想することはなかったようである。[22] これをわたしは「手抜かり」だと思うのである。

バッハオーフェンは古代産業の母権的起源に十分関心を払っていた。例えば現代語でお金をマネーと呼ぶのは、ローマのモネタ神殿が金貨の鋳造を一手に引き受けていたからである。お金という共同体の安定した生活にとって不可欠な「一般的にあらゆる物質的な幸福の保証を与える母性的神性の具現としての女神モネタの特性から、モネタ神殿と貨幣の鋳造の関係が説明される。[23] ちなみにバッハオーフェンの生きていたスイスは徐々に国際金融の「金づる」とでもいうべき国際的地位を固めつつ、幕末の日本とも国交樹立に努力していた。バッハオーフェンが喜んでいた訳ではない。ドイツ、オーストリア、イタリアというヨーロッパの列強に囲まれて独立自尊の気風を誇っていたスイス人が金集めに奔走しているのである。ウイリアム・テルのスイスは去ろうとしている。残された金の算段しか考えないスイス人は「地獄におちた」と考えていたバッハオーフェンは、やがて来るべき二十世紀は西洋が没落し、ロシアとアメリカが隆盛を迎える世紀になるだろうと悲観していた。

それはともかく、バッハオーフェンは生者に「幸福と安全」を授ける貨幣鋳造は考えながら、死者に「高貴」と「品格」を与えるために絶対に必要な布については考えていないようである。しかし、われわれが問題にしたいのはミイラを包む布である。八つ裂きにされた遺骸の四肢をしっかりと包み隠す布である。母神ネイト、太母イシスが「わが（まとう）外衣の裾を、死すべき人間のただ一人も、翻しことなし」と言った時、女神が意味しているのは、彼女を覆い隠す薄衣《うすぎぬ》の類の布のことではなく、彼女の作った亜麻布を言っているのだ、と考えられるのである。愛する子供を、愛する夫を無事にあの世に送り届け、再生を果たさせるためのミイラの布は、完璧を期されなければならない。その紡績工場がどこなのかと問いさえすれば答えは自ずから明らかである。「わが外衣は翻ることなし」というキャッチコピーを有するイシス（ネイト）神殿に違いない。

事実、イシス（ネイト）神殿には紡績工房があった。それが生産するのは香油を塗った四肢をしっかりと包む布である。特別な資質を備えたミイラ用の布でなければならない。つまり、ルネサンス以来、「神秘のヴェール」と呼び慣らされてきた「イシスの外衣」とは、ミイラを包む覆いのことである、と考えなければならないのである。(24)

ミイラ作りの過程は分断された四肢を丁寧に一つにまとめ上げ、香油を塗り、ミイラとして完成させる細心の注意を払って行われる長い日数を掛ける作業が続く。ヘロドトスの『歴史』に記載されたミイラ製造過程は、それが入魂の埋葬儀式であることを事細かに示している。死者を冥界に送り込み、冥界の王オシリスにするための入念な宗教儀式として、一四日のクールで七〇日かけて入念に制作されるのがエジプトのミイラである。あらゆる体の部位を褒め称えて七〇日を費やして作られるミイラだけが、死後の永世を保障するからである。

われわれはイシスにまつわる「神秘のヴェール」に関わって、オシリス、エジプトの死民を弔うミイラにこだわってきた。手は太母の徴標である。繊維を編み上げることは、狩猟時代という、人類の男女性差文化の基礎を固めた時代以来、女性の占有する領域であった。女性の徴標は人間の運命を編み上げる手であった。かつて人間の運命を紡ぎ出した女性たちが、今では専業主婦となって、家で夫や子どもの靴下の繕いをさせられていると、アメリカのフェミニズム神学者メアリー・デイリーが不満を漏らしていたが[25]、ここでは立ち入らない。近代の母語という観念が文字通り、家事に専従して子供の言語を支配する母に負うことになる近代の歴史は、例えばキットラーのメディア論に任せよう。石牟礼道子を論じているここで、言及しておきたいのはむしろ、比較的最近まで、苛酷な女工哀史の歴史を持つ父権的世界史の中で女性のすべてが女工の職につけた訳ではないことである。余った手の行き先を明示しているのは、コーヒー・カフェ文化史である。産業革命の進行するイギリスの町々には女性の手を描いた看板が多く見られた。コーヒーを出す他にウラで「売春」を営んでいる証しであるという。幼い石牟礼道子には「インバイ」にも「からゆきさん」にもなる可能性があったのが、水俣の歴史的現実であったことには触れた。若い道子は紡績工場で働くことを夢見ていたという。しかし石牟礼道子が結局、選び取ったのは別種の紡ぐ行為である。布《テクスティール》を紡ぐ代わりに言葉《テクスト》を紡ぐことを選んだのである。気楽な楽しい稼業であったとは言えそうもない。その最初から石牟礼道子の仕事を身近で見ていた渡辺京二の言うように、「作者の命を磨り減らす仕事[26]」だったのは疑いないからである。

8　『苦海浄土』は死者を包む神秘のヴェール

ヤン・アスマンによれば、死者を弔う儀式において、ミイラを布で包むことよりも遙かに重要で中心的な機能を果たすのは言語である[27]。ミイラやピラミッドを巡る墓・埋葬制度において言語が機能を果たすのは、アスマンによれば、詠唱とテクストであるという。『苦海浄土』に詠唱を探せば、即座に第二部『神々の村』の御詠歌のモチーフを思わざるを得ない。

「ご詠歌ちゅうのは、死んだ仏に、死んだ霊たちに供え奉る心でございますぞ。なあ、まさか、死んだ者共を、忘れたわけではなかじゃろうが[28]」。みずから娘の実子《じっこ》を胎児性水俣病患者としてもつ田中義光師匠の叱咤激励を受けながら、御詠歌の練習に励む水俣の妣たちの中には本章の最初に見た、線路の上を歩いて解剖された娘を背負って帰る江郷下マサもいる。同様の経験をした溝口トキノもいる。

人のこの世は　ながくして
かはらぬ春とおもへども
はかなき夢となりにけり

あつき涙の、まごころを
御霊《みたま》の前に　捧げつつ
面影しのぶも　かなしけれ
しかはあれども　み仏に
救われてゆく　身にあらば
思ひわずらふこともなく
とこしへかけて　安からむ
南無大師遍照尊《へんじょうそん》
南無大師遍照尊(29)

やがて、大阪チッソ本社株主総会の会場で義光師匠の「チッソに毒殺された、水俣病犠牲者の霊に奉る(30)」の声と共にこの御詠歌が「地霊の声のような響きがあって(31)」、会社界隈を行き交う人びとばかりか、テレビを通して遠くから見るだけのわたしのような日本人の胸を異様な感動で揺さぶったのである。

どこからか、お前も水銀をのめという声が飛んだ。むなしさが、舞台にも会場にもひろがった(32)。「お前も水銀をのめ」の叫びを同態復讐法の表現として見て来た本書にとって、この舞台にも会場にもひろがった「むなしさ」は、同態復讐法の彼方に行き着いた道標《みちしるべ》である。この簡潔明瞭な「むなしさ」の放つ凍てついた氷のような耀きを帯びた短文のもつ硬度と強度を形成するものこそ、石牟礼道子の『苦海浄土』全体テクストである。

「血債は返済されねばならない」。しかし、失った親や子供の命は、その「うらみということになりますと、とても一億二億でも解決できるものではないと思います」[33]（渡辺栄蔵）。この「返済の論理」は法廷言語の秩序も経済秩序の計算も超え出たところに敷かれている。

「血債を償わせることを第三者に委ねる」ことは、「患者・家族の無念の想い」を少しもはらさない。水俣病闘争は常識を越えている。誤解を恐れずに言えば「気狂いとも言うべき運動」（松岡洋之助[34]）なのである。

松岡洋之助の言う「気狂いとも言うべき運動」が貫徹して、荘厳なとでも言いたい「狂気の持続」を祝うのは、『苦海浄土』三部作の最後に出版された『神々の村』の終わりに、チッソ総会で「思う存分狂うた」と語り会う患者たちである。この荘厳なシーンで、胎児性水俣病で逝かせた娘のきよ子を夢にみた溝口トキノはこう言う。

　夢のさくらは、いや蝶々はきよ子でした。それでああたに、お願いですが、文《ふみ》ばひとつ、チッソの人方に書いて下はりませんでしょうか。いんえ、もうチッソでなくとも、世の人方《ひとがた》の、お一人にでももとどきますなら。

ひとことでよろしゅうございます。

あの、花の時季に、いまわの娘の眸になっていただいて、花びら拾うてやっては下はりませんでしょうか。毎年、一枚でよろしゅうございます。花びらばですね。何の恨みもいわじゃった娘のねがいは、花びら一枚でございます。地面ににじりつけられて、花もかあいそうに。

花の供養に、どなたか一枚、拾うてやって下はりますよう願うております。光凪の海に、ひらひらゆきますように。そう、伝えて下はりませな。(35)


『苦海浄土』はあまりに多くの死者に満ちている。そして、本章の最初に見た江郷下和子のように、言葉を発することもなく死んでいった胎児性水俣病の子供たちがいる。著しく瀆神の気配の漂う言い方をすれば、エジプトの死者がオシリスになって冥界に転生するように、日本のホトケも浮かばれなくてはならないのである。ギリシアでも、エジプトでも、無論日本でも、人は死すべき存在である。人間が、自分がいつかは必ず死ぬという有限性を意識しながら生きて行けるために作る世界が文化というものであろう。人間は死んで塵芥に帰すのではあるまい。むしろ、生と死と再生の循環を保障する土地固有の完璧な文化領域に昇華できてこそ、真に固有の民族文化である。しかし、こちらに広がるのは、「祈るべき天とおもえど天の病む」世界である。それが紛うことなく日本固有の文化であるとしても、水銀をたれ流す工場が猫を殺そうが魚を殺そうが、蝶々を殺そうが、鳥を殺そうが、生類がいかに悲惨な仕打ちを受けようとも、死者は悼まれてしかるべきではないのか。

胎児性水俣病で八歳で死んだきよ子は、エジプトの死者が受けるような丁重な弔いを受けてミイラ（高貴な人）になるわけではない。しかし、日本の風土に生まれて死んだ子として桜の花びらの一枚くらい手向けられてしかるべきであろう。石牟礼道子は死んだきよ子のために「文《ふみ》ばひとつ」書いたと言うべきであろうか。水俣病事件はあまりに多くの無念の犠牲者を出した。

水俣病闘争を血権闘争と呼んで来たが、『苦海浄土』は言葉のひとつひとつを人のこころに突き刺さる「光を射放つ矢[36]」として武装した「弔い合戦」である。矢が太母イシスの身にまとう武器であることに留意してほしい。先史母権の名残を残す女神たちは武装して闘う女神である。イシスは矢を、アテネーは楯を、ネメシスは耀く剱をその徴表として供えている。筆者には、『苦海浄土』という言語芸術作品が、水俣の死民を包む、石牟礼道子が夜な夜な身を磨り減らして、文字の一つ一つを一枚の花びらのように奉って紡ぎ上げた、イシスの「神秘のヴェール」と思えてならないのである。

第六章　ネメシスの言語態

1　丸の内の「復讐の女神」

第一章で触れたように、石牟礼道子が「復讐の女神」となって、水俣の死者と患者の怨念を背負ったエリーニュースの形相で読者の前に登場する場面がある。

どうしてもいやされぬ痛覚によって、わたくしは、ひとりのにんげんを追い求め続けている。なぜあのとき、わたくしは、その場からただちにあの男を、どこまでもどこまでも、水も飲まずねむりもせず、あのキモチの悪い首都の迷路の中にふみいり、昼も夜も追いかけてゆかなかったのであろうか。

追い縋って、その人間の掌を、つくづくとみせてもらわなかったのであろうか(1)。

石牟礼道子が追いつめたいと考える男は、水俣病補償委員会の開かれた日、厚生省前でビラをまく石牟礼道子から受け取ったビラを受け取るや握り潰した男である。

「でもどうして敏昌ちゃんの写真を握り潰したのよ。首が折れたじゃないの。い、痛いじゃない、ここの骨」

じぶんの首を指して、でも、わたしの首は健康そうだから、小父さんにはわからないかもしれないと思う。彼のネクタイは顔をしかめ、ぞんざいに云った。

「なんだ？　たかが写真じゃねえか」

「いいや、ただの写真ではありません。これ、あの子が、死ぬ前の……[2]」

前章で、死者の骨の保存については、エジプト・ギリシアから北方狩猟民族やアイヌに至るまで、石器時代以来の人類の死と復活に関わる人倫であることを強調した。敏昌の遺影を握り潰して平気な「にんげん」は人の道に反しているのだ。いったい、どんな手をした「にんげん」なのか。その男の掌を、つくづくみせてもらいたいという石牟礼道子の反応は特徴的なものである。掌は、糸を紡ぐ部位として、女性の文化的繊細さが露出する部位であると前章で強調したが、イシスの手と言えば、後にキリスト教の聖母マリアに引き継がれる赤ちゃんを抱く手である。まなざしを「にんげん」の掌に向けて「あなた、お子さんいらっしゃいますか」とたずねる石牟礼道子の母性的論理は「にんげん」には届かない。

「痛いのよう、ここ。ここの骨、折れちゃうのよう、骨がね、骨が小さくなっているのよ。おねがいだから、握り潰さないでよ、小さくなってんだからほんとに、助けてよ！　ア！」

わたしはもう、その男の掌の中にぐちゃりと丸められてしまった敏昌ちゃんのまなこで、くわっとみひらきながらいうのだ。(3)

男に迫る石牟礼道子には、死者が乗り移っている、と言わなければならない。「くわっとみひらいた」まなことは、敏昌のまなこである。敏昌は、八つ裂きにされたように、ちりぢりに解剖されて家に帰った江郷下和子の場合と同じように、「抱きあげれば、すたすたと千切れおちそうに包帯巻きにされ(4)」て、「上べはともかく無傷であった頭蓋を縫い合わせて」帰ってきた。そして、そのまなこは「母親似のまなこ」であると言われている。解剖された時にもつぶらずに、お棺に入れる時もつぶらず、母親に「目えつぶれ。目えつぶってよか仏さんになってゆけ(5)」と涙を流して叫ばせた目である。今、石牟礼道子が「くわっとみひらいた」まなこは、死んだ敏昌のまなこであり、かつ、その母親のまなこである。「ぐちゃりと丸められてしまった敏昌ちゃんのまなこで、くわっとみひらきながら」抗議する石牟礼道子という人間のもつ、感応体質というか、憑依体質というか、ある特殊な資質を良く示している光景である。石牟礼道子の仕草にも顔つきにも、そしてまた当然、言語にも幾多の他者と死者が混じり合い、個人的人格性を超脱した表情を現出しているのである。

「連れてって、連れてって！　小父さんの家に連れってよ。灯《あかり》のともっている畳の上の、ご仏壇のあるところに連れてってくれなきゃイヤだよ。よう、おまえのおっ母さまに逢わせてよ。そのおっ母さまに頼んで三部経さまをあげておくれよう。ボクとおんなじような子がいるだろ。連れてって遊ばしておくれよ、その子と」

「キ、気ちがいだな、こいつ(6)」

急に詰め寄られた「にんげん」が、「キ、気ちがいだな、こいつ」と思うのは無理もないかもしれない。しかし、「キ、気ちがい」と言われると石牟礼道子にも思い当たる筋があって、「とたんにいつもわたくしは気が弱くなる」。「なるほど生まれた時からき気ちがいの血統じゃもね」。

2　浜元フミヨさんの声

人様をキチガイ呼ばわりするこの官僚と覚しき「にんげん」は、「とびきり上等の正気(7)」を体現しているに違いない。ビラを配る石牟礼道子に別人が憑いて、痛烈な皮肉を爆発させる。

「あの、とびきり上等の正気であんなはりますとでござりまっしょな、定めし(8)」

浜元フミヨである。普段は愛想のない静かな女性であるが、第二部『神々の村』の最後、チッソ本社で社長に「わたしば二号にして下さいませ(9)」と詰め寄った強烈な皮肉に長けている水俣の妣の一人である。

「このがんたれが！　そげん上等の正気もんのくせしとって、なして、水俣患者の写真ば握り潰したか、こら。わたしがせっかく生まれてはじめてビラちゅうもんを配ろうと思い立って、き、気ちがいは気ちがいなりに、り、りっぱな、おじぎをしてさしあげたのに、なして、くしゃくしゃ握り潰したか。そるが正気もん共の礼儀ちゅうもんか、返事せろ、返事ば……。なしてそれをわざわざ当てつけて丸めてみせたか、こら。わたしゃ地《じだ》ば這うばっかりの虫とおんなじ人間じゃばってん、一寸の虫にも、五分の魂ちゅうもんのあるとぞ。き、気ちがいに刃物持たせる気か。おまえどんが持たすっとぞ、よかか、それで。返事しろ！[10]」

ここで怒っているのも、石牟礼道子個人とは言えない。石牟礼道子という個体に乗り移った死霊であり生霊である。特徴的なのは、この東京の「にんげん」の発する言葉自体が、水俣語に翻訳されて表記されることである。

「こらまた、えらい、ひと迷惑な。そっちの都合がどうあろうと、今が今まで、俺共《おつどま》、水俣病のなんの、いっちょも知らんもとぞ。知るか、そげん田舎の、えしれぬ病気ば。こっちは大忙しの東京の人間ぞ。

よかか、おまいの云うことは、いいがかりちゅうもんじゃやが。断っとくがオラ、おまいどもにとっては、まこて、今が今まで、まったく、通りすがりの、赤の他人ぞ。とぼけるめえぞ、わかったか、こら[11]」

突如現れた「きちがい」に対する東京人の迷惑と怒りも水俣弁に置き換えられないと、その情感が水俣人には納得できないかのようである。東京という軽文明の「悪相の首都」では、行き来する「にんげん」たちの言葉からも血の気が失せ、悪態すらものっぺりと滑って、水俣の地域住民に届かないようである。コンクリートで窒息した東京の大地の上には「はじめから言葉がない」のもしれないのである。

フミヨさんならもっと迫力あるけどわたしはどもるけん、とおもいながら敏昌ちゃんのことやらじぶんのことやらこんがらがって、思わず目の前の皺のへりに、ちいっという風に噛みついてみたが、その皮膚の味がものすごく分厚い舌ざわりで、ねちゃりと脂らしいのがくっついてきたので、キモチが悪くてキモチが悪くて、ペッペッと何べんも唇をこすった。(12)

石牟礼文学の読者は、男の掌を噛んだ石牟礼道子が「キモチが悪くて」「ペッペッ」と唾を吐く仕草に、あのペッペッと唾を吐く聖なる狂女おもかさまの血筋を感じるのではないだろうか。若い石牟礼道子の短歌には自ら狂気に落ちることへの不安があった。しかし水俣病闘争を生き抜く石牟礼道子にはその不安は皆無である。しかし、いきなりこのように多数の他者と死者の言語と心情を一個の「人格」に集めて詰め寄る女性が、「カンケイない」都会の大忙しの「にんげん」には「キ、気ちがい」としか思えないとしても、無理からぬところかも知れない。

3　水俣病闘争の狂気

無礼を承知の上で言えば、「水俣病を告発する会」の運動は常軌を逸している。水俣病を告発する会の中心的組織者であった渡辺京二でも、「水俣病にかかわることのおそろしさ」を口にする。(13) 水俣病闘争は、それに関与する人びとを狂わせる。緒方正人は水俣病闘争の「原点に立ち返って」「ゼロから考え直」そうとしたとき、「大きな狂いがあった」と言う。谷川雁が『非水銀性水俣病患者』で書いたように、(14) 水俣病闘争はその関与者の多くを精神病院に送り込む込む結果となったのである。水俣病闘争に蝟集《いしゅう》する人々はみな狂ってしまうのだ。渡辺京二は渡辺狂児である（御本人の弁である。

念のため）。妄言と聞こえたなら、多謝。東京からはるばる、水俣を訪れ、「地の底をあがき歩く」支援者たちには、将来、水俣病闘争を描く歴史ができれば、それは「おそらく『水俣ばか史』とでもタイトルがつくことであろう」[15]と感取されていた。水俣病闘争は正気の臨界に位置していたのである。私事で恐縮であるが、水俣病闘争が新聞・テレビを占拠していた時代、わたしはこの東京で地下鉄丸の内線に乗り換えて大学に通う「悪相をした」大学生の一人であった。いや、通うつもりで大学に出掛けても、大学の門は閉ざされていた。いわゆる大学紛争の時代、果敢に水俣病闘争に飛び込んでいった知人・友人を「エラい」と思いながらも、遠くから見て《テレビジョン》いただけの筆者には、この水俣病闘争というおそろしく「異常な」闘争が、生半可の「正気の」精神ではとても闘い抜くことのできるものとは思えず、そして、この闘争の中心に存在するらしい石牟礼道子という若い女性は不気味なまでに神秘的に思え、遠くから見ておくだけにしたいと思ったものである。しかし「水俣病を告発する会」は「ばか」に事欠かなかった。「義によって助太刀いたす」と飛び込んできた高校の先生が会長を務めている。義を見てせざるは勇なきなりなのだ。「敵が目の前にいてもたたかわない者は、もともとたたかうつもりなどなかった者である」[16]。水俣病闘争には、感染性の聖なる狂気とでも言うべき気配が漂っている。いや、その狂気の持続なしには存在しえない闘争であったというべきなのであろう。松岡洋之助はこう記している。

　チッソのある幹部は「お前らは気狂いだ」とののしった。その通り。気狂いというべき運動が、資本への痛烈な刃だ。敵の言葉がそれを語っている。新潟の闘いは余りに常識的すぎたのだ。それを越える闘いを作りだしていくのが運動者の任務だろう(17)。

『苦海浄土』の読者は、第二部『神々の村』の最後、つまり変則的な出版順序によって全三部作の最後に位置するあの光景、チッソ株主総会の翌日、高野山に登った死民会議の巡礼団を包む、ほとんど浄土の安堵感というべき突き抜けた開放感が広がる場面に深い印象を受けたに違いない。

「昨日は、狂うたなあ、みんな」

誰の声だったか、大きくはない、微笑を含んだ声が冷気の中にした。

「——ほんに……。思う存分、狂うた……、」

澄んだ細い笑い声があがり、すぐに消えた。いつものおしゃべりは出ない。ゆるやかな山坂道だった。彼女たちの伏し目がちの表情が、弥勒菩薩さながらにふかぶかとしていたのが、今なお忘れがたい。

晴れて胸の内を吐露し、狂える日もなかったのだ。重みのある山の風が、一行の足許をとりつつみ、頂きの方へと吹き抜けていった(18)。

石牟礼文学における「狂」とはどういうことを言うのかを探るためには、石牟礼文学の全域を歩測する必要があるのかもしれないが、ここでは『苦海浄土』に限定して、一人の平凡な主婦が「キチガイ」に変貌する顚末を簡単に追いたい。『苦海浄土』にはこうある。

水俣川の下流のほとりに住みついているただの貧しい一主婦であり、安南、ジャワや唐《から》、天竺《てんじく》をおもう詩を天にむけてつぶやき、同じ天にむけて泡を吹いてあそぶちいさな蟹たちを相手に、不知火海の干潟を眺め暮らしていれば、いささか気が重いが、この国の女性年齢に従い七、八十年の生涯を終わることができるであろうと考えていた。[19]」

そんな「平凡な主婦」が水俣のジャンヌ・ダルク、ないし、われわれの復讐の女神に変貌するのに決定的な影響を及ぼすのがゆき女である。

一九五三（昭和二十八）年、水俣湾周辺漁村で原因不明の「奇病」患者が発生した。一九五八（昭和三十三）年、「水俣工場、排水の放流先を百間港から水俣川河口へ変更（五九年十一月まで）。患者発生が不知火海南部全域に広がる[20]」。チッソ病院の細川一博士の努力によって水俣病発生が公式確認されたのが一九五六（昭和三十一）年五月。しかもなお有機水銀廃液を水俣湾に流す新日本窒素による「組織的、計画的、継続的な人間社会の破壊の頂点[21]」に達した。石牟礼道子は谷川雁の仲介[22]でチッソ水俣病院の細川一博士に会った。

4　坂上ゆきとの出会い

石牟礼道子が水俣病事件に「悶々たる関心」を寄せ、「これを直視し、記録しなければならぬという盲目的な衝動にかられて[23]」、はじめて湯の児の水俣病市立病院水俣病特別病棟X号館の坂上ゆきを訪れるのは、一九五九（昭和三十四）年五月下旬のことである。『苦海浄土』にこう記されている。

三十四年五月下旬、まことにおくればせに、はじめてわたくしが水俣病患者を一市民として見舞ったのは、坂上ゆき（三十七号患者、水俣市月ノ浦）と彼女の看護者であり夫である坂上茂平のいる病室であった。窓の外には見渡すかぎり幾重にもくるめいて、かげろうが立っていた。濃い精気を吐き放っている新緑の山々や、やわらかくくねって流れる水俣川や、磧《かわら》や、熟《う》れるまぎわの麦畑やまだ頭頂に花をつけている青いそら豆畑や、そのような景色を見渡せるここの二階の病棟の窓という窓からいっせいにかげろうがもえたち、五月の水俣は芳香の中の季節だった[24]。

強調された五月の「濃い精気」に包まれた水俣の空気はむしろほとんど不吉な予感を漂わしている。事実、この明るい雰囲気がこの日、一変し、雲散霧消して、跡形もなく消褪するからである。「自然と生類との血族血縁によって、水俣の風土は緑濃い精気を放っている[25]」、その水俣が水銀中毒禍の渦に呑み込まれたのである。

坂上ゆきの登場は周到に準備されている。ゆき女の病室に辿り着く前に、水俣の主婦は「素通り」できない幾多の病室があり、幾人もの患者に一方的に出逢う。一方的というのは、患者の多くはすでに意識なく死の床に横たわっているからだ。その一人が鹿児島県出水市米ノ津町の漁師釜鶴松である。

> 鹿児島県出水市米ノ津町の漁師釜鶴松《かまつるまつ》（八十二号患者、明治三十六年生―昭和三十五年十月十三日死亡）もそのようにして死につつある人びとの中にまじり、彼はベッドからころがり落ちて、床の上に仰向けになっていた[26]。

石牟礼道子の水俣病患者との言葉なき魂の交換が始まる。とは言え、石牟礼道子は最初から告発を受ける側に立つ。

> この日はことにわたくしは自分が人間であることの嫌悪感に、耐えがたかった。釜鶴松のかな

しげな山羊のような、魚のような瞳と流木じみた姿態と、決して往生できない魂魄は、この日から全部わたくしの中に移り住んだ。[27]

釜鶴松の病室を出て、ゆき女の病室に歩く何メートルかの道行きにはある種鬼気迫る気配が漂う。

次の個室には八十四号患者――三十七年四月十九日死亡――が横たわっていた。彼にはもうほとんど意識はなかった。彼の大腿骨やくるぶしや膝小僧にできているすりむけた床ずれが、そこだけまだ生きた肉体の色を、あのあざやかなももいろを残していた。そしてこの部屋には真新しい壁を爪でかきむしって死んだ芦北郡津奈木村の舟橋藤吉――三十四年十二月死亡――のその爪あとがなまなましく残っていた。このような水俣病病棟は、死者たちの部屋なのであった。[28]

些末なことにこだわるようだが、個々に詳細に記された日付に注意されたい。昭和三十四年の五月に病院を訪れた石牟礼道子は三十七年四月十九日（つまり、およそ三年後である）に死亡する八四号患者を見ている。しかもその部屋は三十四年十二月（つまり、訪問から数えれば七ヶ月後となる）に死亡する舟橋藤吉の爪あとがなまなましく残っていたというのである。作者が全体を相当な時間差を置いて過去形として知っていることから生じる現象であるには違いないが、むしろ、このような「死者たちの部屋」は時間の直線的な流れからずり落ちて、いわば過去の死者と未来の死者の亡霊の出没する部屋にふさわしいのである。そのような病室を扉ごしに見て、石牟礼道子の行き着く坂上ゆきの病室もまた、「壮《さか》んな夏に入ろうとしているこの地方の季節から、すっかりずり落ちていた」と続く。

ここではすべてが揺れていた。ベッドも天井も床も扉も、窓も、揺れる窓にはかげろうがくるめき、彼女、坂上ゆきが意識をとり戻してから彼女自身の全身痙攣のために揺れつづけていた。あの昼も夜もわからない痙攣が起きてから、彼女を起点に親しくつながっていた森羅万象《しんらばんしょう》、魚たちも人間も空も窓も彼女の視点と身体からはなれ去り、それでいて切なく小刻みに近寄ったりする。(29)

ゆき女と会って話を始める前から、世界はゆき女色に染まっているかのようである。「ゆき女きき書」という、『苦海浄土』全体の中でも特異な位置を占める章は、水俣病に犯された死民の目に映る世界を提示しているのである。

改めて「ゆき女きき書」の章の最初に戻ると、正確な日付を備えた正確な三十七号患者坂上ゆきの「入院時所見」が医学的所見の乾いた文体で記述される。

坂上ゆき　　大正三年十二月一日生

入院時所見

三十年五月十日発病、手、口唇、口囲の痺れ感、震顫、言語障碍、言語は著明な断綴性蹉跌性を示す。歩行障碍、狂躁状態。骨格栄養共に中等度、生来頑健にして著患を知らない。顔貌は無欲状であるが、絶えず Atheotse 様 Chorea 運動を繰り返し、視野の狭窄があり、正面は見えるが側面は見えない。知覚障碍として触覚、痛覚の鈍麻がある。(30)

文章が提供する情報は正確な医学的所見であり、その種の文章が多くはめ込まれていることから、『苦海浄土』を新聞記事風のジャーナリスティックなドキュメンタリー、ないしルポルタージュ作品と思わせるのかもしれない。引用したのは、おそらくこれ以上に簡潔明瞭に記述するのは相当手練れのお医者さんでなければできないだろうと思えるほど、簡潔な医学者言語である。この文章に続くのが、すでに引用した「三十四年五月下旬、まことにおくればせに、わたしは水俣病患者を一市民として見舞ったのは、……」に続く、五月の水俣の「緑濃い精気」を強調する数行であり、凄惨な病状に苦しむ鶴松の件である。鶴松について表現されるのは、水俣病の典型的な病状と言われる「犬吠え様の叫び声[31]」である。「「ある種の有機水銀」の作用によって発声機能を奪われた人間の声」を「犬吠え様の叫び声」と書かれた医学的所見と、その声を発する患者が「(病院の)廊下をはさんだ部屋部屋から高く低く洩らし、そのような人びとがふりしぼっているいまわの気力のようなものが病棟全体にたちまよい、水俣病病棟は生ぐさいほら穴のように感ぜられる」という臨場感の違いが際立っている。

　誤解が生じないように書くが、わたしはここで、医学的所見には情が籠もっていないなどと言いがかりをつけたいのではない。医学であれ、法廷言語であれ、政治言語であれ、人間の文化社会生活と言われる大半の領域で中枢的機能を果たしている言語活動で行使される言語は、その言語によって意味し意味されるものが、誤解なく確実に伝達されねばならないという要請の上に構築されている。そこに情が籠もっていようといまいと、それは二の次の問題である。水俣病患者の側に立つ医学にせよ、同様に患者の側に立って法廷闘争を争う法学にせよ、あるいは水俣病の科学的原因を明らかにするために日夜研究に勤しむ化学者の言葉にせよ、それぞれの専門分野の粋を極めた言語秩序を極めて行く努力にいささかの疑いもない。しかし、そのような言語が、人間社会のすべての領域で疑いない重要性を獲得することによって問題が生じるのは、言語がそもそも伝達と認識のための道具であると見なされてしまうことである。ドイツの言語学の祖の一人というべきヴィルヘルム・フォン・フンボルトはこう言っている。

言語はけっしてたんなる意思疎通の手段ではなく、それを語るひとの精神と世界観(Weltansicht)の複製である。社会性は言語を展開させる補助手段ではあるが、言語がめざすただひとつの目的というにはほど遠い、むしろその終点は個人のうちに見いだされる。(32)

言語は、政治、経済、科学、医学など、あらゆる人間生活全領域に入り込み、その存在を疑いないものとしている。そうだとすれば、諸科学を根本的に問いたい向きは言語そのものに目を向けるのも自然のなりゆきであり、言語学が、人文諸科学の「パイロット学」とされたのも周知の通りとしよう。しかし、果たして言語が本来的に伝達を目的にしているのかどうかを疑ってみる必要がありそうなのである。(33)

5　ゆき女の声

「う、うち、は、く、口が、良う、も、もとら、ん。案じ、加え、て聴いて、はいよ。う、海の上、は、ほ、ほん、に、よかった。(34)」

医学所見に記載された通り、ゆき女は水俣病特有の「断綴性」の言語で語る。「震顫」と「断綴性」。医学所見にあった用語で言えば、「言語障害」「発音障害」を介して、言語と音声への問いを集中させる。水俣病によって損傷をうけた言語と声は、まさにそうであるからこそ「断じてゆき女の恥ではあるまい」が、その言葉は聞き取りづらい。しかし、ゆき女は、言語行為の本質に触れている。「聞く」という行為は、相手の言うことを聞いていれば正しく理解ができるなどという呑気なものではない。すべからく「案じ、加え」るという聞き手の能動的な関与なしに成立しないのが言語行為なのである。言語行為は言葉を発する時点で始まるのではない。言葉が聞かれるところで始まるのである。そして聞くという行為がすでに聞き手の言葉の先在を条件としているのであり、言っている人の言いたいことが、聞き手の耳や心に届く保障はない。聞き手が過剰に「案じ、加え」たり、過小にしか「案じ・加え」られないために、言われたことが正しく理解されないのが言語の常態である。結局、自分が聴いたと信じることを前提に言和《こた》えるのが言語行為である。石牟礼道子の描き出す水俣の共同体はこの種の言語行為、声の和合に醸成される共同体である。

ゆき女の言葉は、音声は聞き取りにくいかもしれないが、理解しにくいものではない。むしろ、全く反対である。一語一語、区切られて、一語一語が音と形象をもって、音豊かに、色豊かに、ゆき女の世界を表出させる言語であり、天草から嫁いできた先の漁師茂平との海の上の生活を愛でるようになぞり続ける。断綴性の言語が、文字通り、一語一語にあらん限りの強度を込めて、描き出す海の上の幸福な生活はやがてその特質をあらわにする。この音と形象だけで成り立っている言語は海とも舟ともタコとも魚とも意思疎通できる言語なのである。ゆき女と茂平の二人が、「じいちゃんが艫櫓《ともろ》ば漕いで、うちが脇櫓ば漕いで」、海に出れば、海とゆきは一緒になって舟をあやし、茂平やんは不思議なおさな心になるのである。[35]

ゆき女は「ほがらかな情がこもった」「いいかたで」、

「ほーい、ほい、きょうもまた来たぞい」[36]

と、声を掛ける。ここでは、イカ奴《め》も海を出れば同じ屋根の住民である。たとえ、イカ奴が無愛想にそっぽを向いてもである。海も魚も舟も言葉も通い合う一心同体の世界がある。舟もゆき女にとっては「我が子と変わらせん」[37]。雨が降っても風が吹いても心配は舟のことばかりであり、艫も舟の表も綺麗に磨き上げ、漁師の道具は跨ぎもしない生活をする。ここでは魚もタコも一つ世界に住んでいる。こうした人間が「えっしーんよい」と漕ぎ出る舟がでなければ、「海も空も死んでしまう」世界である。「濃い精気」の漂う水俣が「人間と生類に精気の通い合う」世界であるとはこういう自然と生類の発する声の共鳴する世界である。もっとも本源的な自然としての海の上で、ゆき女の声を通して、人間と自然の原語が響き出る。

舟の上はほんによかった。

イカ奴《め》は素っ気のうて、揚げるとすぐぷうぷう墨《すみ》をふきかけよるばってん、あのタコは、タコ奴《め》はほんにもぞかとばい。

壺ば揚ぐるでしょうが。足ばちゃんと壺の底に踏んばって上目使うて、いつまでも出てこん。こら、おまや舟にあがったら出ておるもんじゃ、早う出てけえ。出てこんかい、ちゅうてもなかなか出てこん。壺の底をかんかん叩いても駄々こねて。[38]

そしてその世界を水銀中毒禍が襲った。「小魚をとって食う水鳥たちが、口ばしを水に漬けたまま、ふく、ふく、と息をしていて飛び立つことができないでいた[39]」。鳥が落ち、「猫たちの妙な死に方がはじまっていた[40]」。「砂の中の貝たちは日に日に口をあけて、日が照ると、渚はそれらの腐臭が一面に漂うのである」。貝も口を開けた。「海が海の色をしとらんぞ[41]」。海が死ぬのである。ゆき女は「月ノ浦のハイカラ病」に罹り、舟を売った。

「うちゃ、それがなんよりきつかよ。[42]」

6　転身《メタモルフォーシス》を可能にする水俣のアニミズム

水俣の風土は「自然と生類との血縁関係によって」、「緑濃い精気」を放っている。万物に魂が宿り、万物の間で血が通い、言葉が通い、また、生命が通い合う世界である。水俣を囲繞する「濃い精気」は、バッハオーフェンやヘルダーリンが「エーテル」と呼び、民俗学者がFluid（液体）と総称し、ミュンヒェン宇宙論派が「アウラ」と呼び慣らした神秘的な流体である。この「濃い精気」の中が、石牟礼道子の「アニミズムとプレアニミズム」の原語の響く空気層である。このような世界で、メタモルフォーゼは可能となる。ゆき女の流産した赤子《やや》は魚になって戻る。

あんときのこともおかしか。

なんさま外はもう暗くなっとるようじゃった。お膳に、魚の一匹ついてきとったもん。うちゃそんとき流産させなはった後じゃったけん、ひょくっとその魚が、赤子《やや》が死んで還ってきたとおもうた。頭に血の上るちゅうとじゃろ、ほんにああいうときの気持ちというものはおかしかなあ。
うちにゃ赤子《やや》は見せらっさんじゃった。あたまに障るちゅうて。

（中略）

魚ばぼんやり眺めとるうちに、赤子のごつも見ゆる。

早う始末せんば、赤子しゃんがかわいそう。あげんして皿の上にのせられて、うちの血のついとるもんを、かなしかよ。始末してやらにゃ、女ごの恥ばい。(43)」

この世界は、生類と人間とが相互に魂を入れかえて輪廻転生を重ねる世界である。原義としてのメタモルフォーゼは死者が樹木や動物に転身することである。この世界では、死後の転身が可能なのだ。神話空間が『苦海浄土』には開かれるのである。

しかし、転身を可能にする水俣のアニミズムの反面を見なければならない。死者の魂が蝶に変わるのは、古来、洋の東西を問わず、人間の見た夢であるかもしれない。しかし、水俣は、人間が魚となって、「ふとかマナ板」にのせられて、料理される「逆立ちした世界」である。

「学用患者」ゆき女の死後解剖に立ち会う石牟礼道子には何度もゆき女の声が聞こえる。

——大学病院の医学部はおとろしか。

ふとかマナ板のあるとじゃもん、人間ば料《こさ》えるマナ板のあっとばい。

そういう漁婦坂上ゆきの声。(44)

——死ねばうちも解剖さすとよ。

漁婦坂上ゆきの声[45]。

ゆき女は「ぐらしか」魚になる。病院を移動用ベッドで運ばれるゆき女は、まるで海の上をゆくかのように「えっしーんよい」とかけ声を発する声を聞く。

ああおかしか。また想い出した。

うちゃな、大学病院のながあか廊下ば、紙でぎょうさん舟ば作ってもろうて、曳いてされきよったとばい。紙で伝馬舟ばたくさん作ってもろうて。うちがぐらしかちゅうて、看護婦さんの作ってくれよらした。それに糸つけてもろうて長うに引っぱって、舟には看護婦さんたちの、キャラメルじゃの、飴んちょじゃの、いっぱい積んでくれよらした。

うちゃその舟ば曳いて、大学病院の廊下ば、

えっしーんよい

えっしーんよい

ちゅうて網のかけ声ば唄うて曳いてされきよったばい。

自分の魂ばのせて[46]。

ゆき女の声は、死後の転身を可能とする至福の水俣と悲惨の水俣との両方を、撓みきった極性の相でわれわれにその光景を見せ、その音を聞かせる。しかし、ゆき女の心底の願は転身することにあるのではない。「水銀にやられた頭をちょんぎって」、再び人間に生き返ること、たとえそれがもう一度、水俣病に罹る運命だとしてもである。「こん病気は一生では病みきんれんばい」。望みはもう一度、こ

の水俣の海に出ることである。「海のもんにはぼんのうのわく」というリフレインの末に、「うちはぼんのうの深ばってん、もう一度、人間になる」。これもゆき女の声である。水俣の「緑濃い精気」が行き渡る空間では、血が通うだけではない。言葉が、音声が共同体言語の精髄として保障された空間なのである。そしてそのような土地の霊《ゲニウス・ロキ》を確保することによって、諸々のメタモルフォーゼが可能な神話的な空間が確保される。鳥や蝶は古来、死者の魂を表象してきた。前章の最初に引いた和子と同じように解剖されて死んだきよ子の魂は蝶となってしゅり神山の狐に託された。その魂は、この神々の村ではメタモルフォーゼを経て、水俣の海に再生することになる。(47)

水俣の「緑濃い精気」の中に浮かぶ『苦海浄土』の世界は、石牟礼文学の精密な詩情に溢れる言語で構成されているのであるが、とりわけゆき女の件を述べる言語は、言語の共通性を共同体の成立条件と考えるならば、人間の声が届く範囲は極めて小さいと見なければならない。その声の届く範囲は「極限的にせまい」のである。しかし、まさにそれが極小の共同体の規模である。しかしまさにその極限的にせまい世界をゆき女の吃音がたどたどしく、ゆっくりと、確実に、しかも二度と取り返しようもなく美しい過去の魂の描く形象の現実を伝える原語として、音と形象を伴った言語の原初形態として、その言語の生きる世界を伴って甦るのである。

7　ゆき女と道子の道・ゆき

『苦海浄土』の第七章は「昭和四十三年」と題されている。水俣病対策市民会議が結成され、ミズマタの名が、じつはミナマタであることが日本中に知られるようになった時期である。この年月は、「この地域社会で水俣病が完璧なタブーに育てあげられた年月である」[48]。どのようなタブーであったのかは、ゆき女を合唱長とする患者たちの合唱隊《コロス》が語る。水俣病は通常の病人たちの忌み嫌う差別病である。水俣病が公の補助を受ければ、羨望は差別を深め、「タダ飯、タダ医者、タダベッド、安気《あんき》じゃねえ、あんたたちは」[49]と言われる。しかし、そう面と向かって言われれば、患者たちはいつでも替わる用意があるのだ。

「水俣病がそのようにまで羨ましかかいなぁあんたちは。今すぐ替わってよ。すぐなるるばい、会社の廃液で。百トンあるちゅうよ、茶ワンで呑みやんすぐならるるよ。汲んできてやろか、会社から。替わってよ、すぐ。うちはそげんいうぞ。なれなれみんな、水俣病に。[50]」

同態復讐法の合唱の中で合唱隊の長ゆき女は市民会議の一同に向かって言う。

「あんたも水俣病を病んどるかな？　どのくらい病んどるな？　こげんきつか病気はなかばい。まぁだ他に、世界でいちばん重か病気の他にあると思うかな。その病《びょう》、病《や》んでおらぬなら、水俣病ばいうまいぞ。[51]」

そのゆき女が、市民会議発足前後から錯乱状態におちいる。「あるともおもえぬうつくしい夫婦《みょうと》にみえていたが、茂平やんが彼女を棄て、自分の荷物も棄て、すたすたと夜になってから、リハビリ病院を出ていってしまったのである」[52]。看病の限りを尽くした茂平やんも、水俣病に罹ったのは、茂平のところに嫁入りしたからだ、とばかりに怨みつらみをぶつけるゆき女の介護はもはやできない。「わしゃ、水俣病をうちかぶることはできまっせん。会社もかぶらんものを」。錯乱状態のゆき女が一行、一行、改行を重ねて、というよりは断綴性の改行を重ねて、綴られる。次の文章は長いのであるが、全文を引用する。

水俣の、あんたんとこに、嫁入りして来さえせんば、
月のものまで、あんたにしまつさせるよな、こういう体にゃならだった。
天草に、もどしてもらお、
もとのからだぁに、して、もどせえ。
そういってゆき女は壁をたたく。自分の胸をたたく。
あれはにせ気ちがいじゃと、ねむられぬ病棟の者たちがいう。
ゆき女は歩く。
そこから放れようと歩き出す。それはあの、踊り、である。
生まれた、ときから、気ちがい、で、ございました。
そうつぶやく。そしてばったりひっくりかえる。
ここは、奈落の底でござすばい、
墜ちてきてみろ、みんな。
墜ちてきるみや。
ひとりなりとんでみろ、ここまではとびきるみや。

ふん、正気どもが。
ペッと彼女は唾を吐く、天上へむけて。
なんとここはわたしひとりの奈落世界じゃ。
ああ、いまわたしは墜ちよるとばい、助けてくれい、だれか。
つかまるものはなんもなか。
そして一週間も十日もごはんを食べぬ。ふろにも入らぬ。
ひょっとして、茂平が帰ってきはせぬか、
そんとき、わたしはやせて弱って、息も絶え絶えに、なっていたほうがよか、
いやそのまんま死んだ方がよか。
ひとさじあのひとに、おもゆをすすらせてもらえば。
あんた、すまんかった、ながなが看病してもろて……
すまんばってんうちはいまがいちばんしあわせじゃ、
うちが死んだら、こんどは、達者なうつくしか嫁女ばもらいなっせ、
草葉のかげで祈っとるけん……
いまに戻ってくるかと食べもせずに待っとるのに、
あのひとは本気で往ってしもたとやろか、まさか。
も、へ、いーっ、

もへいーっ、ふろにいれてくれい。
ふろにいれてくれい。
だめじゃだめじゃ看護婦さんとは入らん、
あの人がいれてくれるとじゃけん。
おそかねえ、なして、帰らんとやろか[53]。

「天草牛深の生まれ[54]」で、出生を同じくする道子とゆき女はその道ゆきの過程で一つに融合してしまう。道子とゆき女の道ゆきに発せられるゆき女の声には道子の「案じ・加え」が入り込んで区別がつかない。「ここは、奈落の底ですばい、墜ちてきてみろ、みんな。墜ちてくるみや。ひとりなりともとんでみろ、ここまではとびきるみや。ふん、正気どもが」と道子とゆき女のデュエットは「天上にむけて」「唾を吐く」権能を得て、「わたしひとりの奈落世界」を、「自分の生きている極限的に狭い世界を、獲得したと見えるのである。二人は、奈落の底、永劫の無明地獄のなか、墓穴の深い地下冥界をくぐり抜けなければならない。この冥界には、この世の闇の中を真っ逆さまに墜落しながら叫び続ける道子・ゆき女のデュエットの声が響いてくる。

——みい、とぉ、れぇ、
みい、とぉ、れぇー
みておれ、おぼえておれ
と[55]。

同態復讐法とは、共同体に加えられた損傷を撤回して元に戻せという要求である。

もとのからだぁにしてもどせえ。

血や目や歯といった個々の分析的対応ではない。元にあった世界がどうあったのか、それが少なくとも文章上、紡ぎ出されていなければ、同態復讐法はおよそ実感を伴わない。それを実現していることに「ゆき女きき書」の奇跡的な達成があるのである。

8　て、ん、のう、へい、か、ばんざい

ゆき女は奈落の底に着地しない落下を続ける。湯の児リハビリセンターから保養院（精神病院）に転院中離婚手続きが完了し、離婚して旧姓にもどる。強度の錯乱もおさまった時である。『苦海浄土』全編の中でもひときわ鬼気迫るシーンが展開する。水俣には、患者のコロスを遙かに凌駕する清らかで和音を奏でる水俣市民の合唱が始まっている。東京からは園田厚生大臣が水俣を訪れることになった。園田厚相は天草出身で、故郷を同じくする患者の期待も大きい。水俣市民と死民はこぞってお国入りをする園田厚相を迎える大合唱を始めた。ゆき女は報道陣が隣のベッドの胎児性患者の杉原ゆりの写真を撮るのをみるうちに、例の発作に襲われる。

予期していた医師たちに三人がかりでとりおさえられ、鎮静剤の注射を打たれた。肩のあたりや両足首を、いたわり押えられ、注射液を注入されつつ、突如彼女の口から、

「て、ん、のう、へい、か、ばんざい」

という絶叫がでた。

病室じゅうが静まり返る。大臣は一瞬不安げな表情をし、杉原ゆりのベッドの方にむきなおった。つづいて彼女のうすくふるふるとふるえている口唇から、めちゃくちゃに調子はずれの『君が代』がうたい出されたのである。心細くききとりがたい語音であった[56]。

大臣一行は「そくそくとひろがる鬼気感に押し出され、一行は気をのまれたように病室をはなれ去った」。ゆき女が醇朴な天皇崇拝者であることも疑いない。この地は古事記の景行天皇以来、名にし負う神話的な不知火なのである。天皇制への批判などを読み込める場所でもない。市街を警官が仰々しく立ち並んで警護に当たり、大臣訪水のおごそかな雰囲気はゆき女に「天皇陛下万歳」を叫ばせる雰囲気なのであろう。また、ゆき女が天皇に尊崇の念を抱いていたに違いない。天皇ではないにしても、大臣サマが水俣を訪問するなどということは大それたことで、今こそ長年の鬱積がはらされる瞬間の近いことをゆき女たち水俣の患者は疑わない。その醇朴な尊崇の念があの断綴性の「て、ん、のう、へい、か、ばんざい」とめちゃくちゃに調子はずれの『君が代』なのである。

9　地を這う虫たちの闘争

この水俣病の断綴性と震顫性の声で発せられた万歳と国家斉唱の後、ゆき女は二度と姿を現さない。ゆき女の消えた後、読者の眼前に残るのは、「ゆき女に仮託した」「もうひとつの世」へと黒い死旗を掲げてにじり寄る石牟礼道子だけである。

さらなる闇のこちらにあってわたくしのゆきたいところはどこか。この世ではなく、あの世でもなく、まして前世でもなく、もうひとつの、この世である。逃亡を許されなかった魂たちの呻吟するところにむかって、わたしは、自分に綱をつけてひっぱったり背中を押したたいたりして、ずるずるとひきもどす。

この世ではないもうひとつのこの世とはどこであろうか。

　生まれたときから
　気ちがいでございました

ゆき女に仮託しておいた世界にむけて、いざり寄る。黒い死旗《しにはた》を立てて(57)。

「生まれたときから／気ちがいでございました」という認識が、語弊があるかも知れないが、石牟礼道子の絶対の強みに転換する。それについては次章で見ることにして、まずゆき女の行方を探したい。「道行」と題された小文があり、そこにはこう記されている。

〈ゆき女瓔珞《じょようらく》〉という章を、苦海浄土第二部でいま想定しています。

わたくしの死者たちは遺書を書けませんから、死者たちにかわって、わたくしはそれを書くはめになるのです(58)。

ゆき女瓔珞という章はしかし第二部『神々の村』にも、第三部『天の魚』にも見当たらない。ゆき女はどこに消えてしまったのか。『道標』四号に初期詩集として「瓔珞《ようらく》」という詩が載せられている。

　あの世から

風の吹いてくるけん
さくらの花の
咲きました

ひろびろとして
ここはなんちゅう奈落じゃろ
虫どもが
這うてゆくばかり[59]

「奈落」という文字記号が指さしているのは、あの、着地することのない奈落を落ち続けていたゆき女の姿である。『道標』には「昭和三十年代から四十年代初めにかけて執筆」とある。道子とゆき女の道行の行き着いた場所は、第三部『天の魚』の全体、具体的には序詩および「みやこに春はめぐれども」の章である。

第三部『天の魚』は前にも触れたように『出エジプト記』を引用して終末の気配を漂わせているのであるが、その終末の気配はすでに「序詞」にも神話的な気配を漂わせている。「海の割るるときあらわれて」「地《つち》の低きところを這う虫[60]」が現れる。筆者は石牟礼道子の文章に頻出する「這う・這入る」を極めて特徴的なものと考え、石牟礼文学の基礎動詞と考えているのであるが、この観点から見ると、本社坐りこみという行動は、むしろ本社這入りこみと言うべき様相を取る。「虫どもが／這うてゆくばかり」。水俣病患者の姚たちは文字通り、「這う虫」である。浜本フミヨがそうであった。

わたしゃ地《じだ》ば這うばっかりの虫とおんなじ人間じゃばってん、一寸の虫にも、五分の魂ちゅうもんのあるとぞ。(61)

手足の自由を奪われた人間存在を凄惨に体現したのはゆき女である。前章で、手の労働、布を、テクストを紡ぐこと、が女性の本質的な仕事であることを論じたのだが、「手も足もぎんぎんしとった」ゆき女は「月のもんも自分で始末しきれん女ご」となる。「うちゃ生理帯も自分で洗うこたできんようになってしもうたっですよ。ほんに恥ずかしか」「うちゃだんだん自分の体が世の中から、離れてゆきよるような気がするとばい。握ることができん。自分の手でモノをしっかり握るちゅうことができん。うちゃじいちゃんの手どころか、大事なむすこば抱き寄せることがでけんごとなったばい。そらもう仕様もなかが、わが口を養う茶碗も抱えられん、箸も握られんとよ。足も地《じだ》につけて歩きよる気のせん、宙に浮いとるごたる。心ぼそか。世の中から一人引き離されてゆきよるごたる。うちゃ寂しゅうして、どげん寂しかか、あんたにゃわかりみゃ。ただただじいちゃんが恋しゅうしてこの人ひとりが頼みの綱ばい。働こうごたるなあ、自分の手と足ばつこうて(62)」。

手足の自由を奪われたゆき女は「えらい発明ば」する。「人間も這うて食わるっとばい。四つん這いで」。ゆき女が「こうして手ばついて、尻ばほっ立てて、這うて。口ば茶碗にもっていった。手ば使わんで口を持っていって吸えば、ちっとは食べられたばい。おかしゅうもあり、うれしゅうもあり、あさましかなあ(63)」。

一層哀切の思いを誘うのは、言葉なく這いまわる胎児性患者である。溝口きよ子は「餓鬼のごたる体になってから桜の見えて、寝床のさきの縁側に這うて出て、餓鬼のごたる手で、ぱたーん、ぱたーんち這うて出て、死ぬ前の目に桜の見えて……。さくらちいいきれずに、口のもつれてなあ、まわらん舌で、首はこうやって傾けてなあ、かかしゃぁん、シャクラの花の、ああ、シャクラの花のシャイタなあ……。うつくしか、なあ、かかしゃぁん、ちゅうて、八つじゃったばい……。ああ、シャクラの……シャクラ……の花の……」[64]と伝えたのである。石牟礼道子は、「そのような桜が、水俣では、毎年咲いて散るから」「わたしもとうとう気がふれて、いや、生まれたときから、気ちがいだったから、とうとう何もできぬ娑婆盗人になって……。そのような故郷の心を自分の魂にして箱車に乗せて、この都まで曳いて」[65]きて、丸の内界隈の路上を這い躄《いざ》る盲のごぜ「東京非人」[66]となったのである。「とうとう気がふれて」を、「いや、生まれたときから、気ちがいだったから」と言い直す文言がわれわれに思い出させる女性は当然、ゆき女である。第三部にゆき女は姿を見せない。しかし、あの「死旗」は見えるのである。丸の内に。

10　同態復讐法の彼方とは

本書が言いたかった同態復讐法 ius talionis が目指しているのは「報復」や「賠償」ではなく、本質において損傷を受けた共同体の原状回復であり、物質《マテリア》の救済と復活の願いであった。「物質」という言葉を使うたびに戸惑うのは「物質」の語感である。『苦海浄土』は妣たちの受苦と自然質量＝マテリアの災厄を描き尽くした。いわば「八つ裂き」にあった妣たち **matris** と自然の風土母層に通底する母的質量 **materia** の復活を願う石牟礼道子の信仰心情を、筆者はマテリア主義と呼びたいと思う。それは単なる物質主義《マテリアリスムス》でもなければ、ある種の唯物論が唱える価値形態論のために物質を思考から捨象する唯物論《マテリアリスムス》でもない。二十世紀の生んだマルクス主義者の中でも注目すべきゾーン＝レーテルに言い方を借りれば、資本主義商品交換社会の中でもっとも緊急に復権を要求しているのは、この意味でも物質《マテリア》なのである。(67)

　水俣病を生みだしたような世界は、妣たちも自然物質も共に搾取の限りを尽くされている。妣たちも母なる海も水銀に侵された世界では、祈るべき天も、日も月も病んでいる。東京水俣展に向かう緒方正人の打瀬船に立てられた幟にはこうある。

　　海よ風よ人の心よ蘇れ
　　　　日月丸
　　　　　水俣より(68)

陽いさまと月と共に生きる生活と言語を自らの「階級の原語」として持つ石牟礼道子に命名された日月丸が向かうのは単なる東京ではない。緒方正人の船が、初代の「常世の舟」以来いつもそうであるように、その航行する先は「水俣病の発生する以前の海、いやそのさらに昔々の海」、「神話の海」(69)である。筆者の書き連ねてきた「同態復讐法の彼方」もまたそれなりに「神話の海」の方向を取らざるを得なかった。神話的に過ぎると警戒する声が聞こえないではない。「神話」には無論、警戒を払ってしかるべきである。「神話」が人びとに対して共感を強要できるのは、いわば昔むかしの無文字社会の口承言語空間の人びとの心情においてその真理性が保障されている限りにおいてである。同態復讐法を云々できる世界の言語は、異教的ムラ社会の血族的共同体の紡ぎ出す口伝えの声の振動を伴ってのみ伝達されうる言語世界である。文字と写本とましてや活版印刷やコンピュータ印刷の支配する言語情報空間に跳梁跋扈する「神話」は、国家社会の――例えばあの厚生省の「上等な正気」を備えた官僚のような――市民にも受け入れられる神話、つまり血権社会の心情的関与を失ったもはや神話の名に値しない物語、平たく言えば、ウソである。石牟礼道子が敬愛する茂道の網元、杉本栄子は断言する。「学校の先生のいわっしゃる言葉はウソの言葉です」[70]。「言葉の出てくる母層がまるでちがうのだ」[71]。「階級の原語」を身につけることをすべての市民に要求することはできないのかもしれない。しかし、石牟礼文学のこの次元で、神話と歴史の区別に無感覚であることは、もし確信犯的なウソつきでないならば、度し難い鈍感である。

藤本憲信の言うように、「石牟礼の語りは、風土に生き、風土に死んだ者たちの海鳴り、地鳴りの声そのもの」である。「心の底から沸騰する言葉の威力は、決して翻訳された共通語からは現出しえない。ふるさとに生まれてこのかた、日常の現実の中で育まれた地域語特有の表現記号、そこからしか血の滲むような真実は語りえないのである」[72]。

同態復讐法の彼方とは、血権社会の心情に育まれた神話的な死と再生、死と復活の世界である。資本主義商品交換社会の自由で平等な生活手段を、ただただ経済人としての存在から保障される「実践的独我論」（ゾーン＝レーテル）的存在が、親も子もない「無縁社会」に行き着き、「孤独死」と「孤立死」が「にんげん」の自然死であるかのようになった二十一世紀、自然と問わず人間と問わず、その復活が描き出されるとすれば、過去と現在が交錯し合い、死民と市民の世界がぴったりと隣接して、死者がマスク一枚で自由自在に生者の前にその存在を現すことのできるような舞台装置が必要であろう。仮面一枚で死者や神々が登場する世界は、西洋古典ならばギリシア悲劇、日本ならば能舞台である。その舞台装置を選んだ石牟礼道子の能『不知火』において、穏亡と菩薩が死と復活の極性を体現し、血縁に結ばれた姉と弟の祝婚にマテリア＝生類と母なる自然全般の甦りの事業が託されるのも、石牟礼道子という芸術家が、同態復讐法の彼方に見続けていた神話的光景であった。

ワキ　われ非力《ひりき》といへ《え》ども湖中《こちゅう》の水神《すいじん》どもをひき連《つ》れて二人が力となり、破《やぶ》れたる空《そら》の彼方《かなた》に飛び入《い》ってかの妖雲《よううん》を掻《か》きとらむ《ん》。いざ常若《とこわか》よ、夢に呼び交《かわ》はせし不知火《しらぬい》が手をとって、海霊《うなだま》の宮《みや》へ《え》戻るべし。

ワキツレ　さらばこれよりは、消えなむ《ん》とせしかの沖の火を、姉君《あねぎみ》とともに掻《か》き立つる回生《かいせい》の勤行《ごんぎょう》にとりかからむ《ん》。天《てん》高く日月《じつげつ》のあるかぎり、八朔潮《はっさくじお》の火の甦《よみが》へ《え》らむ《ん》ことを加護し給《たま》へ《え》。

ワキ　しかあらば二人が祝婚《しゅくこん》に、いにしへ《え》はもろこしの楽祖《がくそ》、夔《き》を呼ばん。いざいざ夔師《きし》よ、木石《ぼくせき》の怪《かい》にして魍魎《もうりょう》共《ども》が祖《おや》、変化《へんげ》しては窈窕《ようちょう》たる仙女《せんにょ》ともなる蒼《あお》き顔《かお》の者《もの》よ。来《き》たりて、ここ日の本《もと》は、いにしへ《え》の香具《かぐ》の木《こ》の実《み》のかほ《お》る恋路《こいじ》が浜にて、歌舞音曲《かぶおんぎょく》を

アイ

司《つかさど》り、まだ来《こ》ぬ世をば寿《ことほ》ぎ候《そうら》へ《え》。

ここなるはわが秘仏《ひぶつ》不知火《しらぬい》が賞《め》ずる花々の浜辺なるによって、いと遠《とお》き世の木石《ぼくせき》が怪《かい》たるそこ許《もと》ならでは、一木一草《いちぼくいちそう》も生《お》ひ《い》立《た》つあたは《わ》ず。

まことは音曲《おんぎょく》の始祖たる夔師《きし》よ、来《き》たりて、いは《わ》れ深きこの浜の石《いし》を両の手に取り、撃《う》ち合は《わ》せ撃《う》ち合は《わ》せ、声なき浜をその音《おと》にて荘厳《しょうごん》し給《たま》へ《え》。

おん前に参り候《そうろう》。東《ひがし》の洋《なだ》の彼方より呼ぶ声ありて、永《なが》き睡《ねむ》りよりさめたるに、木石《ぼくせき》の怪《かい》よ魍魎《もうりょう》よと夢の中《なか》にて呼ばれし妙音《みょうおん》、耳許《みみもと》に残り候《そうろう》。われ楽祖《がくそ》と呼ばるる一足《いっそく》の仙獣《せんじゅう》なり。かき昏《く》るる海面《うなづら》の、神雨《じんう》とともに参りしなり。

さても匂《にお》ひ《い》濃《こ》き磯《いそ》の石《いし》なるぞ。手にとり構《かま》ゆれば創世《そうせい》の世のつぶら貝を抱く心地かな。

この石《いし》撃《う》ち撃《う》ちて歌は《わ》むずる。

ここなる浜に惨死《ざんし》せし、うるは《わ》しき、愛らしき猫ども、百獣《ひゃくじゅう》どもが舞《ま》ひ《い》出《い》ずる前に
まずは、出《い》で来《こ》よ。

わが撃《う》つ石《いし》の妙音《みょうおん》ならば、神猫《しんびょう》となって舞《ま》ひ《い》に狂《くる》へ《え》、胡蝶《こちょう》となって舞《ま》ひ《い》に舞《ま》へ《え》。

いざや橘《たちばな》香る夜《よる》なるぞ。胡蝶《こちょう》となって華《はな》やかに、舞《ま》ひに舞《ま》へ《え》。(73)

第七章　竜神の子

1　野口遵を生んだ日本の風土

新作能「不知火」が不知火海に奉納された二〇〇四年八月二十八日、天気予報が予測していた台風が急に東シナ海沖で停止し、水俣にはあたかも神慮が働いたかのように、一粒の雨も降らなかった奇跡が伝説的に語られている。不知火海の波風を司る竜神は石牟礼道子をその手厚い加護のもとに置いていたと見える。これは冗談で言うのではない。父母にそう呼ばれるままに、「物心づいてから小学校入学の頃までは自分を「観音の子」と信じていた(1)」という高群逸枝に準《なぞら》えて、筆者は石牟礼道子を「竜神の子」と呼びたいと思っている。その是非はともあれ、「竜神」は、石牟礼道子を論じる上でも、絶対に欠かせないテーマである。いくらか迂遠に思われるかもしれないが、本章は一旦、水俣病という事件を比較的大きな枠に納め、チッソと野口遵を生む日本の歴史と風土を見ながら、石牟礼道子の竜神に迫りたい。

江戸時代末期、北太平洋が世界市場に編入され、捕鯨船を始めとする異国船が日本の海岸に頻繁に現れ、日本の開国が世界の世論を騒がせていた時代のことである。日本が横浜を始めとする五港を開いた一八五九年に『経済学批判』を上梓し、明治維新の前年一八六七年に『資本論』第一巻を出版したマルクスはそこで日本について触れている。

ヨーロッパによって接ぎ木された外国貿易が現物地代から貨幣地代への変化を結果としてもたらせば日本の模範的な農業はお仕舞いである。日本農業の狭隘な存立条件は解消されるだろう。(2)

幕末、日本との外交関係の樹立を求めてドイツ・プロイセンが東アジア遠征団を送り込んだ際に、(3)ドイツの通例として同行させていた学術団の中にいた、農学博士マロンはいわばリサイクル農業の模範と言うべき日本農業の実態をドイツに伝えた。(4)マロン博士の師が、ドイツ農芸化学の祖ともいうべきユリウス・フォン・リービッヒであり、この農芸化学の祖はマロンに日本の農業の模範性を伝える論文を書く手筈を整えたりするのであるが、リービッヒは他方で、化学肥料に頼りすぎて、土地のもつ新陳代謝を歪める農業のあり方に警鐘を鳴らしており、これが『資本論』のマルクスの重視するところとなったのである。ここでマルクスのエコロジーを論じ始める訳にはいかないが、『資本論』の描き出す「ムッシュー資本とマダム大地」の夫婦は、「資本」が「農業の大工場化」に伴い、「労働力と大地という富の源泉を二つながらに廃棄」(5)しながら破局への道筋を辿るのが、『資本論』の荒筋である。ここで見たいのは、資本主義経済がもたらすもっとも直接的な変化、貨幣経済における自然の土地の被る価値観の変化である。

『資本論』の第三巻には長大な地代論が展開されている。われわれが注目したいのは地代を論じるに際して「風景 Landschaft」の意味が変容することである。資本主義経済社会は不思議な手品で、水を土地に変える。地代を論じるに際して、土地の付属物として現れる落流（滝）なども土地と解されるのである。マルクスはこう述べている。

地代のこの形態の一般的な性格を明らかにするために、われわれは、一国の工場の大多数は蒸気機関によって運転されるが、ある少数のものは自然の落流によって運転される、と仮定しよう。

（「第六篇　超過利潤の地代への転化　第三八章　差額地代　総論」）

和辻哲郎『風土』が「モンスーン型」と呼ぶ日本の風土は、潤いにその本質をおき、志賀重昂『日本風景論』は、日本の風景美の特質は「水蒸気」にあると述べる。疑いなく、日本の土地は豊富な水を有し、無数の「自然の落流 natürliche Wasserfälle」を「土地資源」として活用できる。資本主義の貨幣経済は、この「自然の落流」、つまり、滝から「利潤」を導き出すことを考えることのできる人間を新たな資本主義の世界にフィットする頭脳として賞賛することになろう。チッソの生みの親、野口遵はまさにそうした人間の代表格である。

2　日本窒素株式会社の成立

野口遵は一八七三年、金沢に生まれた。近代日本の津々浦々から優秀な頭脳を集め、卒業後、社会の各分野でさまざまな毀誉褒貶を浴びる「東大頭」を輩出するのは旧東京帝国大学である。野口もまた東大に入り、時代の最先端学としての電気工学を学んだ。大学を卒業すると、福島県郡山絹糸紡績会社の技師長として水力発電事業に取組んだ。現代で言えば、東京電力の沼上発電所の技師長といったところであろうか。むろん、原発事故など無縁な時代である。野口はその職務を無事故に果たし終えると会社を去り、ドイツ・ジーメンス社の日本法人に勤めた(6)。ジーメンスはすでに世界に冠たるドイツの電気産業の雄である。野口は数年の内に、会社で学ぶべきものを学び終えると雄志を抱いて、会社から独立し、ドイツ・ジーメンスの重電機部門を訪ねた。ジーメンス社から水力発電の機材を購入するためである。

ジーメンスから買い入れた世界最新の機材をどこに投入するつもりなのか。「自然の落流」の多い地方でなければならない。鹿児島の北、国道二六七号線から西におれて県道四〇四号線を行くと、やがて山深い川内川の上流に巨大な滝が姿を現す。幅二〇〇メートル、落差一二メートルの大きい滝で、「東洋のナイアガラ」と呼ばれる曽木の滝である。野口遵は一九〇六年、川内川上流の伊佐郡大口村曽木の滝の下流に、ジーメンス社の作成した設計図を基に曽木発電所を建設する。

一九〇六年十月、竣工した曽木発電所は、近くにある大口・牛尾・新牛尾の金鉱山の照明のために送電を開始した。大口・牛尾の金鉱は当時日本一の金山であった。順風満帆であるかに見える。しかし、問題が生じている。発電所の出力は一基で八〇〇キロワットという、当時国内最大級であった。しかし、大口・牛尾・新牛尾の三鉱山の消費電力は合計二〇〇〇キロワットに及ばなかった。電力は新時代の「金の卵」である。野口遵はこの金の卵を放置して腐らせる「東大頭」ではない。曽木発電所の産み出す余剰電力を野口遵は熊本県葦北郡水俣村に送ることにした。水俣はその頃、戸数二五〇〇戸あまりの寒村であった。しかし、水俣川河口の寒村に限らず、当時の日本にはまだ、ラジオもテレビも洗濯機も、もちろん、ビデオもコンピュータもない。つまり電力需要がないのである。しかも、石牟礼文学の読者であればよく想像できるように、窒素水俣工場ができる以前の水俣は人口よりも狐の口数の方が多そうである。狐も灯りを必要とするであろうが、狐火という電力消費を伴わない特殊技術を有している。前に広がる海も、日本の建国神話以来有名な、光源の不明な灯りのともる不知火海。こちらも、電力消費ゼロである。曽木発電所は順調に動いているものの、それが生み出す電力の使用先がないまま、売れずに残るのは資本主義商品交換社会の憲法違反である。電力は倉庫に積んでおけば、年代物の付加価値が付くという商品ではない。早急に、消費されなければならない。不知火の対岸の天草は良質な瀝青炭を産出していた。これを基にカーバイドを作るのはどうか。カーバイドに水を注ぐと、アセチレンガスが発生する。アセチレンガスは空気中でよく燃え、明るい光を放つ。これは、漁船の照明用などに需要があるのは確実であった。水俣工場はかくして国内最大のカーバイド製造工場となった。創業時の日本窒素水俣工場を、地域では「ガス会社」と呼んだという[7]。

　それでもなお、電力は過剰であった。マルクスの地代論は、水を含めた土地を、人口を養うのに必要な主要植物素材、西洋で言えば、小麦の生産のために行う資本の投下を問題にするのであるが、野口の考えることもそれから遠い訳ではない。日本の主要食糧は米である。米の生産に電力を消費することが一番である。

米作にはそれに適した気候がある。モンスーン型と呼ばれる温暖湿潤な気候である。それでも雨が降らない日々が続くことがある。このような時、古人は雨乞いの祈りを献げた。しかし、米の生育に必要なのは雨だけではない。古《いにしえ》の人、具体的にはリービッヒ以前の農民には、植物の生育には窒素、カリ、リン酸のいわゆる肥料の三元素を必要とするといった化学知識はなかったかもしれない。しかし、雷が鳴ると植物の生長が促進されるのは経験で知っていた。稲妻が光ると天空から何かが地上に振り落ち、植物を生長させるのである。雨乞いは雨を乞い願うだけではない。稲妻をも願ったのである。稲妻が光ると空中から何かが地上に降ってくる。現代の農業化学は、それが窒素であることを知っている。窒素は空中にあまねく存在している。空気の八〇パーセントは窒素なのだ。空気中に大量に存在する窒素から金肥が採れれば最高ではないか。金肥とは意味深長な言葉である。自然肥料ではない。貨幣を介してしか入手できない肥料のことなのであるが、ドイツ・プロイセンの送り込んだ東アジア遠征団が見たような理想的リサイクルは貨幣経済の上で動く金肥の大量使用によって脅かされるのである。稲の生長には窒素肥料が不可欠である。曽木の過剰電力を窒素生産に使う手立てはないか。それが野口遵の発想であった。曽木発電所の余剰電力の使用先を思い惑う野口の耳に耳寄りの話が届く。ジーメンス社がカーバイドを原料に石灰窒素をつくることに成功した。アドルフ・フランクとニコデム・カローがジーメンスとドイツ銀行の資金援助を受けて開発したというのである。

一九〇八年四月、野口遵は早速ドイツに渡って、この技術を三井や古河など古参の財閥と争って単独で独占的に手に入れることに成功する。一九〇八年八月、葦北郡水俣村に古賀川の河口に日本窒素株式会社水俣工場を創設した。曽木発電所の産出する過剰電力を使って窒素をつくるのである。

さらに一九二一年一月、特許契約延長のために再びドイツを訪れた野口遵はフランクからイタリアの化学者ルイギ・カザレーがアンモニアの直接合成に成功したという話を聞きつけ、その技術を入手して会社の発展を計り、事業は大成功を収める。

問題は、不要になったカーバイドである。野口は、「余剰の産物となったカーバイドから、水銀接触法を用いてアセトアルデヒドを製造する事業を計画する」[8]。この過程でメチル水銀が発生していると推定される。そのメカニズムがあますところなく解明されている訳ではないというが[9]、廃液を海に流すことによって、「メチル水銀を水俣湾に流す」結果になったのである。メチル水銀中毒の原因解明はわたしの手に余る。わたしが、論じたいのは、「竜神」である。

ドイツ語の滝（Wasserfall）は水 Wasser と落下 Fall という二つの単語からなる、なんとも散文的な単語では、滝が日本や極東アジアの漢字文化圏で持っている意味形象が見えてこない。滝という文字をじっと見詰めれば、そこには美しい水の中を自在に動く竜の姿がある。白川静『字統』によれば、サンズイは美しい水、竜は「辛子形の冠飾をつけた蛇身の獣の形」である。冠は霊獣であることを示すという。竜は、漢字文化圏の人びとが古来、豊作を願って雨と稲妻を祈った神格である。

「落流」の生み出す電気エネルギーは、文字通り、竜の神域を犯すのである。問題は窒素肥料である。食物の生育に窒素が必要であることは、近代的知見に属す。しかし、古来、洋の東西を問わず、農民は植物の生育には雨と雷が必須であることを知っていた。雨が降らなければ心をこめて雨乞いをする。祈るべき天がまだ病んでいなかった時代である。日本人は竜に祈った。竜は雷を伴い、雨を降らす。雷は文字通り稲妻であり、稲の妻である。ギリシア神話でも、伝説的女性部族アマゾンの主神メドゥーサがペルセウスに斃されて、その体から天空を行く神馬ペガサスと稲妻を運ぶ雨が生まれている(10)。

雨と稲妻を願って竜に祈りを捧げるのは日本だけではあるまい。竜の権能を奪う近代ダムの建設を基に、農業肥料に限らず新たな産業分野を切り開く野口コンツェルンが大飛躍を迎える契機は、日本の韓国併合である。進取の気性に富んだ野口遵は、いわゆる政商となって、日本帝国の韓半島支配から大きな利益を引き出そうとする。半島のハンギョンナムドの土地を三菱が放棄した機会を利用して、獲得、ここを彼のコンツェルンの一大拠点に仕上げるのである(11)。『苦海浄土』はこの間の事情を簡潔に述べる。

昭和十年十一月、三菱が朝鮮総督府の権限下にあった長津江の水利権を放棄するやいなや、これを獲得した野口遵《じゅん》が、長津江水電株式会社の営業開始をするに当たり、その水利権をあたえた朝鮮総督陸軍大将宇垣一成は、これを祝して京城の総督室から京城放送を通し、祝辞をのべる(12)。

野口の経験は土地の価値が水にあることを教えていた。野口コンツェルンは、朝鮮総督府から諸々の河川の水利権を得て、巨大ダムを建設する一方、その電力を使って朝鮮窒素株式会社を設立する。合成アンモニアを原料に硫安、硫酸安などの肥料が製造された他、時代は、火薬の需要を急増させていた。電力産業も化学産業も巻き込んで、時代は総力戦の様相を深めているのである。朝鮮総督府の宇垣一成が日本窒素を優遇したのは、朝鮮半島を日本の軍事基地とする国策に見合ってのことであった。

いかにも近代日本の起業家の典型的な成功譚というべき日本窒素株式会社の歴史を大急ぎで辿ったのは、日本史や極東アジア史をおさらいするためではない。筆者としては、同態復讐法の彼方に出るために石牟礼文学の水と竜をバッハオーフェンの水と竜と比較参照したいのである。

3　不知火海は巨か泉水

バッハオーフェンの母権制における沼沢地生殖という時代について幾度ともなく触れてきた。母権論は、湖や泉、根本的に水に生物発祥の起源を求める思想である。母権論の「大地的地下的冥界主義Chthonismus」は、泉において最も具体的なイメージを結実させる。バッハオーフェンの大著には、湖、海、沼などのイメージは枚挙にいとまがないのであるが、ここでは主として、バッハオーフェンの神話学の正統な後継者として嘱望されながら若くして失明したために、数多くの著作を残すことはできなかったマルティン・ニンクの『古代人の祭祀と生活における水の意味』に拠って、論を進めることにしたい。

古代の文献、あるいは比較的新しい民俗学的研究を一瞥すれば、古代民族と今日なお、文明に触れていない民族層が彼らの世界像のなかでどれほど大きな意味を水に与えているかが分かる。水は単に池水火風といった、それから世界が生成したり、あるいは幾つかの哲学的体系によって存在の唯一的根底に高められる四大の一つというだけではない。神話と古代宗教は水を、生命の水、聖別の水、浄めの水として崇めている。そのようなものとしての水の意味の探求をニンクは第一章「水の地下冥界的大地的性情《ヒトーニッシュ》」として論じる。ヒトーニッシュとは、ヒトン（大地）を地表の方向に見る irdisch（大地的）とは反対に、地下的冥界的な方向を強調された大地であるが、水の意味の認識にとって決定的なのは、それが地中から湧き出るような発祥 Ursprung の仕方である。地上の多くの民族がほぼ例外なしに泉崇拝を持っているのは偶然ではない。古代人は、霧が立ち上り、雲となり、雲から雨が落ちて、川となって海に集まるといった水の循環システムを良く理解していたわけではない。そのため、地下的冥界には、地下貯蔵庫といったイメージが多く見られるのも不思議ではないのである。そ地表に突然現れる泉や河の水の出口、水口の崇拝は幾多の民族の共有する観念である。水が地中に吸い込まれて、タンタロスの冥府に落ちて行く。この地下冥界から泉や小川となって地表に送り出される水が原母権的宗教観念というべき地下冥界的母権の表現としての沼沢地生殖の母権段階の最も優れた表現となるのである。筆者はバッハオーフェンの言うところの「沼沢地生殖 Sumpfzeugung」について度々触れてきたが、大地から滾々《こんこん》と流れ出る水こそ、それが川となって流れれば、生命の誕生を思わせる発祥の幸福感をもつ一方、静止して暗く深い水は冥界的母性の具現である。ドイツ語で魂を Seele と言うのは、死んで肉体を離れた魂が湖（See）の中で次の誕生を待つもの、「湖に帰属するもの」と観念されるからである。誕生と死の極性連関（双極性）をその質量のうちに湛える水は、あえてバッハオーフェンが頻繁に使う同語反復を借りれば、「母権的物質＝Mutterrechtliche Materie、母権的な

（mutterrechtlich）物質（Mater 母 -ie 物）」の具現なのである。

滾々と水の湧き出る泉を崇拝する原始宗教的感性の存在は洋の東西を問わない。そこには、あらゆる生命的なものの具現がある。大地から滾々と湧き出る水は、古代ローマ時代では「生きた水 aqua viva」と呼ばれ、erquicken（元気付ける、清涼感を与える）水である。ほとんど液体に関してしか使われない erquicken という語について特に注意したいのは、クヴィックという音節である。その語根の gueie は、文字通り「生 Leben」を表し、ラテン語の vivus、ギリシア語の βίος（ビオス）にあたり、英語の quick などに受け継がれる語である。[13] Quickborn と言う語がドイツ語にあり、「生命の泉」である。古来、平和安全に快適に、壁で囲まれた庭のイメージがある。パラダイスの語義は、古ペルシア語で「壁に囲まれた場所」を表すと言われるが、ラテン語の「快適な amoenus」は、「壁の前」を意味する。パラダイスには四つの川が流れているのが、パラダイスの定型的舞台装置である。壁と水を有する快適な場所の好例は「マリアの泉」である。滾々と湧き出で、休む事なく彼方へと流れ去る河川の水や怒濤のように押し寄せる激しい動きに生命感情を感じるとすれば、この語の古代的本来性を見ることになる。「生命」とは動きであり、英語の quick は日本語でもクイックであり、同じ語源から出てくる快速に動く水は、水の生命そのものの具現であり、物質 Mater-ia（母―物）そのものである。クヴィックという語は、現代ドイツ語のケックに繋がり、若く、生き生きした魅力的な女性を形容する語として使われたりするが、その意味はおおよそ「イカした」といったところである。万物を生命に満たし甦らせるエアクヴィッケン erquicken は水中の生物、魚や海草を生き生きさせるだけではない。水辺や渚や岸辺の樹木や草花を繁茂させ、沼沢地生殖の不可欠の舞台背景でもある Quecke（ヒメカモジグサ）というドイツ語は、沼沢地生殖を論じる際に幾度となく強調した繁茂する、植物的生命の横溢を示す、旺盛に芽を出した叢を表している。

『苦海浄土』はその冒頭から、滔々と溢れ出る泉のイメージが決定的である。

> 年に一度か二度、台風でもやって来ぬかぎり、波立つこともない小さな入江を囲んで、湯堂《ゆどう》部落がある。
>
> 湯堂湾は、こそばゆいまぶたのようなさざ波の上に、小さな舟や鰯籠《いわしかご》などを浮かべていた。子どもたちは真っ裸で、舟から舟へ飛び移ったり、海の中にどぼんと落ち込んでみたりして、遊ぶのだった。
>
> 夏は、そんな子どもたちのあげる声が、蜜柑畑や、夾竹桃や、ぐるぐるの瘤をもった大きな櫨《はぜ》の木や、石垣の間をのぼって、家々にきこえてくるのである。
>
> 村のいちばん低いところ、舟からあがればとっつきの段丘の根に、古い、大きな共同井戸――洗場がある。四角い広々とした井戸の、石の壁面には苔の蔭に小さなゾナ魚《め》や、赤く可憐なカニが遊んでいた。このようなカニの棲む井戸は、やわらかな味の岩清水が湧くにちがいなかった。
>
> ここらあたりは、海の底にも、泉が湧くのである。
>
> 今は使わない水の底に、井戸のゴリが、椿の花や、舟釘の形をして累々と沈んでいた。(14)

『苦海浄土』はその冒頭から泉の湧く海の描写で始まるのだが、そして新作能『不知火』で、

ワキツレ　これは薩摩《さつま》の国紫尾《しび》の胎中《たいちゅう》なる湖《みずうみ》の、竜神が王子常若《おうじとこわか》に候《そうろう》。（中略）

地謡　紫尾《しび》の湖《うみ》の水脈《みお》をくぐって肥後薩摩《ひごさつま》堺《ざかい》の海底《うなぞこ》にせんせんと湧《わ》き出《い》づる泉《いずみ》あり。[15]

と続くのを見ると、まさに『苦海浄土』全編を地下水のように貫徹しているのが、こうした泉のイメージであることがわかる。不知火海は、そこに生きる漁民にとって、「巨《ふと》か泉水」[16]である。そして、水俣病という耐えがたい事件の悲劇性もここにある。水俣の悲劇性は、人類史というか、生類史というか、万物の発祥をマークする沼沢地生殖を思わせる「巨か泉水」にあたかも生命の終焉を象徴する凶兆が現れたかのような様相にあるのである。しかも、それはきわめて強烈に皮肉な現れ方をしている。

「歴史のポエジー」としての母権制時代は、通常、「銀の時代」と呼ばれる。月明かりに照らし出された月下の生命世界が母権時代の神話的なイメージである。銀はその不思議な輝きで古来、人びとを魅了してきた。銀が主として装身具に使われるのはその輝きが邪霊を祓うからである。メソポタミアで金銀銅などの貴金属が貨幣として使われ始めた時、金と銀の交換比率は金一に対して銀一三と三分の一であった。この交換比率が、銀の需要と供給の現代的商品社会の価値交換に依拠しているのではなく、太陽と月の周期に依拠しているのは言うまでもあるまい。

銀色に耀く月の光に水面を照らされた沼沢地生殖の生が営まれている様を想像してみよう。この世界で生類に新鮮な生命感を与えるのは、語源的には、「生き生きとした生命」に関係する言葉だと述べた。銀の輝きを尊重するこの時代に、ひときわ生き生きした銀色の液状金属物質があった。人びと

はそれを生き生きした銀、ラテン語で vivo-argent、その他の言語ではクイックな銀と呼んだ。すなわち水銀 quicksilver である。水俣病事件のなんとも言い難いいやらしさは、水銀という先史母権制を象徴するマテリアが近代化学という溶解液を通過して、メチル水銀として水俣湾に流され、不知火という「巨か泉水」にメチル中毒事件を引き起こしたことにある。

4 「象徴」の語源

「内面への旅」（渡辺京二）としての『苦海浄土』の感動的なシーンのひとつは、チッソ城下町のタブーが打ち破られて、水俣病対策市民会議によって組織されたデモのシーンである。デモの最後尾を歩く水俣の主婦石牟礼道子に、重大な風土の記憶が甦る。

最後尾にくっついて歩きながらわたくしは、虫追いや、遠い天明の雨乞いの祭文や、ドラや鐘の音を想い出していた。どんどん、かかかん、どん、かかかんとドラとカネの音が降りてくる。それは権現様の森の上や矢筈山のとっぺんや、妄霊嶽の方からも聞えてくるのだった。ハラッハラッと汗のしずくをふりこぼしながら、豆絞りの鉢巻を向うにしめあげた男たちが、足をけあげてまわりながら、ドラをかかえてやってくる。いくつもいくつも列をつくりながら。村中の子どもという子どもたちが、いくつもの川のような列についてくる。どん、どん、と六人抱えのドラが打ちこまれると、くるくるまわりながら、鐘打ちがドラを誘導しておどりながら、カンカンと鳴らす。なかでも「おもや鐘」という女性名をもった鐘がいちばんいい音《ね》の色を出す、そのような行列である。
　竜神、竜王、末神神《すえかみがみ》へ申す、浪風しづめて聞めされ、
　姫は神代の姫にて祭り、雨をたもれ雨をたもれ、
　雨がふらねば木草もかれる、人だねも絶へる。
　姫おましよ、姫おましよ。

八月の炎天に、行列はハッハッと息を吐いていた。ねじり鉢巻で汗をふりこぼしながらとび歩いていた雨乞いのドラ打ちの、尻からげの若衆たちは、たぶんもうおじいさんになっているにちがいない。そう思うと、のみくだした遠い昔の祭りの唄などが、ちいさくちいさくきこえようとする。ふいにあの仙助老の棒踊り唄が。

　それらは村々の小径から合流して、町にさまざまの祭りがくるのだった。雨乞いも、ひとつの祭りにちがいなかった(17)。

デモに参加している石牟礼道子は「天明の雨乞いの祭文」や幼い昔に見た雨乞いの祭りを思い出している。三井三池の闘争や安保闘争や樺美智子の死の現代に「天明の雨乞い」を呼び起こしたとしても、決して時代錯誤とは言うまい。ここにこそ、どんどん、かかかん、笛の音やドラの音とともに、新たな石牟礼文学の世界が展開を始める契機があるのである。遠い昔の祭りの唄などが、ちいさくきこえようとするうちに、ふいに「あの仙助老の棒踊り唄」が記憶の深層から甦る。しかし、記憶の深層とはいうものの、その記憶貯蔵庫はどこにあるものなのか。石牟礼個人の記憶装置なのか、それと

もこの土地の町並み、風土そのものなのであろうか。その土地に生きる人間のこころの深層が、それを囲む風土から判然と分かち難く溶け合い混淆して存在している次元がある。そうした「深層」が、虫追いや、遠い天明の雨乞いの祭文や、「どん、どん」「かかかん」のドラとカネの音とともに石牟礼道子の記憶を掘り起こす実に象徴的な場面といわなくてはならない。

象徴的と、特に傍点を付した。「象徴」や「象徴的」はかなり気安く使われる言葉であるが、特に母権的象徴論において使われる場合、特殊な含意がある。以前に、いくらか詳しくクロイツァーの象徴・神話論の骨格を触れたりしたのも、このためである。象徴論は単なる記号論ではない。記号と記号されるものとの間にある人為的了解事項が前提とされている記号論の上にクロイツァーの象徴・神話論が成り立っているわけではない(18)。記号論者の好む言い方をすれば、意味するものと意味されるものの間の恣意性が存在している、しかも徹底的に恣意的に存在しているのである。

留意したいのは、クロイツァーが「起源的先史的象徴」を論じる際に、彼が理論的考察の最初に置いている「象徴」の語源論である。象徴 Symbol は通例、ギリシア語の動詞 συμβάλλειν(シュムバレイン)(何か分離したものを一つに合わせる)から説明される。古来、割り符やペンダント、共食儀式のエンブレム、同盟の徴、通商契約の印章、購買契約、戦闘の合図、封印や結婚指輪まですべてこの意味でのしるし(σύμβολον)(シュムボロン)である。この意味での象徴が社会的意義を有していることは疑いない。しかしこの意味での「象徴」は、それが、その本質とは別のものを「意味している bedeuten」、指示している verweisen」という点では、何かを意味している(stand for)記号一般とまったく区別がつかない。象徴・アレゴリー論を展開する際にクロイツァーがその根底に考えていた象徴概念はそれではないのである。

σύμβολον のより高い意味のためにはこの動詞の二つの意味が思い出されなければならない。一つには「出会う」、「遭遇する」、とりわけ「予期せず遭遇する」であり、第二に、「暗い暗示から推測する」、「記憶の底から思い出す」である。このより高い関係が放置されたことが……祭祀的な象徴に関する根本的に誤った見解を結果しているだけになおさらである。[19]

クロイツァーの象徴論の基にあるのは、人間が動作主体として主格（主語）の位置を占める能動態ではなく、人間が動詞の示す過程に被動者として巻き込まれる「シュムバレスタイ συμβάλλεσθαι」という中動態である。クロイツァーの象徴論が基にしているのは、偶然の出会い、天空に現れた流星など、突然出現する神秘的な印であった。沈黙の刹那の神秘的な言葉なき出会いである。何かが何かを意味しているといった、前もっての約束事を思い出せばそれで済むような事柄は、ここで言う象徴ではない。[20] クロイツァーの象徴概念の基にあるシュムバレスタイという語の最も適切な意味は、「心の奥底から不意に何かを想い出す」である。この意味でのシンボルとは、何かを思い出すきっかけとなる、目に見え、耳に聞こえる物理的現象である。笛の音や銅鑼の音は古来、最たる象徴である。そもそも祭りは何よりも共同体の記憶のためのものである。

雨乞いは人身御供を要求した。水俣病はどれほどの生け贄を要求したことか。「ふいに」思いだすのが仙助老である。石山棒踊りが得意で、ほっておけば百歳まで生きたであろう体を水俣病という「見苦しか病気」[21]に襲われ、最初の生け贄として死んだあの老人である。「死旗」の章で語られるこのエピソードが、あの「アニミズム、プレアニミズムを調合して近代への呪術師となる」という宣言へと続いていた。デモ・シーンは、水俣病闘争の現在に、竜神への祈りを献げるこの風土の過去を出現させ、石牟礼文学に新たな竜神の風土を開く象徴的な場面である。

竜神の世界はすでに、『椿の海の記』、『あやとりの記』、『おえん遊行』の世界である。最初期の『石飛山祭』[22]から『天湖』や新作能『不知火』に至る石牟礼文学の全域に、竜神が姿を現すことになろう。しかし、小論はもうしばらくバッハオーフェンの竜にとどまりたい。というのは、竜こそバッハオーフェンの言う沼沢地生殖の世界の主神的神獣だからである。

5　竜の親族《うから》

西洋の竜はつねに、太古の混沌の表象であり、打ち倒されるべく定められたネガティヴな存在である。いわゆる四大文明のように治水を文化の根底にしている人類は、その開始の起源神話に父権的神格の竜退治の神話を置いている。ウガリット神話はバアルのリヴァイアサン退治を、ゲルマン神話はジークフリートの竜退治を、そもそもヨーロッパの起源を語るエウローペーの略奪譚はカドモスのボイオティアの竜退治を語っている。西洋の竜は、文明化に抗う野蛮と混沌の「象徴」である。人間の住まう土地と場所の獲得が人類史の始まりを記す事件であるとすれば、沼沢や海はギリシア以来、無法の非・空間、無法地帯である。ヨーロッパのキリスト教化は、ヨーロッパ、特にゲルマンやスラブの風景を特徴付けていた原始林と沼の干拓と歩調を合わせており、文明的秩序の支配する場所としての都市の紋章にはしばしば、例えばモスクワの市章のように、征圧された竜が描かれている。竜（龍）や大蛇は母権制神話に頻出する神体である。母権制神話はその蛇崇拝を重視している点でヨーロッパ文化人による受容を生理的に困難にしたと言えるのである。

ドイツの法学会に無視されていた『母権論』が社会的認知を受けるきっかけとなったのは、ドイツのアフリカ進出に伴う現地の法状態の調査を始めたことにあったと前に書いた。東アフリカに進出したドイツの政治経済を揺るがしたのは現地のマジマジ反乱であった。マジとはスワヒリ語で水のこと。トウモロコシを水に浸した魔法の液体《マジ》を飲むと近代ヨーロッパの兵器に立ち向かう勇気を与える。反乱マジマジ兵士は戦いに先立ち、赤身の肉と性行為を断つ禊の期間を置いているが、これはアフリカ古来の天災に対する祈りの儀式（蛇神ボケロ崇拝）を踏襲しているという。アフリカで考えられる天災とは主として干魃であるから、ドイツによってもたらされた災厄に対して「雨乞いの儀式」が差し向けられたことになる。

「沼沢地生殖」という観念に憑かれていたバッハオーフェンにとって竜は、ヨーロッパで一般に想像されている竜とは違う。バッハオーフェンの竜も、原初の水の世界、混沌の世界に君臨する生物であるが、しかしこの世界はバッハオーフェンが沼沢地生殖の時代と呼ぶ原母権的マテリア世界なのである。この世界に君臨する竜神は、旺盛な生命力を誇る神性である。ギリシア神話には、「竜の親族Draconteum genus」と呼ばれる住民で知られる町がある。ボイオティアの都市テーバイである。

「ボイオティア（牝牛の国）」という名からも分かるように、この国は牛の神話に縁が深い。牝牛の神話はそもそもゼウスのいつもながらの浮気沙汰の結果、牡牛の姿に変えられたイーノーに始まるが、その孫に当たる美しい乙女エウローペーにまたぞろゼウスが浮気心を出して、エウローペーを背中に乗せてクレタ島に渡る。故郷では失踪したエウローペーの探索が始まる。三人兄弟の一人カドモスは、かつて祖母のイーオーが渡ったことで「牛の渡し」と名付けられたボスポラス海峡を渡り、エウローペーをむなしく探す。アポロンの託宣を受けると、曠野で出会った牝牛について行くべしと出た。その牝牛の休むところに都を築くのがよいというのである。

すると果たしてカドモスの前に牝牛が現れる。カドモスがこの牝牛が休んだところを都にすることにして、大神ゼウスに感謝の生け贄を献げようと水を求めて人を遣る。鬱蒼と繁茂するくさむらに囲まれて一つの岩窟があり、そこには清らかな泉が滾々と湧き出ていた。そしてその泉に人の手が入るのを防いでいたのが一頭の竜であった。

カドモスの命を受けて泉の水を汲もうとして竜の餌食になる部下から話を聞いて、竜を斃すのはカドモスである。竜は軍神アレースの子であると言われる。アレースの怒りを恐れたカドモスは、まずゼウスを祭って件の牝牛を生け贄に献げ、この土地に都を建てる。竜の非・文明から牛の文明への移行である。エウローペーがヨーロッパの語源となる女神であり、ボスポラス海峡がアジアとヨーロッパを分ける海峡であることを思えば、これらの神話にはそもそもヨーロッパの起源が記されていると考えられる。ヨーロッパとは起源的に、牛の頭数（資本《カピタール》）とそこに生れる牛の子供（利子）に価値の源泉を置く文明である。[23]

しかし竜の文明から牛の文明への移行は必ずしもスムーズなものではない。ある特徴的な痕跡が残る。カドモスが土地を耕し、その畝に死んだ竜の歯を蒔くと、甲冑に身を固めた大勢の戦士がそこから生え出た。スパルトイ（撒かれた者）と呼ばれるテーバイの高貴な家柄であるという。バッハオーフェンにとって、大地に蒔かれた石や歯から生まれ出ることは、地下的冥界的母権民族の特徴である。[24] カドモスとハルモニアの娘アガウエはこの竜の族の一人エキーオーンと結婚し、ペンテウスが生まれた。

ペンテウスに始まるテーバイ王家は不吉な家である。ここにはやがてイオカステーが生まれ、オイディプスが生まれ出る。オイディプスと言えば即座に母子相姦とこだまが返る。母イオカステーとその息子オイディプスという近親相姦の娘として生まれたアンティゴネーと息子のポリュネイケースとの間の近親相姦を想定できるなど、オイディプス家の「親族関係」にはこの種の問題が満ち溢れており、欧米のフェミニストたちを悩ませているが、[25]『母権論』の立場からはフロイトのエディプス・コンプレックスや原始ホルデの原父殺しは受け入れがたい。原母権段階としての沼沢地生殖の世界は父を特定できない世界である。その結果、「母と子」の間ばかりでなく、男性兄弟と女性姉妹の間であっても、「婚姻」がいくらでも可能な世界である。

「母権とはすべからく人間の肉の自由である」（バッハオーフェン）。沼沢地生殖の提示する「母権的マテリアリスムス」の本源的自由から必然的に生じるのが、母子ないし父子相姦や兄弟姉妹間の近親相姦である。エジプトやゲルマンの神話には近親相姦が多発する。近親相姦について多少言葉を費やしたのは、新作能『不知火』が世界の蘇りを願って世界の再創造の作業に入るに際して、姉不知火と弟常若の祝婚、そういう言い方しかできないのであれば、近親相姦のかたちを取っているからである。復活と甦りの世界創造を再現する不知火と常若の婚姻は、姉と弟の血と肉を共有する男女の婚姻を要求する神話的聖婚の定石である。父権的世界史に生きる人間にはいかに不埒に思われたとしても、バッハオーフェンの沼沢地生殖の世界は、要は、近親相姦も自由恋愛もおおいにありうる世界である。沼沢地生殖の時代は、人類史的に見て、道徳発生以前の世界、善悪の彼岸である。「愛からなされることは、いつも善悪の彼岸におこる」(ニーチェ)[26]。

6　復讐の女神が慈みの女神になるには

本書は同態復讐法の彼方を望もうという試みであった。同態復讐法の彼方に広がる世界は近親相姦の世界を通過することになるのである。同態復讐法はこの時代の法である。オレステイアの惨劇については以前に比較的詳しく見た。実の娘イフィゲーエを船団の出発のために生け贄として献げて殺したアガメムノーンを罰し、報復するクリュタイメーストラの奉じる母権の法と、父親殺しを許さないオレステースを庇護する父権の法の直接対峙する惨劇は、そもそもアトレウス家の始祖アトレウスがテュエステースに加えた蛮行によって生じた同態復讐法の贖いである[27]。ギリシア悲劇が用意するもう一つの同態復讐法の修羅場がオイディプス三部作の世界である。『アンティゴネー』、『オイディプス王』、

『コロノスのオイディプス』のソポクレスのいわゆるオイディプス三部作、さらにアイスキュロスの『テーバイ攻めの七将』などを含めたテーバイ王家の血で血を洗う世界こそ、バッハオーフェンの『母権論』の言う同態復讐法の世界である。オイディプス三部作の法は、バッハオーフェンによれば、「殺戮から殺戮を生みだし、同態復讐法を唯一の法と見、暴虐には暴虐をもって報復する血腥い大地の法[28]」である。母権という「大地の法＝権利は死以外のどんな贖罪も認めない、残忍な法＝権利である」。したがって母権制という時代は、決して和解を認めない大地の力の暗鬱で陰惨にして絶望的な崇拝の時代であったことが明らかになった[29]。

しかし、大地の法をただ一面的に血腥い法と決めつけるのは、バッハオーフェンのプラトニズムではないのか。バッハオーフェンが一方で地上的な月下《ズブルナール》の生を謳い上げる歴史のポエジーの時代を提起しながら、他方ではその時代より上位に置かれたプラトニズムの世界に必然的に席を譲らなければならない世界と考えるのは、バッハオーフェンの心が太古母権社会に惹かれていながら、その頭脳がプラトニズムの刻印を受けて二律背反を起こしているからであるとミュンヒェン宇宙論派は考えた。バッハオーフェンの最大の功績は、古代には女性支配の時代があったが、父権的精神原理によって克服されたという、宗教史的進化論にあるのではない。バッハオーフェン最大の功績は、十九世紀末にはすでにすっかりその全貌を現していた大地と海洋が荒廃と汚染に晒され、地球上の生命種が絶滅の危険に晒される時代[30]に、太古の地中海世界の原郷の地中を貫流していた地下水のような太古の大地の生命観を、現代のセメント漬けにされた世界に甦らせたことにあるとミュンヒェン宇宙論派は考えた。

バッハオーフェンのプラトニズムは、ミュンヒェン宇宙論派の徹底的に忌避するところとなった。バッハオーフェン受容史はその発端からして徹底的なバッハオーフェン批判史である。

復讐の女神や同態復讐法を論じてきた本書が、是非排除しておかなければならない誤解がある。母権と父権の抗争というキャッチフレーズで世界に広まった『母権論』の大きな誤解は、エリーニュースの敗北の意味である。地母神を怒らせれば、大地は涸れる。ギリシア神話以降の父権的脚色を施されたオリンピア一二神の世界では、ゼウスの兄弟分とされたポセイドーンはその名の通り、「大地の夫」であり、元来、淡水地の神、沼沢地の神である。海洋帝国化したギリシア時代に、海洋の神となったが、大地に理不尽な悪行が重ねられれば、突如、妻の肩をもって復讐に出る。その怒りは常に大地震と大津波である。アイスキュロスは腹を立てたエリーニュースたちが、都市国家の田畑に津波を押し寄せさせ、塩浸しにする災厄を描いている。これらの自然の威力を敵に回していかなる村落共同体の安寧も都市国家の安寧も期しがたい。ましてや狭い国土を四海に囲まれたギリシアや日本のような海洋国家にとって死活問題である。オレステイアが助けを求めて走ったアテネも同じである。そこでアポロンたち、新参の神々が「法廷闘争」で勝ちを収めたとしても、勝利した神々は古い神々を丁重に祭り上げるのを絶対の条件にしているのである。エリーニュースが「慈みの女神」として祭られるのは、エレウシスの大地の奥深い祠である。実際、そここそ、大地の神々としての地母神の休らうところでなければならない。そこはまた母神デーメーテルの差配する土地であると同時にアイスキュロスの生れ故郷でもある。エレウシスの鎮座する女神たちの安寧を図らないで、都市国家アテネの安寧はありえない。村落共同体の古い女神たちを慰撫して都市国家の新しい神々に下位従属させるギリシアの国家秩序を論じたのは、バッハオーフェンが母権などと言い出す遙か以前に、ヘーゲルであった[31]。バッハオーフェンの母権論を、ヘーゲルの歴史哲学との種別性を意識しないまま論じるのは事柄を混乱させるだけである。ヘーゲルの国家哲学は、エリーニュースと自然の権利を国家に下位従属させた。その後のドイツ国家がどこに行き着いたのかはここで論じないが、古い神々を忘れた近代国家はいつでも巨大地震と巨大津波の猛威に晒されていると言うべきなのであろう。

7 水俣の地母神・杉本栄子

「這う・這入る」を石牟礼文学の基礎動詞と考える本書にとって、「四つん這いで」「必死な形相で、身をよじるようにしながら這いでて[32]」くる一人の女性が最初から神的アウラに包まれている。杉本栄子。「日本近代の病根のもっともふかいところ、もっともねじれの深い、しめ木のところ[33]」に身をおいて、海と魚と狐と猫とカラスの受苦を重ね合わせて体現する水俣の地母神である。

ときどき激烈な痙攣におそわれるこの人が、気分のよいとき、舟魂《ふなだま》さまの声に誘なわれてゆくところ、石はささやき、草もうなずき、鳥たちも隊列を組み直して、その空域をより高く広げようとし、魚たちは背びれを黒く盛りあげてさざめくのである[34]。

アテナイのエレウシスにデーメーテルがいるように、水俣にも地母神がいる。杉本栄子は最初、水俣病で死んだ人間の供養をしていた。すると「茂道地区中の猫が十四・五匹も集まってごちそうをねだり、位牌におしっこをひっかけた。杉本栄子は、水俣病で死んだのは人間よりも猫が先だったことに思い至り、猫、いやそれよりも魚が先と思い直す。ならば、狐も狸も。罪深い人間は一番最後にしなければ供養の効能がないと思う。いや、死民だけではない。生者もまた、弔われる世界の住民である」[35]。杉本栄子の世界は真に生類と自然の共存する世界であり、杉本栄子は人間と動物と植物の間に「血の通う」血権共同体の受苦を体現する母である。

　世の中には、無償のことをだまって、終始一貫、やりおおせる人間たちが、少なからずいるということを知りました。当の患者さんたちにさえ、名前も知られず、顔も知られず、やっている事柄さえ知られずに、いや知らせずに、それこそ、三度のメシを一度にして、ただでさえ貧しい家産を傾けて生命をけずり、ことを成就させるためには何年も何年も、にがい苦悩を語ることなく黙々と献身しつづけた多くの人びとと共にわたしは暮しました。ただ瞠目し、居ずまいを正し、こうべを垂れて過ぎこして来ました。この知られざる献身はいまにつづき、おそらく患者たちの最後の代まであることでしょう。このようなひとびとの在ることはわたくしにとっての荊冠でもあり、未知なるなにかであり、実存そのものでした。そのいちいちを被害民たちは知らずとも、ここに記し、終生胸にきざみ、ゆくときの花輪にいたします。もうあの黒い死旗など、要らなくなりました。

祈るべき天とおもえど天の病む[36]（傍点、引用者）

傍点を打つのは、あのゆき女に託した「もう一つのこの世」ににじり寄る運動が同態復讐法の彼方に着地したことを明示したいからである。同態復讐法の論理を越えるとは、来世や天の摂理に身を委ねることに帰すことと考えられる。しかし「天が病んでいる」場合にはどうなるのであろう。天道是か非か。杉本栄子と夫君杉本雄の場合、同態復讐法の克服は別解を用意しているようである。

「人を憎めば我が身はさらに地獄ぞ。その地獄の底で何十年、この世を恨んできたが、もう何もかも、チッソも、許すという気持ちになった。でもなあ、これは我が心と、病苦との戦いじゃ。それでもまず自分が変わらんことには、人さまを変えることはできん。戦いというものはそこの所をいうとぞな」と、涙をふきこぼし、ふるえながら言われるのは、杉本栄子さんご夫妻である。[37]

「自分がチッソであった」と了解し、「チッソの人の心も救われん限り、我々も救われん」[38]と言うのは、親の仇を討つ同態復讐法から「汝の敵を愛す」隣人愛とも見える境地への移行を体現した緒方正人。「そこまで言うには、のたうち這いずり回る夜が幾万夜あったことか」[39]と、こうした言葉を吐くのに最もふさわしい石牟礼道子が言う。人はみずから苦しむことによってしか学ばない。悩んで学ぶ、パテイン・マテインについては、前にも強調した。天も病み、国家権力も暗愚の交代劇でしかなくなった時代に、地の底で這いつくばって身につけた叡智を体現する無名の人びとがかつての高貴さを復権させねばならない。『苦海浄土』は「救われざる民の魂」に満ち満ちている。

人間一番やさしいのは、架空の権威を持ったキリストや仏ではなくて……。たとえば、チッソと水俣病患者の関係を見てみますと既成の宗教はかたわらに置かれていると思うんです。救われざる民の魂によって、逆に救われていると思うんです。女性史というのは、そこらあたりをさぐらないと語れないと言えます。[40]

徹底唯物論は無神論ではない。それはむしろ、未だ開祖を知らないだけの、万物に神の宿る「宗教以前の世界」[41]である。

「宗教以前の世界」とは、別の云い方をすれば、道徳を知らない世界である。同態復讐法の世界はまた、この上なく不道徳な現象として近親相姦の跋扈する世界でもある。本書は同態復讐法の観点から水俣病事件を見てきたが、実はオイディプス的現象も散見されないではない。「オイディプスの血縁はどこにでもいるのである」と記しているのは石牟礼道子自身である。

胎児性患者を産んだ母親のある者は、寝たきりのまま初潮を迎えた娘を残して死んだ。父親も患者で、寝たきりの娘を嫁御にしたと、村の人びとは囁きあう。畜生ばいと。オイディプス王の血縁はどこにでもいるのである。いやいや、むかし奥深い村々にあった構図を垣間見ただけなのだ。かつての村の日常が、ほとんどそのままの形で、水俣病のしがらみに取り憑いて浮上した。[42]

以前、水俣病の世界を、世界史的意味として国家社会の最初と最後にある枠構造と見なしたことがある。しかし、正確に言い直せば、人類史の、人倫の最初と最後が向かい合っているのである。『苦海浄土』には同態復讐法も近親相姦も等しく観察されるのである。

水俣にオイディプスがいるとすれば、当然、その不道徳を諭して克服するのは、地母神でなければならない。同態復讐法と近親相姦的自由の世界を克服して母権が登場するからである。石牟礼道子が秘蹟を受けなければならないのは、この場合も、地母神杉本栄子である。

この人などは、天鈿女命《あめのうずめのみこと》とはこのような女性であったかもしれないと思うほど、うぶうぶしい愛敬をそなえている人である。ご自分を含め、一村一族、水俣の災厄にからめとられてしまっていながら、そういう村のまぎれもない中心となり、凛乎とした人だが、身内ばかりでなく、村中の心をひきつけてやまないこの人を、たとえていえば、『記紀』成立の過程で抹殺された地母神が、ながい時を経て、熊襲《くまそ》の海辺に咲《え》みあらわれたのではあるまいかと、わたしはおもう[43]。

「茂道の栄子さん」、地母神杉本栄子の周りには、丁度、あのエレウシスの神殿がバウボーのエロスを用意しているように、「土俗のエロスがしぶきをあげる」[44]世界が広がっているようである。石牟礼道子には娼婦制のエロスがあると言えば、誤解の余地もあろうが、沼沢地生殖のエロスには関心を寄せて当然であろう。しかし、それを石牟礼道子の描こうとする世界であるかどうかは別問題である。それは「書きようでは、はやりのポルノと読まれかねない[45]」世界である。ポルノ小説を石牟礼道子に期待しても無駄であろう。石牟礼道子は杉本栄子にからかわれている。「道子さんな、世間のこと（男女のこと）は、だいぶ暗うあらすもんなぁ[46]」。

8　石牟礼道子の遠のエロス

石牟礼道子に期待でき、かつ彼女が実現するのは、ポルノ小説ではなく、別種のエロス小説である。筆者は、これまで幾度か、ミュンヒェン宇宙論派が別名、エロス派と呼ばれていたことに触れてきたが、その独特なエロス概念について触れずにきている。ここではそのエロスの意味するものに簡単に触れておきたい。ミュンヒェン宇宙論派はバッハオーフェンのプラトニズムを批判して、逆転させた。身体と精神の価値秩序を転倒させたと言ってもよい。彼らは沼沢地生殖の物質的自由に、帰るべき魂の原郷を見たのである。「すべからく人間の肉の自由」を主張する母権論はアナーキズムに接している。ウイーンでフロイトの弟子として出発しながら、ミュンヒェン・シュヴァービング界隈で母権思想に染まり、表現主義の父への反抗の風潮の中で「来るべき革命は母権革命である」と主張した精神分析学者オットー・グロースは、国法学者カール・シュミットの最も忌避するアナーキストであったのも当然であった。(47) バッハオーフェンの沼沢地生殖のアナーキズムとは、沼沢地の生物、亀や蛇や蟹や蛙、そして多様な植物、葦、蓮、さらにそこに集まる白鳥や鴨、鶴、コウノトリなど無数の水鳥の織りなす旺盛な生命の氾濫する世界である。すべての物質がすべての物質と混淆し、人間と物質が血縁関係で結ばれ、人間と生類の共愉《コンヴィヴィアリティ》を実現した場であった。その図柄をわれわれはボッシュに見たように思う。

中央パネルの悦楽の園ではこの図とうってかわり、裸体の男女たちが、玄妙な生命を得ている花たちや果実や鳥たちや魚たちや、鹿や山羊や貝などとともに、無心なほどな生の中でたわむれています。(48)

この本源的に自由なエロスのあり方は、男女の性関係にだけ関わることではない。古代世界のコスモスは、万物が二極的な極性を孕んで一つにまとめ上げられる極性連関からなるコスモスである。男と女がそうした極性を帯びたものの一例であるとしても、それがエロスのすべてではない。太古のエロスはヒトの体内に備蓄されるリビドーではないのである。物質そのものに備わり、地水火風の根源的四大の世界に充満して、ひとを彼方に誘うエロスであり、人を性器接触に導く「近のエロス」とは異質の、「遠のエロス」と考えたのが、ミュンヒェン宇宙論派のクラーゲスであった。

クラーゲスのエロス論はきわめて「洗練された」[49]ものである。「セックスとエロスはその本質においても、成立基盤においても根本的に異なる」[50]のである。一つに結ばれることを欲するエロスを「近のエロス」と呼ぶのに対し、遠のエロスは決して一つに結ばれて解消されることなしに、その遠さに守られて極性を失うことのないまま、その相互の牽引力を撓《たわ》ませる。このエロス的欲動の源泉は自然にあるのだが、それを人間の欲望と混同してはならないのである。このエロスが発現する風景の特性は「遙けさ」すなわち「遠」にある。そうしたエロスが振り落ちてくるのが、遠い宇宙の星々、遠い太古の地層、あるいは夕暮時の茜雲からである。セックスとエロスに区別を設け、空間的時間的遠方から来るエロスを尊重する立場が彼らをエロス派と名乗らせるのである。

時間と空間の「遠と近」の極性連関から成るクラーゲスの風景論はそれ自体、独特なものであるが、ここでは立ち入らない。ただ、われわれの主題に必要なことを分かりやすくするために、一例を取る。ミュンヒェン宇宙論派の独特な沼沢地生殖のイメージをカフカに伝えたのがグロースであることは前にも触れたが、ミュンヒェン時代のグロースの恋人がフリーダ・リヒトホーフェンであり、この女性がイギリスに渡り、最終的に結ばれるのがD・H・ロレンスである。われわれが「竜神の子」石牟礼道子との比較のために思い出しておきたいのは、D・H・ロレンスの竜神小説『翼ある蛇』である。

『チャタレイ夫人の恋人』と並ぶロレンスの代表傑作と呼ばれるこの作品にあるのは、理想的な男女の婚姻であるという。理想的とは言え、要は人間の男女である。人間男女に制約されたエロスは、石牟礼道子のお愛想のない言葉で言えば、「接続詞のような性愛」(51)であり、ミュンヒェン宇宙論派の奉ずる「遠のエロス」、「宇宙で生成されたエロス」ではないのである。

9　海と天が結ばれる場所

石牟礼道子には「遠のエロス」がある。水俣の漁民が「巨か泉水」と呼び不知火海を源初的沼沢地生殖の場として、四大がエロティックに燃え上がる中、合一を求める男女は海と空である。

「入魂」という詩がある。その後半だけを引く。

黄昏の光は凝縮され、空と海は、昇華された光の呼吸で結ばれる。
そのような呼吸のあわいから、夕闇のかげりが漂いはじめると、
それを合図のように、海は入魂しはじめる。
わたしは、遠い旅から帰りつくことの出来ないもののように、
海が天を、受容しつつある世界のほとりに、茫然と佇《た》っている。
そしてみるみる日が昏れる。いつもの、光を失った海がそこにある。
海と天が結び合うその奥底に、
わたしの居場所があるのだけれども、

いつそこに往《い》って座れることだろうか[52]。

石牟礼道子の居場所は「海と天が結び合うその奥底に」ある。しかし今は、石牟礼道子は「遠い旅からかえりつくことの出来ないもののように、海が天を、受容しつつある世界のほとりに、茫然と佇っている」。有機水銀に汚染された不知火が再び、かつての海と空に戻ってエロティックに結ばれる光景は不可能であろうか。らちもない感想と思われるかもしれない。しかし筆者には、チッソ水俣病事件という、あえて言えば殺伐な事件の奥底で、不知火海の空と海が、金泥色に染まって結ばれるようなエロスの構図を隠し持っているように感じられるのである。

「海と天が結び合うその奥底に」こそ、彼女のエクスタシーを保証する場所がある。水俣病事件は、水俣川の畔《ほとり》に育った主婦石牟礼道子を「さらに混迷の重なりあう東京[53]」に運んだ。「悪相の首都[54]」に行ったからといって日本列島がよく見えるようになるわけでもない。しかし、石牟礼道子は東京の森の家から別の目を持ち帰っている。あの「なんじみずからの眼をもて／この世のものともおもわれぬ草原をみよ[55]」というスーソーの目である。この時、石牟礼道子三十七歳。「なんとわたしこそはひとつの混乱体である——という認識」と共に改めて、「わたしの抽象世界であるところの水俣へ、とんとん村へ」、「抽象の極点である主婦の座へ[56]」戻る覚悟と共に新たな水俣の風景が広がったのである。

石牟礼道子は故郷を離れていたとは言えまい。にもかかわらず、遠くから故郷に戻るのだ。クラーゲスの「遠のエロス」は、その典型的な形では郷愁であり、帰郷を誘う欲動として実現するのであるが、石牟礼道子もそれを身体的心霊的渇望として言い表している。

私、山に行かないでいると、ほんとうに呼吸困難になる感じがいたしまして。ほんとうにこう、ぎゅうっと胸が小さくなって呼吸するところがだんだん、肺だかなんだか、ともかく息が開かないです。吸えないというか、吐き出せないという感じになってきまして、それで、もうこれはいかん、もうこれはだめ、行かないとだめだと思いまして……(57)

島尾ミホとの対話で、石牟礼道子は彼女の居るべき風土を詳しく伝えてくれている。

海にも行きたいんですけれど、水俣に帰りますと錯乱いたしますから。(笑)。もうほんとうに海に通って雲の動きに見とれまして、おかしかぞあの子はって、よく言われていたような少女だったのですけれども。月が出ると海にまいりまして、よく怖くなかったと思いますけど。海につながってすぐに山があるんです。険しい山ではございませんで、まあウサギの子か猿の子と同じだったかもしれません。潮が引くとずうっと潮を追って沖の方に行くんです。満ちてくると山に登りまして、山の中を歩いて、もう山と海の境がどこやら見分けがつかないんですが、しょっちゅう一人遊びをしておりました。(58)

石牟礼道子の帰るべき故郷が徐々に姿を現してくる。そこは、「海と空のあいだ」、水俣の、われわれが「とんとん村」の名で知るあの渚、「海と天が結び合う」場所、そこで石牟礼道子が「ウサギの子」であるか「猿の子」であるか、その本性の命じるままに、彼女の心が自在に、エクスタシーの状態にあった場所である。

彼女のエロス的欲動はさまざまなエクスタシーの形態を取って実現する。自分の社会的存在を咎める自我構造がどこかに消えてしまい、動物のように自然に没入するのか、あるいは恍惚状態となる。石牟礼道子はいつも「上の空」である。

幼児の石牟礼道子は、「高ざれき」のくせを持つ子供であったという。物売りの「おばさん」とふざけ始めて、狐の「こん！　こんこん！」といった真似をしては、母親に「そげん真似ばしてもう。ほんなこて、取り憑かれるが」としかられる「おかしか子」であった。「狂」とは白川漢字学によれば、獣の霊のよりつくことどあるが、この幼女はその資質を有り余るほどもっていた。狐はむろんのこと、「尺取り虫」「蛾」「ウサギの子」「猿の子」になったかと思えば「狸の気分」にもなる。このような「みっちん」であればこそ、三歳にして、狂った祖母おもかさまと魂の交換もまったくありうることであった。「狂気と芸術のあいだ」の往来を自由にする境地に行き着いた石牟礼文学において、最も大きな変容を遂げるのが「狂女おもかさま」であるのも当然としなければならない。

10　狂女の血統

いつの日かわれ狂ふべし君よ君よその眸《め》そむけずわれをみたまえ(59)

狂ひし血を持つを嫌でも肯《うべな》う日よ向ふから来る自動車が怖くてならぬ。(60)

石牟礼道子は、幼少時から狂女の祖母と心を通い合わせ、しかもその祖母との間で魂が「入れ替わった」(61)血統書付きの狂女である。

しかし、自ら狂うことへの恐れは、水俣病闘争という異常な闘争を戦い抜く石牟礼道子にはまったく感じられない。この尋常ならざる闘争を戦い抜く石牟礼道子の「いつの日かわれ狂うべし」という意識は、「その生と死とをふたたび生き直しながら、自分の中に狂気の持続があることを、むしろ救いにも感じて」(62)、自己の位置と行くべき方向とを決定する究極のアイデンティティの所在を告げさえするのである。「生まれた時から気ちがいの血統」(63)を受け継ぐ石牟礼道子はどこに向かうのか。ここでも一緒に道を行くのはゆき女である。

さらなる闇のこちらにあってわたくしのゆきたいところはどこか。この世ではなく、あの世でもなく、まして前世でもなく、もうひとつの、この世である。逃亡を許されなかった魂たちの呻吟するところにむかって、わたしは、自分に綱をつけてひっぱったり背中を押したたいたりして、ずるずるひきもどす。

この世ではないもうひとつのこの世とはどこであろうか。

生まれたときから
気ちがいでございました

ゆき女に仮託しておいた世界にむけて、いざり寄る。黒い死旗《しにはた》を立てて(64)。

筆者は失礼を顧みず、石牟礼道子を「血統書付きの狂女」とか特異な憑依体質を有する作家とか言い続けてきた。実を言えばわたしには、石牟礼道子が「狂女」であろうと「鬼女」であろうと一向に構わない。問題はそのような資質を有するが故に達成される石牟礼文学である。改めて石牟礼道子の「狂」について整理したい。というのも、彼女が時折、その秘蹟を必要とする杉本栄子に関する文章「地母神」にはある本質的なことが記されていたからである。杉本栄子は、記紀成立以前の人の心性の持ち主であった。

わたしの心のバランスが少し怪しいのは、こういう人びととわたし自身が、まだ近代の中に出てこずに、もちょっと奥の方にいて、風土の心性を保ってきたものたちの声に聴き入って、出て来ないからである。にもかかわらず、躰の方は、終末感の漂う現代に羽交いじめされているような感じがするのは、感じ方の間違いかとも思ってみる。(65)

およそ「狂」を論じるにあたって、忘れてならないのは、石牟礼道子の尊崇する白川静の狂字論である。狂字論の冒頭には「狂」の明快な定義がある。狂的な人間とは、

近代の社会が久しく見忘れていた深層的人間であり、近代社会から疎外されるなかで、あたかも別種の人間であるかのように扱われているが、本来はもっとも自然な、根源的なその始原性のままで、いわばとり残されている人びとであった。(66)

尋常ならざる水俣病闘争を石牟礼道子はあの若い頃の「いつの日かわれ狂うべし」という意識で耐え抜いた。「生まれた時からの気ちがいの血統」を生きる自分が、ゆき女に仮託して、死旗ににじり寄り、支えることが、石牟礼道子の水俣病闘争であった。その石牟礼道子は、「その生と死とをふたたび生き直しながら、自分の中に狂気の持続があることを、むしろ救いに感じて」いた。水俣を訪れた上野晴子が「よく発狂なさいませんでしたですねえ」と言ったのに対し、石牟礼道子は、「いえ、もう発狂しているんですよ」と答えている。(67) 実際、「ゆき女に仮託して」あの黒い死旗を担い続け、

行政や気味の悪い首都東京の道を行く悪相をしたにんげんに接し続けるには、「生まれたときから、気ちがいでございましたので、ほんとうにようございました(68)（傍点、引用者）」と、平然と言ってのける必要があるのだ。若い頃、漂っていた「発狂への恐れ」は変質し、狂は彼女の鞏固な本質と化している。石牟礼道子が、みずから自分の本質を明かしてくれているのが「鬼女ひとりいて」という小文である。

ひがん花の咲く時期が近づくと、心がいよいよあやしくなって、例年なんにも手につかなくなる。

もともと正気にとおい血統で、草木の萌え立つ頃も少しはおかしいのだが、わたしは秋型らしくて、あの繊《ほそ》い一本茎の赤い蕾が田の畦などに出はじめると、なにもかも上の空になる。(69)

と始まる一文で、水俣病闘争を狂いもせずに、というべきなのか、狂い抜いてというべきなのか、「狂気の持続」に自信を深めながら、生き抜いた石牟礼道子を彷彿とさせる文章が続く。

秋もはなからこのように惑乱しているのは、まならうに離れぬ緋の色の花のせいで、それも人気のない大森林の奥へ、えんえんとうち続いて樹海の底に広がる静寂を、灯し出しているその色の中に、往きたいからである。

見廻せばうたというものの最初の発声が、花のひろがるあたりからはじまっていて、生きているという戸惑いが、ここまでくれば少しは消去されてくる。色の調べというのにはじめて接したという気がいつもする。

たぶんこの気分は、わたしの原《ウル》イメエジの世界であって、その色調の流れの中に湧く泉のようなぐあいにわたし自身も湧いている。感覚の外皮がまるまるほどけさって、ここでは自分をとがめなくともよいように思え、わたしは谿底の苔を脱いであらわれる洪積層の霊たちのような気分になってくる。深山の蔭にあるものたちよ、起きよ、というたぐいの言葉が、水の流れに交じって自分の中に湧くのを聴く。たぶんそこはあの、楽園とやらに似たところかもしれない。

山々の間をせりあがってくる太古の海が視え、魚たちのゆくのを視るのもそういう時である。[70]

石牟礼道子の、そこから諸々の文学世界が湧き上がってくる「原《ウル》イメエジ」の世界が、まさにここでくっきりと像を結んでいる。注目したいのは、山々の間に、太古の海を視、魚たちを視るという、通常対立的とされる観念と形象が同時に共存する、あえて言えば、異常な感覚である。常日頃、夢を総天然色で見、おそらく幻聴を聞き、幻覚を見続けているのであろうと想像される石牟礼道子の特異な才能を、血統的な「狂」であると言い張る無礼は承知の上で続ければ、ここには石牟礼道子の「狂気と芸術」間を「自由気ままに」と言うのか、「上の空」でと言うのか、「高ざれきのくせのひっついた」まま、往来する石牟礼道子の秘密があると見て間違いあるまい。「鬼女ひとりいて」という小文は、石牟礼道子の本音を明かしている。

こういう状態を、変調を来たしたとか、ちいっとばかり、間違うとる人間とか自分で云ってみるのは、世間さまへの義理を少しばかり云ってみたまでで、じつはいいよいよ、妖異の方角へわけ入ってみたい本音でもある。[71]

石牟礼道子を喜ばせるのは、端的に次のような景色である。

あらためて見はるかせば、浮き立ってくるような花冠をそこに立たしめているのは、茎というのもさりながら、微細なかげりを組み合わせて集大成されている大地の緑である。蛇行している川や民家や竹叢や、神社の森を形象《かたちづく》っている樹々や草生《くさふ》の、目に快い眺めをととのえている緑というものの豊さの中で、花々の形も色も活かされているのである。それはまた、わたしどもの日常の基調をなす景色でもある。

いささか物狂いじみているにしても、太古の暖流につつまれているような山脈の植生の中でわたしは、小さな蛾のようなものだった。(72)

「小さな蛾」とは言い得て妙な言い方である。『苦海浄土』を、水俣病を告発したエコロジー文学に数えたがる傾向が世界的に散見されるが、(73) 母権派エコロジストのラインハルト・ファルターによれば自然環境保全運動は、それが環境を保全できたり、あるいはそれは当然、環境を破壊できたりする外的対象として見ているという点で、近代の主客二元論のパラダイムに位置している。母権的マテリアリスムスは人間の意識の生成よりも前に大地の先在を置く思想である。

エコロジーという人を惑わす名を冠した諸々の努力においては、そもそも大地の病人（病気そのものではない）であるところの人間が、大地の医者として立ち現れている。「自然を新たに考える」とは自然保護を新たに自然による人間の保護として考えることであるのだが、それも、自然が弱く保護を必要としているからなのではなく、人間が自然の一定の所与に依存している、とりわけ、人間を取り囲む自然がある一定の基本関係を保証する性質のものであるという事実に依存しているためなのである。この基本的関係は子と母親の関係と言うことができる、実際、ある意味、人間は自然の臍の緒に依存しているのである。近代の、自ら啓蒙の名を与えた幻惑の中で、それから自らを開放できる、あるいはすでに臍の緒を断ち切ったのだと思い込んでいることは、この母と子の事実にいささかの変更をきたすものではなく、人間がこれらの事実に即して正しい振る舞いをしていないこと、この誤った行動が人間みずからと多くの生類に損傷を引き起こしている結果を大いにあり得るものとしているのである(74)

石牟礼道子の描く自然と人間との関係には、環境保護運動の巻き込まれている絶えざる自然科学化という逆説を解き明かす可能性を示しているのは間違いあるまいが、この議論をここで追うことはしない。本書の枠の中で強調しておきたいのは、ちいっとばかり変調をきたした、「小さな蛾」たる石牟礼道子を囲む環境世界の質である。豊かな植生に囲まれて、洪積層の霊たちが甦る風景は、空間的にも時間的にも、幾重もの重層性を帯びた遙けさを示している。クラーゲスのエロス論が言おうとした、遠い時を隔てて甦る遠方のエロスである。いくらか神秘主義的な響きを恐れずにクラーゲスの言葉を借りて言えば、遠の遙けさのみが有するアウラを帯びて、目に見える近の風景に近づきがたい遙けさのエロスが張り詰めるのである。このアウラの風景の満たしているのは、個々に分析的に還元できる自然対象ではなく、音調と色調を奏でながら全体を一つの雰囲気にまとめて、蛾のような人間存在を暖かく包む景色である。「洪積層の霊」が時間的遠方のみが有するアウラを帯びて甦り、そこでは当然、母権的マテリアそのものである水が、彼女自身の憑依体質を刺激する。石牟礼道子は洪積層の地霊にも、母権的物質の水にも憑かれている。水音はニンクが詳しく論じたように母権的古代社会の至る所に見出される予言術 Mantik の声の寄り付く代表的マテリアである。予言で知られるのはデルフォイであるが、この種の予言術はギリシア神話の世界には限られない。エッダの「巫女の予言」が伝えるゲルマン神話にも水音は遍在している。ギリシアのデルフォイにしても、ゲルマンの北ヨーロッパの海辺にしても、あるいは日本の恐山にしても、憑依と予言をこととする巫女たちの聖地は水辺にある。こうした色と音に満たされた神話的太古の雰囲気が石牟礼道子に「蔭にあるものたちよ、起きよ」という声を湧き起こさせる。「起きよ」は石牟礼道子にはめずらしく、手足の萎えた人びとに「立ちて歩め」と命令を発するガリラヤのイエスめいた預言者的権威に満ちた言葉である。両者ともに、何かに憑かれて、「ちいっとばかり頭に変調をきたしているのだ」と言ってはバチが当たるだろうか。しかし、イエスはどうあれ、みずからを産み出し開放する自然の中で、「暖流」に包まれた蛾に変身した石牟礼道子の頭の中には水の精を集めて跳梁跋扈する竜が住みついているのである。ドイツ語教師の突飛な連想をお許し願いたいが、ドイツ語では、頭の調子を狂わしているのを表現するのに「頭の中にヴルム（Wurm）がいる im Kopf einen Wurm haben」と表現する。Wurm とは、「空を飛ぶ鳥」、「水中を泳ぐ魚」、「大地を歩む動物」と共に、生類を四種類に分ける聖書的分類を構成する「地を這うもの」の総称で、小はウジムシ、尺取り虫から、大は蛇や竜に及ぶ。

本書は「這う」「這入る」を石牟礼文学の基本語彙と考えてきた。この関連では「地《つち》の低きところ」

を這う虫（人間）を度外視できない。石牟礼道子に乗り移った浜本フミは「わしゃ地《じだ》ば這うばっかりの虫」と言っていた。東京から水俣にやって来た支援者たちも地べたを這い、水俣から東京に出て来て、患者たちも丸の内の地べたを這い、あるいは手足を持たん虫の死ぬ時のように這い出て、「かかしゃん、シャクラの花が」と母に話し掛けた溝口きよ子もいた。

　世界の神話はそろってそうした地を這うものの中で最大のものが世界の終末に現われると語っている。ゲルマン神話の『エッダ』の「巫女の予言」は世界終末（ラグナロク＝神々の黄昏）に現われる竜（Lindwurm）を語り、聖書のヨハネ黙示録は赤く巨きな竜を語る。

　新作能『不知火』に登場する夔《キ》もまた地を這う竜であった。白川静の『字統』や『中国の神話』によれば、夔とは『山海経』に出てくる仙獣で、「楽祖」であるという。[75] 夔は、「龍にして一足」とある。「地の低きところを這う虫たち」が丸の内を這い回る中、「盲瞽女《ごぜ》」たる石牟礼道子の頭の中を這い回り始めたWurmに最もふさわしいのはこの夔でなければならないだろう。

　滝の生み出す電力エネルギーが水と竜の姿を駆逐して久しい現代に、水と竜の、いわばギリシアのアポロンの予言の聖域デルフォイを思わせる古代的心性を持ち続けている人間がいることはそれ自体奇跡的なことかもしれない。そのような世界を幻視する人間、ないし「鬼女」が何事でもないかのように、「悪相」をきわめ、干涸びた現代の軽文明に「生まれたときから気ちがいでございましたので、ほんとうによう ございました」とばかりに生き抜き、書き続けている。それも驚くべき事かもしれない。しかし、真に奇跡的なのは、「私の故郷にいまだに立ち迷っている死霊や生霊の言葉を階級の原語と心得ている私は、私のアニミズムとプレアニミズムを調合して、近代への呪術師とならねばならぬ」と、最初から明確に意識された芸術意欲とともに、石牟礼文学が開始され、それが貫徹されたことなのである。

11　甦る天草の記憶

石牟礼文学を地下水のように貫いている「原《ウル》イメエジ」がそのようなものだとすれば、幼い石牟礼道子が竜の掘られたべっこうの簪《かんざし》を挿した可愛らしい四歳児として登場する小文に特別な関心を寄せざるを得ない。「あちゃさま」が挿してくれたものだという。「あちゃさま」という言葉をわたしは知らなかったが、「チャンコロ」などという軽蔑語が使われる以前、熊本では中国人を尊敬と好意を込めて「アチャさん」と呼んでいた。(76)「あちゃさま」は天草ことばらしい。天草の大叔母の一人が「花の長崎」を訪ねたお土産であろうか。竜が掘られたべっこうの簪である。しかし、竜とは何なのか、四歳の幼女には分からない。

――りゅうちゅうのは、何《なん》。

――そりゃなあ、天ば、飛ぶにきまっとる。

――カラスのごたっと？

――なんのカラスぐらいじゃろうか。神さまのお使いじゃや。海の底に棲んどらすと。

――魚《いお》の神様な。

——魚じゃなか。ほら、雨乞いのあるじゃろう。(77)

雨乞いが作中、および石牟礼文学にとって、いかに大きな象徴的機能を果たしているかはくり返さない。「八月の炎天に、行列はハッハッと息を吐いて」「入神の気配」の記憶を呼び覚ます。幼児期の記憶が甦るのである。甦るのは、幼少時の石牟礼道子の経験している龍神への祈りである。「たすき鉢巻姿の男たちが大太鼓を抱え、地を蹴って跳びながら、入神の表情で龍神さまを呼んでいた」。雨乞いの祭りは、石牟礼道子の「幼な心にも感動的な情景だった」(78)。

四歳児の幼女は龍は「天ば飛ぶぞう」と聞いて、お寺で見た「仏画の天女」を思ったりする。竜を彫り込んだ簪を挿した幼女は「花の長崎、べっこうの簪とあちゃさま、龍の飛ぶ天と海。夕凪《ゆうなぎ》色を宿して沈む海を見下して、花というものを幻視した。人の世の海に浮上してひらく、睡蓮のようなイメージだった」(79)という。

「簪」は、長崎を訪れた石牟礼道子がおくんちの調べで甦る風土を描いている。風景は典型的に遠のエロスに溢れている。陸と海がからだを寄せ合う海岸。黄昏の中、海と空のエロスが金色に染まって一つに結ばれる。甦る遠い過去と現在という時間の極性が風景の極性とともに、時間と空間の極性連関の大枠を構成する。その中に充満するエロスの中から、最終的に窮極のエロス対象としての幼年期の原郷が呼び覚まされるのは、遠のエロスの論理というものである。

陽が沈む前のひととき、天からゆらゆらと襞になっているような冷たい風が、渚にそって流れてくる。それが知らせのように、海と陸とのあわいの時刻は相貌を変える。

空ぜんたいが、刃の反ってくるような薄の蔭に縁どられ、ステンドグラスになってゆっくりまわる。足元に這う野菊もつわぶきの円い葉も、金泥色に浮きながら沈みこむ。幼女は入魂する。海辺の黄昏に入魂される。心はふわりと浮き上り、鳥の目のようになる。(80)

この金泥色の風景には現われるべきものが現われるだろう。龍である。

町衆たちの心にひらく花が閉じてゆく黄昏、わたしは童女に戻り、人っ子ひとりいない薄の渚辺から、金泥色の海に沈む龍を視ていた。

笛の音すわが玄郷へゆくほかなし(81)

笛の音が風に乗って聞こえてくる土地の方角を誤ってはなるまい。それは即物的には長崎おくんちの笛の音であるにしても、それが象徴的に指し示すのは、竜神を祭る南九州の風土である。「玄郷」とは、個人の記憶装置の中に保存されているものなのか、それとも人間と外界の風景を分け隔てる外壁のような「感覚の外皮」がまるまるほどけさって、その意味では自我装置が砕け散ったエクスタシーの中でのみ甦る自己と風土の一体感の中に、象徴的に、保存されているものであろうか。『希望の原理』（エルンスト・ブロッホ）の美しい言葉を思い出す。ブロッホは『希望の原理』の最後に、ヨーロッパ文学全体から故郷への帰還のモチーフを集めていた。ひとが帰る故郷とは、ひとがまだ自我の目覚めきらない幼少時の魂と身体が過ごした場所、つまり「すべての人間の幼少時を照らしだすものであるとともにまだかつて誰も行ったことのないところ(82)」である。石牟礼道子がその幼児期を過ごした天草が、誰もが経験していながら、まだ誰も行ったことのない幼少時代という故郷として、ことば以前の「どこにもない場所《ユートピア》」の耀きを持ち始めるのである。幼児退行ではない。東京丸の内で血権闘争を経験した石牟礼道子にとって天草は、窮極の血権闘争、島原・天草の乱（『春の城』）の舞台として甦るのである。

12　竜神の子

うんどんげの　うんどんげ
うんどんげの家移《やうつ》りに
加勢さる神は
うんどんげの海の
竜樹竜神《りゅうじゅりゅうじん》さまと
うんどんげの山の
山鳴りかみなり
火柱《ひばしら》の神
きやあがら　きやあがら
きやあがら帆(83)

竜の簪を挿したみっちん、長じて石牟礼道子が竜神の特別な「加勢」を受けた女性であることを如実に示すシーンが、『苦海浄土』にある。石牟礼道子が江津野家を訪れた時のことである。入口以外に光を採る窓がない暗い室内が、エスロン板を通して漏れる青い光に染まる「韻々《いんいん》たるわだつみのいろこの宮[84]」のようなたたずまいである。いろこの宮といっても、青木繁の描くそれのようなロマネスクな情緒はなく、江津野老の家はこれこそ天草・水俣の漁民の家という風情で、竜神さまが祀られている。おそらくこれは石牟礼道子が幼少期から見知った天草の典型的な居ずまいで、そこで「見るからに老い先みじかげな老夫婦[85]」から「天草なまりであねさん！と呼びかけられると」石牟礼道子は、「生まれてこのかた忘れさられていた自分をよび戻されたような、うずくような親しさを、この一家に対して抱くのだった[86]」。

二度目に訪ねた石牟礼道子は、この家に設えられた九竜権現さまのことを聞く。九竜権現さまは「運気の神さま[87]」で、江津野夫婦が天草を離れる時に、土産に持たされたというお守りがある。竜の鱗《うろこ》だと言うのであるが、そこで不思議な現象が描かれる。江津野老が「竜のうろこ」を「あねさん」の手の平に載せると「みているうちにまことに微かに、じりっとみじろいだのである」。

> 「あれえ、あねさん！
> よう見てはいよ。ほらほら、あんたはよっぽど運気のつよかひとばい。ほらほら、権現さんのぴくぴく動きよらす。握っちゃならん。ひろげて見とんなはれ。」（中略）
> 「へえっ、あねさん、あんたよっぽど運気のつよかひとばい。ほんにあんたのようなひとはめずらしか。いんま、きっと、よかことのあるばい。この神さんはウソはいわっさんで[88]」

『苦海浄土』はなお、江津野家の不幸を語り続けることを余儀なくされるだろう。「あねさん」には吉兆を見せた竜のうろこは、敏昌にはぴくりとも動かない。敏昌をはじめとする胎児性水俣病患者の物語はまだまだ終わらない。敏昌の遺影を握り潰した「悪相の首都」を行き交う「正気もん」たちへの怒りは、東京への憎悪を駆り立てて行くのも見た通りである。しかしそうした諸々のすべてにかかわらず、「あねさん」は権現さまの特別な加護を受け続けているようである。

水俣病が事件と化して、「ミナマタ」の名が日本中に知られ始める頃、昭和四十年、「海と空のあいだに」の連載が『熊本風土記』で始まった。風土記という名称から、奈良時代に朝廷が諸国の国司に命じてそれぞれの土地の産物、肥沃土、山川原野の名前の由来、古老の伝える昔の出来事などを書き上げて報告するよう命じて出来上がったもの位の知識しか持たなかったが、専門書によると、各地の風土記には、「ヤマト王権が列島各地に勢力を及ぼしていく中で滅ぼされた土着勢力の姿が、さまざまな姿で描かれており、その代表的なものが土蜘蛛である」[89]とあって、感銘を新たにする思いがする。熊本風土記の編集長は最初から、象徴天皇を頂く戦後民主主義の中央政権にまつろわぬ現代の熊襲《くまそ》の地を這い回る土蜘蛛の記録を収めるつもりでいたのであろうか。「昭和四〇年秋、雑誌『熊本風土記』創刊号に石牟礼道子の「海と空のあいだに（一）」がのった」。同人の前に山中九平少年や仙助老人が現れたのである。[90]『熊本風土記』は石牟礼道子が登場するのにもっともふさわしい名称を備えた文芸誌であったように思われる。しかし、まさにこの時期、『熊本風土記』の編集長渡辺京二はいよいよ、渡辺狂児になろうとしていた。

印刷費滞納などが主な理由となって同誌廃刊ののち、隠棲の哲学者になりきろうとつとめている風であったが、ながい沈思ののち、生活の資をうるための英語塾の同僚ひとりを伴い、ビラをまき、ある朝、熊本市からきてチッソ水俣工場正面前に端然と坐りこみを敢行した(91)。

坐りこみに先だって書かれたビラに渡辺京二の書いた「血債は返済されねばならない」は、すでに見た。「これをひとつの意志表示として『熊本風土記』同人、高校教師本田啓吉氏を代表とする『水俣病を告発する会』が、熊本市に誕生(92)」し、「気狂いとも言うべき運動(93)」（松岡洋之助）が続く。「あとは血迷うのみである(94)」（福元満治）。しかし、全国化する水俣病闘争は、『熊本風土記』の終刊を余儀なくする。『熊本風土記』の編集長は、全国展開する『水俣病を告発する会』の機関誌『告発』の編集長を担うことになるからである。『熊本風土記』に連載されていた「海と空のあいだに」を基に『苦海浄土』が出版されたのは一九六九年。これを第一部として、ほぼ四〇年近い年月が経過した二〇〇四年、第三部の改稿と第二部の完成をもって、『苦海浄土』三部作として完結した。

繋《つな》がぬ沖《おき》の捨《すて》小舟《おぶね》
生死《しょうじ》の苦海果《くがいはて》もなし

『苦海浄土』第一章「椿の海」の扉頁に置かれて、『苦海浄土』の代名詞となった観のある弘法大師和讃である。しかし、筆者には、『苦海浄土』三部作は、「繋がぬ沖の捨小舟」などではなく、金泥色に染まる海と空のあいだを昇り上がる「龍の船(95)」に思えてならない。江津野老夫妻の言葉に同感の思いを強くする。

「あねさん、あんたはよっぽど運気のつよかひとばい。」

謝辞

本書の機縁となったシンポジウムについては「はじめに」に書かせて頂いた。発表はせいぜい三〇分ほど、お茶を濁せば済む話である。早々とは抜け出せない深みにはまったのは、その後、渡辺京二先生のお誘いを受けて、気楽に熊本の人間学研究会での講演を引き受けてしまったことである。ドイツ語で三〇分話したものを、日本語で一時間に水増ししたところで、どうにもラチの開く話ではない。しかし、「同態復讐法の彼方にアニマの言語を求めて」という粗筋は三〇分の口頭発表だからこそできるのであって、一冊の書物にするに足るほど、文章を綴ることのできるものなのであろうか。やれるところまでやってみよう。ダメなら綺麗さっぱり諦めるつもりで、恐る恐る始めた人間学研究会の季刊誌『道標』ではじめた連載は、結局、『道標』第二〇号（二〇〇八年春）から三五号（二〇一一年冬）まで、足かけ四年にわたって続く羽目となった。

ドイツ文学者・ドイツ語教師のわたしが石牟礼道子を論じるには、日本文学の論じ方に通じた相談相手が必要であった。相談相手は当時、わたしの所属する大学院博士課程で宮澤賢治を研究していた村瀬甲治君であった。夜、真正面に東京都庁の窓明かりを楽しめたわたしの研究室で『神々の村』を語り会う内に、話が江郷下マサが解剖された愛娘を背負って鉄路を歩くシーンに及んだ。このシーンに衝撃を受けていたわたしに、切り刻まれた愛娘の遺骸を包んで血と体液を滴らせる繃帯がまさに石牟礼道子の言語態なのだと言って、わたしにイシスのヴェールを連想させたのは村瀬君だった。その夜、わたしたちはその鉄路を見たくなって水俣旅行を思い立った。

江郷下母子の歩んだと覚しき鉄路を目で確かめ、石牟礼さんお奨めの湯の鶴温泉に一泊し、天草を回って熊本に石牟礼・渡辺両先生をお訪ねした折、このシーンの清書をしたのは山田梨佐さんだったと伺った。この頃から、わたしの石牟礼道子研究は軌道に乗ったのである。

もう一人、名を挙げて感謝しなければならないのは、職場（東京大学駒場）の同僚だったガブリエーレ・シュトンプ（Dr. Gabrielle Stumpp）さんである。本書の発端がドイツ語での発表であったせいもあって、最初からシュトンプさんの助けが必要であった。長年の同僚としてわたしの先史母権趣味を知っていたシュトンプさんは、東大駒場に赴任する以前、DAAD派遣講師として熊本大学に勤めており、水俣病事件についてもいわば土地勘を持つ、わたしにとっての貴重な相談相手であった。その後、ドイツに帰国された後も、わたしの「同態復讐法の彼方」を目指した放浪に目処を与えてくれそうな著作を見つける度に教えてくれた。それらは本書を書き進める上で貴重な養分であった。

このかれこれ七、八年、暇が取れると熊本を訪れては、石牟礼道子、渡辺京二両先生をはじめ『道標』のメンバー面々と過ごした時間はわたしにとってこの上なく楽しい時間であった。年額なにがしかの会費を払えば、自分の書きたいものを書け、読みたい人の文章を読めるこの季刊同人誌はわたしにありがたい存在であった。しかし、お断りするまでもなく、本書は石牟礼道子、渡辺京二両先生の御同意を得て書かれたという性質のものではない。会の趣旨に添わせる努力を払った訳でもない。書きたいことを書ける。そんな場がわたしには嬉しかったのである。昨今、そのような場は極端に少ない。『道標』はそのような場を探す人にとってこの上ない場であると、この場を借りて宣伝しておきたい。研究会の維持運営、雑誌発行の実務を支える山本哲郎・淑子先生をはじめとして辻信太郎、榎田弘さんたち「人間学研究会」の面々に深く感謝する次第である。

ドイツ文学者の書いた『苦海浄土』論という素性の怪しげな本の出版をお引き受け頂いた藤原書店に感謝する。石牟礼道子全集『不知火』の版元である藤原書店からわたしの本を出して頂けるのは光栄なことである。表題からはそうは見えないかも知れないが、この本はわたしのドイツ文学者としての総決算である。学生時代以来、ひたすらドイツ語で読んで来た事柄を最終的に集約して論ずべき対象がドイツ語圏文学に見つからず、他ならぬ日本にしか見つからなかったわたしを、可哀想なドイツ文学者ぐらいに考える人がいたら、その人はよほど事情に通じていない人である。わたしにとっては、自分が全力を投入できる対象作家が日本にいたことは幸運だった。ドイツ語教師の職を定年退職する時期を直前にして、この本の完成を最後まで見届けてくれた書店の小枝冬実さんには感謝のことばも見つからない。ここは万感を込めてダンケとだけ言わせていただく。

二〇一四年　春三月

臼井隆一郎

(79) 同IX、376 頁。

(80) 同IX、374 頁。

(81) 同IX、379 頁。

(82) エルンスト・ブロッホ『希望の原理』第 3 巻、山下肇・片岡啓治・沼崎雅行・石丸昭二・保阪一夫訳、白水社、1982 年、610 頁。

(83)『あやとりの記』VII、31 頁。

(84)『苦海浄土』II、138 頁。

(85) 同II、139 頁。

(86) 同II、142 頁。

(87) 同II、146 頁。

(88) 同II、147 頁。

(89) 義江明子『作られた卑弥呼――〈女〉の創出と国家』ちくま新書、2005 年、14 頁。

(90) 本田啓吉「義勇兵の決意」石牟礼道子編『水俣病闘争　わが死民』148 頁。

(91)『神々の村』II、342 頁。

(92) 同II、342 頁。

(93) 松岡洋之助「“勝利”の苦い果実」石牟礼道子編『水俣病闘争　わが死民』224 頁以下。

(94) 福元満治「患者の魂との共闘をめざして――水俣病闘争における個別性の確認」石牟礼道子編『水俣病闘争　わが死民』154 頁以下。

(95)「饗」IX、378 頁。

(49) マーティン・グリーン『真理の山』進藤英樹訳、平凡社、1998 年、239 頁以下。
(50) クラーゲス『宇宙生成的エロース』田島正行訳、うぶすな書房、2000 年、214 頁。
(51)「高群逸枝との対話のために——まだ覚え書の「最後の人・ノート」から」Ⅰ、298 頁。
(52)「入魂」XV、66 頁。
(53)『苦海浄土』Ⅱ、217 頁。
(54)「悪相の首都」Ⅳ、451 頁。
(55)「高群逸枝のまなざし」XVII、375 頁。
(56)『苦海浄土』Ⅱ、218 頁。
(57)「ヤポネシアの海辺から」(島尾ミホとの対談) Ⅵ、385 頁。
(58) 同 Ⅵ、385 頁。
(59)「満ち潮」Ⅰ、504 頁。
(60)「うから」Ⅰ、541 頁。
(61)『あやとりの記』Ⅶ、17 頁。
(62)「狂気の持続——『潮の日録』あとがき」Ⅵ、580 頁。
(63)「絶対負荷をになうひとびとに」Ⅲ、433 頁。
(64)『神々の村』Ⅱ、332 頁。
(65)「地母神」Ⅹ、506 頁。
(66) 白川静『文字遊心』平凡社ライブラリー、12 頁。
(67)「ヤポネシアの海辺から」(島尾ミホとの対談) Ⅵ、356 頁。
(68)「もうひとつのこの世へ」Ⅳ、462 頁。
(69)「鬼女ひとりいて」Ⅹ、394 頁。
(70) 同Ⅹ、397-8 頁。
(71) 同Ⅹ、397 頁。
(72) 同Ⅹ、398 頁。
(73) Joachim Radkau: Die Äre der Ökologie. München 2011. S. 329f.
(74) Reinhart Falter: Natur neu denken Drachen-Verlag. Rieden Allgäu 2003. S. 7.
(75) 白川静『中国の神話』中央公論社、昭和 50 年、151 頁。
(76) 渡辺京二×津田塾大学三砂ゼミ『女子学生、渡辺京二に会いに行く』亜紀書房、2011 年、131 頁。
(77)「簪」Ⅸ、375-6 頁。
(78) 同Ⅸ、376 頁。

2002年、参照。
(26) ニーチェ『善悪の彼岸』信太正三訳、ちくま学芸文庫版ニーチェ全集11、139頁。
(27) バッハオーフェン『母権論』第1巻、岡道男・河上倫逸監訳、みすず書房、1991年、216頁。
(28) 同、第2巻445頁。
(29) 同、第1巻205頁。
(30) クラーゲスの『人間と大地』は鎖を解き放たれた「精神」によって絶滅に曝された生命種を数え上げることによって、現代エコロジーの古典となった。J・ヘルマント『森なしには生きられない』(山縣光晶訳、築地書房、1999年) 第7章「エコロジーの宣言「人間と大地——進歩に背を向けたひとクラーゲス」194頁以下参照。
(31) Hegel: Über die wissenschaftlichen Behandlungsarten des Naturrechts, seine Stelle in der praktischen Philosophie und sein Verhältnis zu den positiven Rechtswissenschaften. Werke in 20 Bänden.
(32)「昏れてゆく風」X、233頁、235頁。
(33) 同、237頁。
(34)「地母神」X、505-6頁。
(35)「石牟礼道子の世界」山本巖ブックレット『辺境から』書肆侃侃房、2002年、27頁。
(36)「天の病む」VI、503-4頁。
(37)『苦海浄土』「あとがき」III、591頁。
(38) 同III、592頁。
(39) 同III、592頁。
(40)「この世にあらざるように美しく」III、501-2頁。
(41)「ヤポネシアの海辺から」(島尾ミホとの対談) VI、380頁。
(42)「海はまだ光り」X、515頁。
(43)「地母神」X、505頁。
(44) 同X、504頁。
(45) 同X、504頁。
(46) 同X、505頁。
(47) ニコラウス・ゾンバルト『男性同盟と母権制神話』田村和彦訳、法政大学出版局、1994年、123頁。
(48)「高群逸枝のまなざし」XVII、223頁。

(12)『苦海浄土』Ⅱ、215 頁。
(13) Martin Ninck: Die Bedeutung des Wassers in Kult und Leben der Alten. 1921. S. 26.
(14)『苦海浄土』Ⅱ、8-9 頁。
(15) 新作能『不知火』オリジナル版、XVI、12-13 頁。
(16)『苦海浄土』Ⅱ、205 頁。
(17) 同Ⅱ、236-237 頁。
(18) 第 1 章注(27)で挙げたバッハオーフェン受容史関係の論文から象徴・神話論を日本語にまとめにしたとして次のものを挙げておく。「遭遇の言語態――ドイツロマン主義の象徴・アレゴリー論」山中桂一・石田英敬編『シリーズ言語態　1　言語態の問い』東京大学出版会、2001 年、241-260 頁。バッハオーフェンの埋葬埋葬解釈学については以下の論攷を参照されたい。Bild und Sprache der Sepulkralehermeutik Bachofens(バッハオーフェンの埋葬解釈学における形象と言語)同紀要。第 36 巻第 1 号。1988 年 11 月。65-108 頁。Differenzen der Symbol-Mythos-Korrelation bei Creuzer und Bachofen(クロイツァーとバッハオーフェンにおける象徴・神話関係の差異). In: Literarische Problematisieung der Moderne. Deutsche Aufklärung und Romantik in der japanischen Germanistik. Herausgegebn von Teruaki Takahashi . München 1992. S. 171-184. 他。
(19) Friedrich Creuzer, a.o.O., S. 507.
(20) Ryuichiro Usui: Symballesthai Die logozentrische Verdrängung des Symbolischen in Friedrich Creuzers Symbol-Mythos-Konzeption in LIT(東京大学大学院総合文化研究科言語情報科学紀要)6 号(1998)pp. 1-13. R. Usui: Alfred Schuler. Draußen von den Porten des allegorischen Zeitalters. LIT 7 号(1999)pp. 1-15. R. Usui.: Urpolarität und symbolische Urerinnerung. Daniel Paul Schrebers Denkwürdigkeiten am Instrumentarium Ludwig Klages, in: Perspertiven der Kebensphilosophie. Zum 125. Geburtstag von Ludwig Klages. Hrsg. Von Michael Grossheim. 1998. Bonn (Bouvier Verlag) pp. 77-95.
(21)『苦海浄土』Ⅱ、57 頁。
(22) 石牟礼道子「石飛山祭」『群像』2011 年 3 月号、154 頁以下。
(23) フロリアン・ヴェルナー『牛の文化史』臼井隆一郎訳、東洋書林、2011 年、31 頁。
(24) バッハオーフェン『古代墳墓象徴試論』445 頁他。
(25) ジュディス・バトラー『アンティゴネーの主張』竹村和子訳、青土社、

(61)「絶対負荷をになうひとびとに」Ⅲ、434 頁。
(62)『苦海浄土』Ⅱ、110-1 頁。
(63) 同Ⅱ、114 頁。
(64)『天の魚』Ⅲ、271 頁。
(65) 同Ⅲ、271 頁。
(66)「東京非人」Ⅴ、436 頁。
(67) Alfred Sohn=Rethel: Soziologische Theorie der Erkenntnis. Frankfurt am Main 2002. S.217f.
(68) photo by Ichige Minoru.『不知火——石牟礼道子のコスモロジー』藤原書店、2004 年、107 頁。
(69) 石牟礼道子「神話の海へ」緒方正人語り・辻信一構成『常世の舟を漕ぎて』世織書房、1996 年、序文 IV 頁。
(70) 高橋勤「ことばの近代——石牟礼道子における文学と風土」『文学と環境』第 6 号、2003 年、30 頁。
(71)『神々の村』Ⅱ、594 頁。
(72) 藤本憲信『石牟礼道子作品にみる地域語の世界』コロニー印刷、2005 年、はじめに。
(73)「新作能『不知火』」オリジナル版、XVI、20-21 頁。

第 7 章　竜神の子

(1) 高群逸枝『火の国の女の日記』理論社、1965 年、23 頁。
(2)『資本論』MEW（マルクス・エンゲルス全集）23 巻 155 頁。
(3) 拙著『榎本武揚から世界史が見える』第 2 章「幕末のプロイセン」PHP 新書、41 頁以下。
(4)『オイレンブルク日本遠征記』（上・下、新異国叢書）中井昌夫訳、雄松堂、1969 年。
(5) マルクス・エンゲルス全集 MEW23 巻、530 頁。
(6) 入口紀夫『メチル水銀を水俣湾に流す』日本評論社、2008 年、21 頁。
(7) 同、24 頁。
(8) 同、28 頁。
(9) 同、20 頁。
(10) 拙稿「資本主義の冥界」臼井・高村忠明編『記憶と記録』東京大学出版会、2001 年、214 頁参照。
(11) http://ja.wikipedia.org/wiki/ 日窒コンツェルン

世を風靡したソシュールと同時代に、言語を「現実」を保持する性能を備えたものとして、独特な言語論を展開していたのが、クラーゲスであった。拙論「アウラの言語記号論」『現代思想』1994年2-3月号。

(34)『苦海浄土』II、109頁。
(35) 同II、112頁。
(36) 同II、112頁。
(37) 同II、113頁。
(38) 同II、113頁。
(39) 同II、129-130頁。
(40) 同II、125頁。
(41) 同II、130頁。
(42) 同II、114頁。
(43) 同II、115頁。
(44) 同II、132頁。
(45) 同II、134頁。
(46) 同II、135-6頁。
(47) メタモルフォーゼについては次の論文を参照せよ。Wakamatsu, Michiko "Ishimure Michiko's Tetralogy of Kugai Joudo (Paradise in the Sea of Sorrow: My Minamata Disease) as a Grand Epic of the Soul in the modern World".「石牟礼道子象徴の『苦海浄土』4部作――現代の壮大なる魂の叙事詩」『文学と環境』第12号、2009年12月、41-51頁。
(48)『苦海浄土』II、221頁。
(49) 同II、225頁。
(50) 同II、225頁。
(51) 同II、226頁。
(52) 同II、226頁。
(53) 同II、227-9頁。
(54) 同II、246頁。
(55) 同II、229頁。
(56) 同II、246頁。
(57)『神々の村』II、332頁。
(58)「道行」IV、524頁。
(59)「瓔落」I、465頁。
(60)『天の魚』「序詩」III、8頁。

(5)「悪相の首都」Ⅳ、454頁。
(6)「絶対負荷をになうひとびとに」Ⅲ、433頁。
(7) 同Ⅲ、433頁。
(8) 同Ⅲ、433頁。
(9)『天の魚』Ⅲ、401頁。
(10)「絶対負荷をになうひとびとに」Ⅲ、434頁。
(11) 同Ⅲ、434頁。
(12) 同Ⅲ、434頁。
(13) 同Ⅲ、443頁。
(14) 谷川雁「〈非水銀性〉水俣病・一号患者の死」『谷川雁セレクション　2』日本経済評論社。
(15) 守田隆志「水俣病闘争における支援とは何か」石牟礼道子編『水俣病闘争　わが死民』153頁。
(16)「義勇兵の決意」『本田敬吉先生遺稿追悼文集』187頁。
(17) 松岡洋之助「"勝利"の苦い果実」石牟礼道子編『水俣病闘争　わが死民』231頁。
(18)『神々の村』Ⅱ、606頁。
(19)『苦海浄土』Ⅱ、107-8頁。
(20) 全集第三巻の水俣病関連年譜による。
(21) 入口紀夫『メチル水銀を水俣湾に流す』日本評論社、2008年、149頁。
(22) 石牟礼道子「あとがきにかえて」『神々の村』藤原書店、2006年、393頁。
(23)『苦海浄土』Ⅱ、106頁。
(24) 同Ⅱ、103頁。
(25)「わが死民」Ⅲ、408頁。
(26)『苦海浄土』Ⅱ、103頁。
(27) 同Ⅱ、108頁。
(28) 同Ⅱ、108頁。
(29) 同Ⅱ、108頁。
(30) 同Ⅱ、102-3頁。
(31) 同Ⅱ、104頁。
(32) ヴィルヘルム・フォン・フンボルト『双数について』村岡晋一訳、新書館。
(33) 言語記号を意味するものと意味されるものとの恣意的な結合として一

(18) La mythologie du matriarcat. L'atelier de Johann Jakob Bachofen. Phippe Borgeaud avev Nicole Durisch, Antje Kolde, Grégoire Sommer: Genève 1999.
(19) バッハオーフェン『古代墳墓象徴試論』の「縄ない人オクノス」で詳細に論じられている。
(20) Jan Assmann: Tod und Jenseits. S. 561.
(21) マルクス『資本論』第13章　機械と大工業　第1節　機械の発達 MEW23, 392.
(22) 拙稿「バーゼルとバッハオーフェン」石塚正英・柴田隆行・的場昭弘・村上俊介編『都市と思想家』Ⅱ、法政大学出版局、1996年、186-203頁。
(23) バッハオーフェン『古代墳墓墓象徴試論』平田公夫・吉原達也訳、上山安敏解説、作品社、2004年、302頁。
(24) Jan Assmann: Tod und Jenseits. S. 272.
(25) Mary Daly: Jenseits von Gottvater Sohn & Sohn Co. Aufbruch zu einer Philosophie der Frauenbefreiung [englisch 1973] München 1980.
(26) 渡辺京二「解説」石牟礼道子『神々の村』藤原書店、2006年、397頁。
(27) Jan Assmann: Tod und Jenseits im Ägzpten. S. 321.
(28)『神々の村』Ⅱ、486頁。
(29) 同Ⅱ、487-8頁。
(30) 同Ⅱ、585頁。
(31) 同Ⅱ、582頁。
(32) 同Ⅱ、598頁。
(33)「島田社長との対決——訴訟派患者家族」石牟礼道子編『水俣病闘争　わが死民』99頁。
(34) 松岡洋之助「"勝利"の苦い果実」石牟礼道子編『水俣病闘争　わが死民』231頁。
(35)『神々の村』Ⅱ、607頁。
(36) 石牟礼道子「光になった矢を射放つ」『石牟礼道子対談集——魂の言葉を紡ぐ』河出書房新社、2000年、7頁。

第6章　ネメシスの言語態

(1)「絶対負荷をになうひとびとに」Ⅲ、431頁。
(2) 同、Ⅲ、432頁。
(3) 同、Ⅲ、432頁。
(4)「敏昌ちゃんの死」Ⅳ、434頁。

(52)「自分を焚く」Ⅲ、422 頁。

第５章　神秘のヴェール

(1)『神々の村』Ⅱ、510-2 頁。

(2) 拙稿「資本主義の冥界――『資本論』の言語態」臼井隆一郎・高村忠明編『シリーズ言語態　4　記憶と記録』東京大学出版会、2001 年。栗原彬『「存在の現れ」の政治』以文社、2005 年、55 頁以下「Ⅱ　水俣病という身体」参照。

(3)『資本論』第 1 巻第 12 章・分業とマニュファクチャー、MEW23, S. 385.

(4) Günter Lüling: Der vorgeschichtliche Sinn des Wortes “Metall”. In: Zwei Aufsätze zur Religions- und Geistesgeschichte. Verlagsbuchhandlung Hannelore Lüling. Erlangen 1977. S. 7.

(5) Günter Lüling: Archaische Metallgewinnung und die Idee der Wiedergeburt. In: Sprache und Archaisches Denken. Verlagsbuchhandlung Hannelore Lüling. Erlangen 1985. S. 143.

(6) プルタルコス『エジプト神イシスとオシリスの伝説について』柳沼重剛訳、岩波文庫、25 頁。

(7) Karl Meuli: Griechische Opferbräuche. In: Gesammlte Schriften.　Ⅱ、Basel/Stuttgart 1975. S. 907-962.

(8) Christa Mulack: Die Weiblichkeit Gottes. Matriarchale Voraussetzung des Gottesbildes. Kreuz Verlag. Stuttgart. 1983.

(9) ルートヴィヒ・クラーゲス「イシースの像の帳をあげることはどうして破滅を招くか」『人間と大地』浅野欣也訳、うぶすな書房、1986 年、139 頁以下。

(10) アイスキュロス『アガメムノン』(『ギリシア悲劇　I』所収) 呉茂一訳、筑摩書房、1974 年。

(11)「あとがき」Ⅲ、592 頁。

(12) 同Ⅲ、592 頁。

(13) Jan Assmann: Tod und Jenseits im alten Ägzpten. S. 271.

(14) バッハオーフェン「自叙伝」『母権論序説』吉原達也訳、ちくま学芸文庫、10-11 頁。

(15) Thomas Schestag: Paratariminalia.

(16) 笈川博一『古代エジプト』中公新書、76 頁。

(17) Jan Assmann: Tod und Jenseits im alten Ägypten. S. 103.

(28) 同、154 頁。

(29)「絶対負荷をになうひとびとに」Ⅲ、443 頁。

(30) 渡辺京二「ドストエフスキイの政治思想」『小さきものの死——渡辺京二評論集成 Ⅱ』葦書房、2000 年、300 頁。

(31) 同、280 頁。

(32) 同、281 頁。

(33) Günher Lüling: Sprache und Archaisches Denken Erlangen 1985.

(34) Günter Lüling: Über den Urkoran. Aufsätze zur Rekonstruktion der vorislamisch-christlichen Strophenlieder im Koran. Erlangen 1993.

(35) Günter Lüling: Muhanmad. S. 328.

(36) Ebd., S. 328f.

(37) Ebd., S. 329.

(38) 川中子義勝『詩人イエス』教文社、2010 年、14 頁。

(39) Günter Lüling: Ein neues Paradigma für die Entstehung des Islam und seine Konsequenzen für ein neues Paradigma der Geschichte Israels. In: Sprache und Archaisches Denken. Neun Aufsätze zur Geistes- und Religionsgeschichte. Verlagshandlung Hannelore Lüling 1985. S. 201f.

(40) Günter Lüling: Die Wiederentdeckung des Propheten Muhanmad. Eine Kritik am „christlichen" Abendland. S. 329f.

(41) 渡辺京二「共同主義の人類史的根拠」『道標』32 号、2011 年春、9 頁以下。

(42)『天の魚』Ⅲ、372-3 頁。

(43) 緒方正人「石牟礼道子と水俣」岩岡中正編『石牟礼道子の世界』弦書房、2006 年、54 頁。

(44) 緒方正人『チッソは私であった』葦書房、62-3 頁。

(45) Berhard Laum: Heiliges Geld. Tübingen 1924.

(46) Günter Lüling: Die Wiederentdeckung des Propheten Muhammad. S. 327.

(47) 緒方正人『チッソは私であった』75 頁。

(48)「わが死民」Ⅲ、408 頁。

(49) 同上、409 頁。

(50)「形見の声——母層としての風土」XI、514 頁。

(51) ミルチャ・エリアーデ『鍛冶師と錬金術師』(エリアーデ著作集 5) 大室幹男訳、せりか書房、1981 年。C・G・ユング『心理学と錬金術』池田紘一・鎌田道男訳、人文書院、1976 年。

391ff.

（8）Marija Gimbutas: The Kurgan Culture and the Indo-Europiannization of Europe. Selected articles from 1952 to 1993. Edited by Miriam Robbins Dexter and Karlene Jones-Bley. Institut for the Syudy of Man. 1997.

（9）ジェレミー・リフキン『脱牛肉文明への挑戦』北濃秋子訳、ダイヤモンド社、24 頁。

（10）「アフリカという基底」渡辺京二『荒野に立つ虹――渡辺京二評論集成Ⅲ』200 頁。

（11）Karl Meuli: Nachowort zu Bachofen „Das Mutterrecht" Gesammelte Werke Bachofens Bd. 3. S. 1115-6.

（12）『天の魚』Ⅲ、314 頁。

（13）「この世にあらざるように美しく」Ⅲ、501 頁。

（14）『天の魚』Ⅲ、334 頁。

（15）「絶対負荷をになうひとびとに」Ⅲ、439 頁。

（16）本田敬吉「義勇兵の決意」『本田敬吉先生遺稿・追悼文集』2007 年、創想社。渡辺京二「闘いの原理」『水俣病闘争　わが死民』（復刻版）創土社、2005 年、127 頁。

（17）渡辺京二「闘いの原理」石牟礼道子編『水俣病闘争　わが死民』（復刻版）創土社、2005 年、127 頁。

（18）福元満治「石牟礼道子と水俣病運動」岩岡中正編『石牟礼道子の世界』弦書房、2006 年、111 頁。福元満治「患者の魂との共闘をめざして――水俣病闘争における個別性の確認」石牟礼道子編『水俣病闘争　わが死民』165 頁。

（19）『天の魚』Ⅲ、332 頁。

（20）同Ⅲ、330-1 頁。

（21）同Ⅲ、318 頁。

（22）Günter Lüling: Die Wiederentdeckung des Propheten Muhanmad. Eine Kritik am „christlichen" Abendland. Erlangen 1981. S. 262ff.

（23）Günter Lüling: Archaische Wörter und Sachen des Wallfahrtswesens am Zionberg. In: Sprache und Archaisches Denken. Erlangen 1985. S. 51.

（24）Arnold Gehlen: Urmensch und Spätkultur. Wiebaden 1986. S. 134.

（25）『天の魚』Ⅲ、42 頁。

（26）「わが死民」Ⅲ、409 頁。

（27）井筒俊彦『コーラン』（上）、5・食卓・49（45）、岩波文庫、154 頁。

(52) 香田芳樹『マイスター・エックハルト――生涯と作品』創文社、2011年、36頁。
(53)『苦海浄土』Ⅱ、56頁。
(54) 石牟礼道子「あとがきにかえて」『神々の村』藤原書店、2006年、394頁。
(55)『神々の村』Ⅱ、469頁。
(56) 同Ⅱ、446頁。
(57)「わが死民」Ⅲ、408頁。
(58) 丹野さきら『高群逸枝の夢』第2章・アナーキズム、藤原書店、2009年、70頁以下を参照。
(59)「高群逸枝全詩集『日月の上に』」XVII、379頁。
(60)『苦海浄土』Ⅱ、56。
(61)『最後の人』XVII、29頁。
(62)『高群逸枝全集 第8巻　全詩集 日月の上に』理論社、1966年、109頁。
(63)「日月の愁い」XVII、419頁。
(64)「高群逸枝全詩集『日月の上に』」XVII、382頁。
(65)「朱をつける人――森の家と橋本憲三」XVII、336頁。
(66)「森の家日記」XVII、211頁。
(67)「朱をつける人――森の家と橋本憲三」XVII、353頁。
(68)『天の魚』序詩、Ⅲ、8頁。

第4章　血権

(1) 川本輝夫を中心とする自主交渉派を支援し、「水俣病を告発する会」の機関誌として『告発』刊行を訴えるために渡辺京二の書いた手書きのビラ。石牟礼道子『神々の村』に収録。Ⅲ、439頁。渡辺京二・小川和夫「チッソ水俣工場前に坐りこみを！」石牟礼道子編『水俣病闘争　わが死民』298頁所収。
(2)『天の魚』Ⅲ、10頁。
(3) 同Ⅲ、10頁。
(4) 同Ⅲ、13頁。
(5)「わが死民」Ⅲ、409頁。
(6) マイアー・オックスナー宛の書簡1870年11月10日。
(7) Ferdinand de Saussure: *Les origines indo-européennes ou les aryas Promitivs.* In: Recueil des Publications scientifiques de Ferdinand de Saussure. Genève 1970. S.

(23)「本能としての詩・そのエロス」XVII、39 頁。
(24)「愛情論初稿」Ⅰ、63 頁。
(25)「とんとん村」Ⅰ、137 頁。
(26) 同Ⅰ、144 頁。
(27)「愛情論初稿」Ⅰ、64 頁。
(28)「おとうと」『潮の日録』葦書房、1974 年、87 頁。
(29)「狂気の持続」『潮の日録』あとがき VI、580 頁。
(30) 渡辺京二「解題」『潮の日録』259-260 頁。
(31)「苦海浄土」Ⅱ、107-8 頁。
(32)「川祭り」Ⅰ、409-410 頁。
(33) 入口紀男『メチル水銀を水俣湾に流す』日本評論社、2008 年、149 頁。
(34)「高群逸枝との対話のために――まだ覚え書の「最後の人・ノート」から」Ⅰ、292 頁。
(35) 同Ⅰ、297 頁。
(36) 同Ⅰ、298 頁。
(37) 同Ⅰ、299 頁。
(38) 同Ⅰ、298 頁。
(39)「故郷と文体」Ⅰ、218 頁。
(40)「故郷と文体」Ⅰ、218 頁。
(41)「高群逸枝との対話のために――まだ覚え書の「最後の人・ノート」から」Ⅰ、291 頁。
(42)「高群逸枝のまなざし」XVII、375 頁。
(43) 高群逸枝「恋愛論」『高群逸枝全集』第 6 巻、理論社、1967 年、266-7 頁。
(44) 神谷完「解説Ⅰ(ゾイゼ小伝)」『ゾイゼの生涯』(ドイツ神秘主義叢書　5)創文社、1991 年、268-269 頁。
(45) 拙論「遭遇の言語態――ドイツ・ロマン主義の象徴・神話論について」『言語態の問い』東京大学出版会、2001 年、241-261 頁。
(46)「高群逸枝のまなざし」XVII、364 頁。
(47) 同 XVII、366 頁。
(48)「陽いさまをはらむ海」Ⅶ、505 頁。
(49) 同Ⅶ、506 頁。
(50)『神々の村』Ⅱ、454-455 頁。
(51) ハインリヒ・ゾイゼ『ゾイゼの生涯』神谷完訳、創文社、1991 年、197 頁。

貴辰喜教授に感謝する。

第３章　樹男のまなざし

(1)「ゆうひのジュリー」VI、554 頁。
(2)「インタビュー「初期詩篇」の世界」I、471 頁。
(3)「詩の誕生を考える」XV、273 頁。
(4)『椿の海の記』IV、90 頁。
(5)「愛情論初稿」I、60 頁。
(6)「高群逸枝詩集『日月の上に』」XVII、380 頁。
(7) 高群逸枝『招婿婚の研究』（高群逸枝全集　第３巻）理論社、1975 年、69 頁。
(8) 現在整理中の資料をお見せ頂いた渡辺京二先生に感謝する。「森の家日記」XVII、210 頁。
(9)「森の家日記」XVII、210 頁。
(10)「高群逸枝のまなざし」XVII、364–5 頁。
(11) 同 XVII、365 頁。
(12) Wilhelm Fränger: Hieronimus Bosch. VEB Verlag der Kunst. Dresden 1975. S.18.
(13) Hans-Georg Gadamer: Wahrheit und Methode. 2. Aufl. Tübingen 1965. S. 480.
(14) アドルノ『美の理論』大久保健二訳、河出書房新社、2007 年、10 頁。
(15) 拙論「ノモスとネメシス　カール・シュミットとバッハオーフェン文献学的関心から」臼井隆一郎編『カール・シュミットと現代』沖積舎、2005 年、293-318 頁。
(16) ニコラウス・ゾンバルト『男性同盟と母権制神話』田村和彦訳、法政大学出版会、1994 年、148 頁。
(17) カール・シュミット『大地のノモス』新田邦夫訳、福村書店、1987 年。
(18) カール・シュミット『ヨーロッパ法学の状況』初宿正典・吉田栄司訳、成文社、1987 年。
(19) この往復書簡は Sinn und Form 2005 年５月号に収録されている。
(20) 好例として Gerda Weiler: Ich verwerfe im Lande die Kriege. Das verborgene Matriarchat im Alten Testamen. Frauenoffensive 1984. を挙げておく。
(21) 高群逸枝『火の国の女の日記』理論社、1965 年、12 頁。
(22)『神々の村』II、469 頁。

トピア的なもの》の位相』1989年、pp 46-71. Differenzen der Symbol-Mythos-Korrelation bei Creuzer und Bachofen（クロイツァーとバッハオーフェンにおける象徴・神話連関の差異)。In: Literalische Problematisierung der Moderne. Deutsche Aufklärung und Romantik. Herausgegeben von Teruaki Takahashi. München 1992. pp171-184. Urpolarität und symbolische Urerinnerung. Daniel Paul Schrebers Denkwürdigkeiten am Instrumentarium Ludwig Klages（ルートヴィヒ・クラーゲスの解釈装置によるシュレーバー回想録の原極性連関と原記憶）, Perspertiven der Lebensphilosophie. Zum 125. Geburtstag von Ludwig Klages. Hrsg. Von Michael Grossheim. 1998. Bonn pp. 77-95. Symballesthai Die logozentrische Verdrängung des Symbolischen in Friedrich Creuzers Symbol-Mythos- Konzeption（クロイツァーの象徴・神話体系におけるロゴス中心的な象徴排除。1998年東京大学国際シンポジウム「知の総合——ドイツ・ロマン派」での口頭発表）in LIT（東京大学大学院総合文化研究科言語情報科学紀要）6号（1998）pp. 1-13. Alfred Schuler. Draußen von den Porten des allegorischen Zeitalters（アルフレート•シューラー。アレゴリーの時代の戸口の外で）. LIT 7号（1999）pp. 1-15.

(28) Creuzer, a.o.O, S. 559.

(29) ミュンヒェン宇宙論派についての概説は臼井編『バッハオーフェン論集成』世界書院、1992年を参照されたい。

(30) Timothy Bahti, Allegories of History, Literary Historiography after Hegel. Baltimore and London,1992.5.87.

(31) Ludwig Klages: Vom kosmogonischen Eros. 田島正行訳『宇宙生成的エロース』うぶすな書房、2000年。

(32) バッハオーフェン『古代墳墓象徴試論』468頁。

(33) Otto Gross. Zur Überwindung der kulturellen Krise. In: Die Aktion v. 24. 1913, S. 384ff.

(34) ワルター・ベンヤミン「フランツ・カフカ」『ベンヤミン・コレクション②』ちくま学芸文庫、146頁以下。

(35) ヨハン・ヤーコプ・バッホ《マ》ーフ《マ》ェン『死と霊魂』富野敬照訳、白揚社、昭和14年。

(36) 高群逸枝『女性の歴史　上』講談社、昭和47年、54頁。

(37) 稀覯本というべきこの翻訳を所蔵しており、25年前、バッハオーフェン受容史研究をテーマにフンボルト財団の奨学生としてドイツ、チュービンゲンに留学していた筆者に、この稀覯本のコピーをお送り下さった故信

(18) Ebd., S. 509.

(19) Ebd., S. 534.

(20) Ebd., S. 541.

(21) Ebd., S. 507.

(22) Walter Benjamin: *Der Ursprung des deutschen Trauerspiels.* Gesammelte Schriften I, S. 336. 浅井健二郎編訳『ベンヤミン・コレクション 1』ちくま学芸文庫、200 頁。

(23) Vgl. Hans-Georg Gadamer: *Hegel und die Heidelberger Romantik.* In: Hegels Dialektik. Tübingen 1971. S. 77.

(24) Creuzer. a.o.O., S. 530.

(25) Ebd., S. 530.

(26) Ebd., S. 559.

(27) Vergl. Gotthart Wunberg: Die Begriffe „Symbol" und „Mythos" bei Friedrich Creuzer, Tübingen 1967. S. 131. 本書は、2007 年 7 月、テュービンゲン大学で開催された国際シンポジウム「理解の限界・生の限界」で発表した「石牟礼道子『苦海浄土』。同態復讐法の彼方のアニマの言語」Die Minamata-Krankheit und die Sprache jenseits des ius talionis. Auf der Suche nach der Sprache der Anima im „ Paradies im Meer der Qualen" von Ishimure Michiko. „Grenzen des Lebens–Grenzen der Verständigung" Herausgegebn von Heinz-Dieter Assmann/Karl-Josef Kuschel/Karin Moser v. Filseck. Würzburg 2009. pp 57-68. を基にしている。本書はバッハオーフェン受容史において議論された話題を基礎としているので、参考に記載しておく。「母権的ハーケンクロイツ——アルフレート・シューラーとその影響」東京大学教養学科外国語科研究紀要、1984 年第 1 号、39–94 頁。Zwischen zwei Urgeschichten Bachofen und Benjamin. 東京大学教養学科外国語科研究紀要、1985 年第 1 号、97–120 頁。Bild und Sprache der Sepulkralhermeneutik Bachofens(バッハオーフェンの墓碑解釈学における形象と言語)東京大学外国語学部紀要、第 36 巻第 1 号、1988 年、65-108 頁。Der Bachofen-Wiederentdecker Ludwig Klages. In besonderem Bezug auf da Odysseus-Kapitel der „Dialektik der Aufklärung"(バッハオーフェン再発見者ルートヴィヒ・クラーゲス。特に『啓蒙の弁証法』のオデュッセウスの章における母権思想受容を問題にして)1988 年 10 月、ブラウボイレンに行われたテュービンゲン大学とパリ Maison des Sciences de l'homme 共催のプロコップ・プロジェクト「アイデンティティ危機と代用アイデンティティ」での口頭発表。柴田翔代表科研研究成果報告書『ドイツ文学における《ユー

(22)『神々の村』Ⅱ、334 頁。
(23) 同Ⅱ、377 頁。
(24)「絶対負荷をになうひとびとに」Ⅲ、431 頁。

第 2 章　妣たちの国

(1)「原点が存在する」『谷川雁セレクションⅡ』日本経済評論社、2009 年、4-5 頁。
(2)「雁さんへ」Ⅳ、285 頁。
(3)「原点が存在する」『谷川雁セレクションⅡ』日本経済評論社、2009 年、6 頁。
(4)「雁さんへ」Ⅳ、286 頁。
(5) 同Ⅳ、287 頁。
(6) 谷川雁「〈非水銀性〉水俣病・1 号患者の死」『谷川雁セレクションⅡ』362 頁。
(7)「ビキニ模様の天気」Ⅸ、546 頁。
(8) 同、546 頁。
(9) エッカーマン『ゲーテとの対話』山下肇訳、岩波文庫。
(10) J・J・バッハオーフェン『古代墳墓象徴試論』平田公夫・吉原達也訳、作品社、241 頁。
(11) ノヴァーリス『ザイスの弟子』ノヴァーリス研究会（青木誠之、池田信雄、大友進、藤田総平）訳、ノヴァーリス全集 3、沖積舎、平成 13 年、13 頁。
(12) プルタルコス『エジプトの神イシスとオシリスの伝説について』柳沼重剛訳、岩波文庫、25 頁。
(13) ルートヴィヒ・クラーゲス「イーシス像のヴェールをもち上げることがなぜ破滅をもたらすのか」に引用されたシラーの詩の翻訳を利用させていただいた。『宇宙生成的エロース』田島正行訳、うぶすな書房、2000 年、201 頁。
(14) Wilhelm Herbst: *Das classische Altertum in der Gegenwart. Eine geschichtliche Betrachtung.* Leipzig 1852. S. 44.
(15) Friedrich Creuzer: *Symbolik und Mythologie der alten Völker, besonders der Griechen.* 3. Aufl. Leipzig und Darmstadt 1837-1843. 4. Bd S. 479.
(16) Ebd., S. 486.
(17) Ebd., S. 508.

注

第１章　復讐の女神

(1) 石牟礼道子作品の引用は、『石牟礼道子全集　不知火』を使用し、巻数をローマ数字で挙げる。Ⅱ、255-6 頁。

(2)『神々の村』Ⅱ、338-9 頁。

(3) 鈴木佳秀『申命記の文献学的研究』（日本基督教団出版局、1987 年）はこの観点から多くの視点を与えてくれる。

(4) 井筒俊彦『コーラン』（上）5・食卓・49（45)、岩波文庫、154 頁。

(5) 同、154 頁。

(6) ニーチェ『道徳の系譜』信太正三訳、ちくま学芸文庫（ニーチェ全集 11)、442 頁。

(7) Ludwig Klages: Der Geist als Widersacher der Seele. 千谷七朗・平澤伸一・吉増克實訳『心情の敵対者としての精神』うぶすな書院、2008 年。

(8) 拙論「ノモスとネメシス」臼井編『カール・シュミットと現代』沖積舎、2005 年、293-318 頁。

(9) 佐野昭子『シェイクスピアの復讐喜劇――許しと和解への道』朝日出版社、2010 年。

(10) Josef Kohler: Die Lehre der Blutrache. Würzburg 1885.

(11) Julius Pokorny: Indogermanisches Etymologisches Wörterbuch. I. Tübingen und Basel. 1994. S. 122.

(12) 藤本憲信先生の筆者宛の平成 21 年 6 月 7 日付けの私信。

(13)「祈るべき天とおもえど天の病む」Ⅵ、488 頁。

(14) Christa Mulack: Maria. Die geheime Göttin im Christentum. Kreuz Verlag Stuttgart. 3. Auflage. 1988. S. 38.

(15)「祈るべき天とおもえど天の病む」Ⅵ、486 頁。

(16)『苦海浄土』Ⅱ、478 頁。

(17) 同Ⅱ、8-9 頁。

(18)「わが死民」Ⅲ、408 頁。

(19)『神々の村』Ⅱ、317 頁。

(20)「今際の眼」『不知火――石牟礼道子のコスモロジー』藤原書店、2004 年、32 頁。

(21)『苦海浄土』Ⅱ、56 頁。

著者紹介

臼井隆一郎（うすい・りゅういちろう）
1946年福島県生。東京教育大学大学院文学研究科修士課程修了。新潟大学教養部助教授を経て，東京大学大学院総合文化研究科教授。現在，東京大学名誉教授。専門，文化学，ヨーロッパ文化論，言語情報文化論。
著書に『コーヒーが廻り世界史が廻る――近代市民社会の黒い血液』（中公新書，1992）『パンとワインを巡り神話が巡る――古代地中海文化の血と肉』（中公新書，1995）『乾いた樹の言の葉――『シュレーバー回想録』の言語態』（鳥影社，1998）『榎本武揚から世界史が見える』（PHP新書，2005）『バッハオーフェン論集成』（編著，世界書院，1992）等。翻訳にイバン・イリイチ著，デイヴィッド・ケイリー編『生きる希望――イバン・イリイチの遺言』（藤原書店，2006年）等。他にバッハオーフェン及び母権論思想に関するドイツ語論文多数。

『苦《く》海浄《かいじょう》土《ど》』論《ろん》 ―― 同態復讐法《どうたいふくしゅうほう》の彼方《かなた》

2014年8月30日　初版第1刷発行©

著　者　臼井隆一郎
発行者　藤原良雄
発行所　株式会社　藤原書店

〒162-0041　東京都新宿区早稲田鶴巻町523
電　話　03（5272）0301
FAX　03（5272）0450
振　替　00160-4-17013
info@fujiwara-shoten.co.jp

印刷・製本　中央精版印刷

落丁本・乱丁本はお取替えいたします
定価はカバーに表示してあります

Printed in Japan
ISBN978-4-89434-930-8

白洲没十年に書下ろした能

花供養

白洲正子＋多田富雄

笠井賢一編

白洲正子が「最後の友達」と呼んだ免疫学者・多田富雄。没後十年に多田が書下ろした新作能「花供養」に込められた想いとは？　二人の稀有の友情がにじみ出る対談・随筆に加え、作者と演出家とのぎりぎりの緊張の中での制作プロセスをドキュメントし、白洲正子の生涯を支えた「能」という芸術の深奥に迫る。

カラー口絵四頁

Ａ５変上製　二四八頁　**二八〇〇円**
（二〇〇九年一二月刊）◇978-4-89434-719-9

「万能人」の全体像

多田富雄の世界

藤原書店編集部編

自然科学・人文学の統合を体現した「万能人」の全体像を、九五名の識者が描く。

多田富雄／石牟礼道子／石坂公成／岸本忠三／村上陽一郎／奥村康／冨岡玖夫／磯崎新／永田和宏／中村桂子／柳澤桂子／浅見真州／大倉源次郎／大倉正之助／櫻間金記／野村万作／真野響子／有馬稲子／安藤元雄／加賀乙彦／木崎さと子／公文俊平／新川和江／多川俊映／堀文子／山折哲雄ほか［写真・文］宮田均

四六上製　三八四頁　**三八〇〇円**
（二〇一一年四月刊）◇978-4-89434-798-4

渾身の往復書簡

言魂（ことだま）

石牟礼道子＋多田富雄

免疫学の世界的権威として、生命の本質に迫る仕事の最前線にいた最中、脳梗塞に倒れ、右半身麻痺と構音障害・嚥下障害を背負った多田富雄。水俣の地に踏みとどまりつつ執筆を続け、この世の根源にある苦しみの彼方にほのかな明かりを見つめる石牟礼道子。生命、魂、芸術をめぐって、二人が初めて交わした往復書簡。『環』誌大好評連載。

Ｂ６変上製　二一六頁　**二二〇〇円**
（二〇〇八年六月刊）◇978-4-89434-632-1

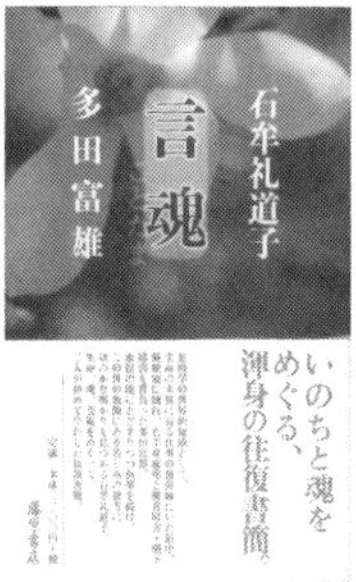

短歌が支えた生の軌跡

歌集 回生

鶴見和子

序＝佐佐木由幾

一九九五年一二月二四日、脳出血で斃れたその夜から、半世紀ぶりに迸り出た短歌一四五首。左半身麻痺を抱えた著者の「回生」の足跡を内面から克明に描き、リハビリテーション途上にある全ての人に力を与える短歌の数々を収め、生命とは、ことばとは何かを深く問いかける伝説の書。

菊変上製　一二〇頁　**二八〇〇円**
（二〇〇一年六月刊）
◇978-4-89434-239-2

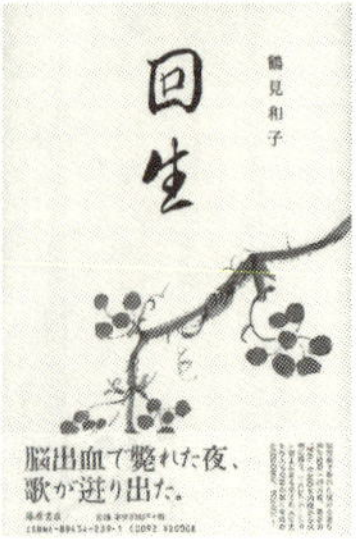

『回生』に続く待望の第三歌集

歌集 花道

鶴見和子

「短歌は究極の思想表現の方法である。」――大反響を呼んだ半世紀ぶりの歌集『回生』から三年、きもの・おどりなど生涯を貫く文化的素養と、国境を越えて展開されてきた学問的蓄積が、脳出血後のリハビリテーション生活の中で見事に結びつき、美しく結晶した、待望の第三歌集。

菊上製　一三六頁　**二八〇〇円**
（二〇〇〇年二月刊）
◇978-4-89434-165-4

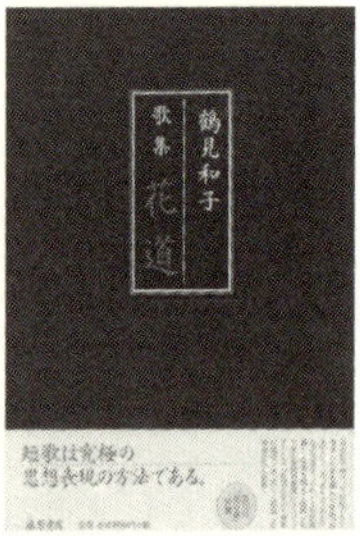

最も充実をみせた最終歌集

歌集 山姥

鶴見和子

序＝鶴見俊輔　解説＝佐佐木幸綱

脳出血で斃れた瞬間に、歌が噴き上げた――片身麻痺となりながらも短歌を支えに歩んできた、鶴見和子の〝回生〟の十年。『虹』『回生』『花道』に続き、最晩年の作をまとめた最終歌集。

菊上製　三二八頁　**四六〇〇円**
（二〇〇七年一〇月刊）
◇978-4-89434-582-9

限定愛蔵版　三百部限定
布クロス装貼函入豪華製本
口絵写真八頁／しおり付　八八〇〇円
（二〇〇七年一一月刊）
◇978-4-89434-588-1

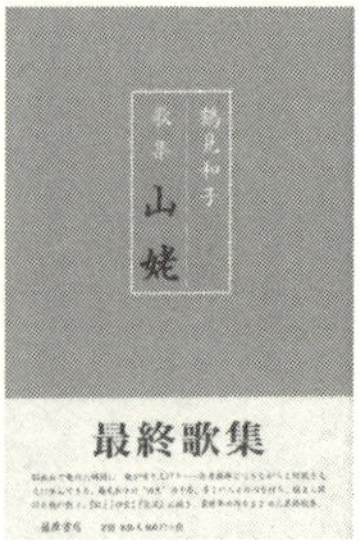

最後のメッセージ

遺言

（斃《たお》れてのち元《はじ》まる）

鶴見和子

近代化論を乗り超えるべく提唱した〝内発的発展論〟。〝異なるものが異なるままに〟ともに生きるあり方を〝南方曼荼羅〟として読み解く――強者－弱者、中心－周縁、異物排除の現状と果敢に闘い、私たちがめざす社会の全く独自な未来像を描いた、稀有な思想家の最後のメッセージ。

四六上製　二二四頁　**二二〇〇円**
（二〇〇七年一月刊）
◇978-4-89434-556-0

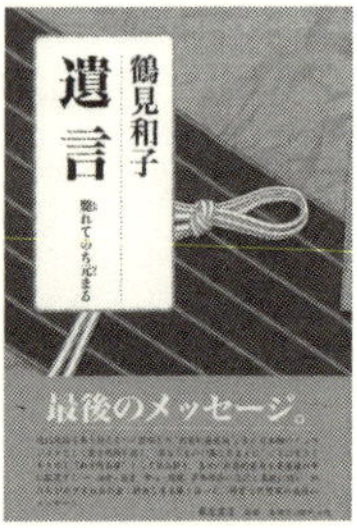

「思想」の誕生の現場から

鶴見和子・対話まんだら

言葉果つるところ——魂

石牟礼道子＋鶴見和子

両者ともに近代化論に疑問を抱いてゆく過程から、アニミズム、魂、言葉と歌、そして「言葉なき世界」まで、対話は果てしなく拡がり、二人の小宇宙がからみあいながらとどまるところなく続く。

Ａ５変判　三二〇頁　二二〇〇円
（二〇〇二年四月刊）
◇978-4-89434-276-7

珠玉の往復書簡集

邂逅（かいこう）

多田富雄＋鶴見和子

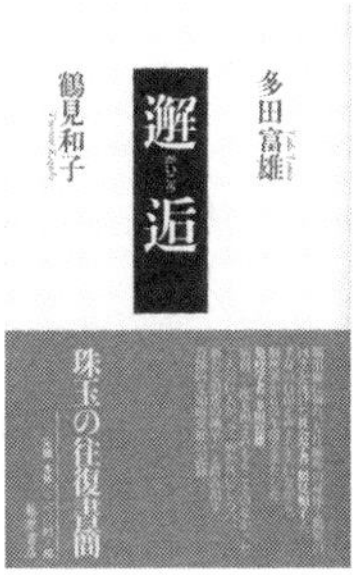

脳出血に倒れ、左片麻痺の身体で驚異の回生を遂げた社会学者と、半身の自由と声とを失いながら、脳梗塞からの生還を果たした免疫学者。病前、一度も相まみえることのなかった二人の巨人が、今、病を共にしつつ、新たな思想の地平へと踏み出す奇跡的な知の交歓の記録。

Ｂ６変上製　二三二頁　二二〇〇円
（二〇〇三年五月刊）
◇978-4-89434-340-5

着ることは、"いのち"を纏うことである

いのちを纏《まと》う（色・織・きものの思想）

志村ふくみ＋鶴見和子

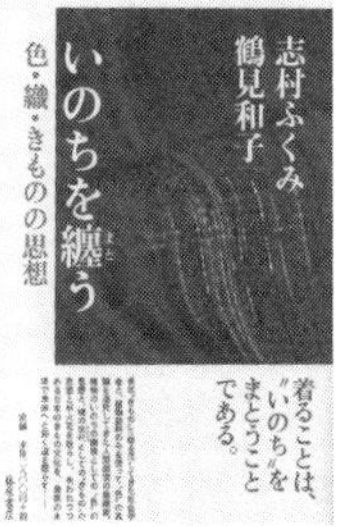

長年"きもの"三昧を尽してきた社会学者と、植物染料のみを使って"色"の真髄を追究してきた人間国宝の染織家。植物のいのちの顕現《けんげん》としての"色"の思想と、魂の依代《よりしろ》としての"きもの"の思想とが火花を散らし、失われつつある日本のきもの文化を、最高の水準で未来に向けて拓く道を照らす。

カラー口絵八頁
四六上製　二五六頁　二八〇〇円
（二〇〇六年四月刊）
◇978-4-89434-509-6

脳梗塞で倒れた後の全詩を集大成

詩集 寛容

多田富雄

「僕は、絶望はしておりません。長い闇の向こうに、何か希望が見えます。そこに寛容の世界が広がっている。予言です。」二〇〇一年に脳梗塞で倒れてのち、声を喪いながらも生還し、新作能作者として、リハビリ闘争の中心として、不随の身体を抱えて生き抜いた著者が、二〇一〇年の死に至るまで、全心身を傾注して書き継いだ詩のすべてを集成。

四六変上製　二八八頁　二八〇〇円
（二〇一一年四月刊）
◇978-4-89434-795-3

❸ **苦海浄土** ほか　第3部 天の魚　　関連エッセイ・対談・インタビュー
「苦海浄土」三部作の完結！　解説・加藤登紀子
608 頁　6500 円　◇978-4-89434-384-9（第 1 回配本／ 2004 年 4 月刊）

❹ **椿の海の記** ほか　エッセイ 1969-1970　解説・金石範
592 頁　6500 円　◇978-4-89434-424-2（第 4 回配本／ 2004 年 11 月刊）

❺ **西南役伝説** ほか　エッセイ 1971-1972　解説・佐野眞一
544 頁　6500 円　◇978-4-89434-405-1（第 3 回配本／ 2004 年 9 月刊）

❻ **常世の樹・あやはべるの島へ** ほか　エッセイ 1973-1974　解説・今福龍太
608 頁　8500 円　◇978-4-89434-550-8（第 11 回配本／ 2006 年 12 月刊）

❼ **あやとりの記** ほか　エッセイ 1975　解説・鶴見俊輔
576 頁　8500 円　◇978-4-89434-440-2（第 6 回配本／ 2005 年 3 月刊）

❽ **おえん遊行** ほか　エッセイ 1976-1978　解説・赤坂憲雄
528 頁　8500 円　◇978-4-89434-432-7（第 5 回配本／ 2005 年 1 月刊）

❾ **十六夜橋** ほか　エッセイ 1979-1980　解説・志村ふくみ
576 頁　8500 円　◇978-4-89434-515-7（第 10 回配本／ 2006 年 5 月刊）

❿ **食べごしらえ おままごと** ほか　エッセイ 1981-1987　解説・永六輔
640 頁　8500 円　◇978-4-89434-496-9（第 9 回配本／ 2006 年 1 月刊）

⓫ **水はみどろの宮** ほか　エッセイ 1988-1993　解説・伊藤比呂美
672 頁　8500 円　◇978-4-89434-469-3（第 8 回配本／ 2005 年 8 月刊）

⓬ **天　湖** ほか　エッセイ 1994　解説・町田康
520 頁　8500 円　◇978-4-89434-450-1（第 7 回配本／ 2005 年 5 月刊）

⓭ **春の城** ほか　解説・河瀨直美
784 頁　8500 円　◇978-4-89434-584-3（第 12 回配本／ 2007 年 10 月刊）

⓮ **短篇小説・批評**　エッセイ 1995　解説・三砂ちづる
608 頁　8500 円　◇978-4-89434-659-8（第 13 回配本／ 2008 年 11 月刊）

⓯ **全詩歌句集** ほか　エッセイ 1996-1998　解説・水原紫苑
592 頁　8500 円　◇978-4-89434-847-9（第 14 回配本／ 2012 年 3 月刊）

⓰ **新作 能・狂言・歌謡** ほか　エッセイ 1999-2000　解説・土屋恵一郎
758 頁　8500 円　◇978-4-89434-897-4（第 16 回配本／ 2013 年 2 月刊）

⓱ **詩人・高群逸枝**　エッセイ 2001-2002　解説・臼井隆一郎
602 頁　8500 円　◇978-4-89434-857-8（第 15 回配本／ 2012 年 7 月刊）

別巻 **自　伝**　〔附〕詳伝年譜（渡辺京二）／著作年譜
472頁　8500円　◇ 978-4-89434-970-4（最終配本／2014 年 5 月刊）

"鎮魂"の文学の誕生

「石牟礼道子全集・不知火」プレ企画

不知火《しらぬひ》

〔石牟礼道子のコスモロジー〕

石牟礼道子・渡辺京二
大岡信・イリイチほか

インタビュー、新作能、童話、エッセイの他、石牟礼文学のエッセンスと、気鋭の作家らによる石牟礼論を集成し、近代日本文学史上、初めて民衆の日常的・神話的世界の美しさを描いた詩人の全体像に迫る。

菊大並製　二六四頁　二二〇〇円
（二〇〇四年二月刊）
◇978-4-89434-358-0

ことばの奥深く潜む魂から“近代”を鋭く抉る、鎮魂の文学

石牟礼道子全集　不知火

(全17巻・別巻一)

Ａ５上製貼函入布クロス装　各巻口絵２頁

表紙デザイン・**志村ふくみ**　各巻に解説・月報を付す

〈推　薦〉五木寛之／大岡信／河合隼雄／金石範／志村ふくみ／白川静／瀬戸内寂聴／多田富雄／筑紫哲也／鶴見和子（五十音順・敬称略）

◎本全集の特徴

■『苦海浄土』を始めとする著者の全作品を年代順に収録。従来の単行本に、未収録の新聞・雑誌等に発表された小品・エッセイ・インタヴュー・対談まで、原則的に年代順に網羅。

■人間国宝の染織家・志村ふくみ氏の表紙デザインによる、美麗なる豪華愛蔵本。

■各巻の「解説」に、その巻にもっともふさわしい方による文章を掲載。

■各巻の月報に、その巻の収録作品執筆時期の著者をよく知るゆかりの人々の追想ないしは著者の人柄をよく知る方々のエッセイを掲載。

■別巻に、著者の年譜、著作リストを付す。

本全集を読んで下さる方々に　　石牟礼道子

わたしの親の出てきた里は、昔、流人の島でした。

生きてふたたび故郷へ帰れなかった罪人たちや、行きだおれの人たちを、この島の人たちは大切にしていた形跡があります。名前を名のるのもはばかって生を終えたのでしょうか、墓は塚の形のままで草にうずもれ、墓碑銘はありません。

こういう無縁塚のことを、村の人もわたしの父母も、ひどくつつしむ様子をして、『人さまの墓』と呼んでおりました。

「人さま」とは思いのこもった言い方だと思います。

「どこから来られ申さいたかわからん、人さまの墓じゃけん、心をいれて拝み申せ」とふた親は言っていました。そう言われると子ども心に、蓬の花のしずもる坂のあたりがおごそかでもあり、悲しみが漂っているようでもあり、ひょっとして自分は、「人さま」の血すじではないかと思ったりしたものです。

いくつもの顔が思い浮かぶ無縁墓を拝んでいると、そう遠くない渚から、まるで永遠のように、静かな波の音が聞こえるのでした。かの波の音のような文章が書ければと願っています。

---

❶ 初期作品集　　解説・金時鐘

664頁　**6500円**　◇978-4-89434-394-8（第２回配本／2004年７月刊）

❷ 苦海浄土　第１部 苦海浄土　第２部 神々の村　　解説・池澤夏樹

624頁　**6500円**　◇978-4-89434-383-2（第１回配本／2004年４月刊）